Anmerkung der Autorin

Ich habe noch nie einen Werwolf auf Cape Cod gesehen. Aber es gibt dort viele Wyndhams. Was Sie für Schlüsse daraus ziehen, bleibt Ihnen überlassen.

Außerdem sind junge Werwölfe wirklich ganz und gar nicht wie vorpubertäre Menschen. Lassen Sie sich nicht von ihren engelsgleichen Gesichtern täuschen. Das wäre ein Fehler, den Sie kein zweites Mal machen werden.

Und schließlich: Zyr Wodka gibt es tatsächlich, aber nicht in den Geschmacksrichtungen, die Marc in seinem Gefrierschrank entdeckt hat. Gott sei Dank.

Was bisher geschah

Vor drei Jahren wurde Betsy („Bitte, nennen Sie mich nicht Elizabeth!") Taylor von einem Pontiac Aztec überfahren. Sie erwachte als Königin der Vampire und (wenn auch vielleicht nicht in dieser Reihenfolge) biss ihren Freund Nick Berry, zog aus der Vorstadt in eine Villa in St. Paul, löste mehrere Mordfälle, verlor ihren Vater und ihre Stiefmutter, wurde die Pflegemutter ihres Halbbruders, mied weiterhin das Zimmer, in dem das *Buch der Toten* lag, heilte den Krebs ihrer besten Freundin, besuchte ihren alkoholkranken Großvater (zweimal), befreite mehrere entführte Personen, erfuhr, dass ihr Ehemann, Eric Sinclair, ihre Gedanken lesen konnte (sie konnte von Anfang an seine lesen), und fand heraus, dass die Biester nichts Gutes im Schilde führten (*Biest*, das: ein Vampir, dem man nur – totes – Tierblut gibt; ein Vampir, der schnell verwildert).

Außerdem warf sich Antonia, ein Werwolf aus Cape Cod, in die Schusslinie, als auf Betsy geschossen wurde, und bekam die Kugel in den Kopf. Die Geschichte, dass Kugeln Vampiren nichts anhaben können, stimmt nicht. Mit genug Blei in der Gehirnmasse steht auch ein Untoter nicht mehr auf. Und zu guter Letzt brachte Garrett, Antonias Geliebter, sich um, sobald er erfahren hatte, dass sie tot war.

Die letzten paar Jahre waren nicht einfach.

Vorschau

Beinahe bekam er Kopfschmerzen, so angestrengt starrte er durch die Linse. Er wandte den Blick ab, nur um gleich wieder hin- und dann wieder wegzusehen.

Der Stern war immer noch da. Wie ein Diamant hing er am samtschwarzen Himmel, glitzernd und verführerisch.

Nach ein paar Minuten, vielleicht auch einer Stunde, griff er nach seinem Handy und wählte eine Nummer, die er sich vor über fünfzehn Jahren gemerkt hatte.

Es klingelte dreimal, bevor sich eine verschlafene Stimme meldete: „Weißt du, wie spät es ist?"

„Ich weiß genau, wie spät es ist." Er holte tief Luft und legte eine Hand auf seine Brust. Wenn er nicht aufpasste, würde er vor Aufregung noch einen Herzinfarkt bekommen. „Unsere Gebete wurden erhört. Es ist so weit."

Darauf folgte eine kurze Stille. „Ich stehe auf und rufe die anderen an."

„Tu das." Er legte auf und starrte wieder hoch zu dem Stern. Er konnte den Blick einfach nicht von ihm lösen. Der Stern rief ihn.

Bald würde er sie alle rufen.

1

„Also, wenn ich das hier richtig lese, sind Sie jetzt ein Vampir. Keine Sekretärin."

„Keine Verwaltungsassistentin", korrigierte ich ganz automatisch. Also wirklich! Ich wusste, dass Cooper steinalt war, aber in welchem Jahrhundert lebten wir denn? (Oder, wie in meinem Fall, starben wir und erstanden dann wieder auf?)

„Die wesentlichen Punkte betreffen doch die Tatsache", fuhr Cooper fort, „dass Sie ein Vampir sind."

„Na ja, schon richtig."

„Und dass Sie die Königin der Vampire sind."

Ich seufzte und ließ mich tiefer in den Flugzeugsitz sinken. Ich betrachtete die Spitzen meiner marineblauen Slipper von Cole Haan. Bisher war noch kein einziger Kratzer zu entdecken. „Ja, ich nehme an, manche würden das für wesentlich halten. Die Sache mit der Königin."

„Dieser Punkt ist fett gedruckt. Außerdem ist das Datum Ihres Todes kursiv gesetzt, genau wie die Information, dass Sie nicht mehr urinieren müssen."

„Mein Pipi oder der Mangel an ebensolchem geht niemanden etwas an!" Ich biss die Zähne aufeinander. „Geben Sie mir das."

Ich riss Cooper das Memo so schnell aus der Hand, dass er die Bewegung meiner Hand erst wahrnahm, als seine runzligen Finger nur noch Luft festhielten. Erschrocken keuchte er auf. Wir beide taten so, als hätten wir es nicht gehört. Wie ich kürzlich gelernt hatte, gehörte das unter Vampiren zum guten Ton.

Oder besser gesagt, so benahmen sich höfliche Vampire, wenn sie es mit Menschen zu tun hatten. Nach drei Jahren als Untote hatte ich auch das endlich herausgefunden.

Für Leute wie mich sollte es Fortbildungen geben. Grundkurs Vampiretikette: Wie man sich Menschen gegenüber verhält. Noch fünfzig Jahre, und ich würde selber einen geben können.

Ich überflog das Memo, und mir traten beinahe die Augen aus dem Kopf. Cooper hatte keinen Spaß gemacht. Jessica hatte ihm tatsächlich ein Memo über meine Körperfunktionen geschickt. Zwei Seiten lang!

An: Samuel Cooper
Von: Dem Boss
Re: Betsy, Vampirismus und Fracht

Fracht? Mir drehte sich der Magen um.

Und der Teil über meinen Status als Vampirkönigin war wirklich noch einmal extra hervorgehoben.

„Ich kann nicht glauben, dass sie Ihnen tatsächlich ein Memo geschickt hat."

„Das tut sie immer. Und ich schicke ihr auch welche. Über die steigenden Treibstoffkosten, Lizenzprobleme, Streckenänderungen. Wissen Sie, wie teuer Treibstoff wird, jetzt, da China das ganze Öl aufkauft? So ein Jet ist nicht billig. Sie schickt mir Memos, um mich auf dem Laufenden zu halten. Dieses hier scheint allerdings ein bisschen zu spät zu kommen", brummte er.

„Unheimliche Schnelligkeit und übernatürliche, groteske Superkräfte?" Entgeistert las ich weiter. Immer wieder sprangen mir neue Gemeinheiten ins Auge. „„Immer noch besessen von

Schuhen, aber reich verheiratet und kann sich die doofen Dinger jetzt auch leisten?' Diese gemeine Verräterin, ich werde … Arg! ‚Die Unsterblichkeit hat sie nicht dazu bewegen können, sich für Themen zu interessieren, von denen sie nicht in der ersten Person sprechen kann.' Na ja, das … okay, mit dem letzten Punkt hat sie recht, aber sie musste es nicht gerade unterstreichen. Sehen Sie mal! Es ist *unterstrichen*."

„Genau wie ‚extreme narzisstische Tendenzen'. Jedenfalls soll ich Sie nach Cape Cod bringen, damit Sie den König der Werwölfe treffen und dafür sorgen, dass er nicht sein Rudel auf Sie ansetzt. Anscheinend sind die ziemlich sauer. Wegen Antonia?"

Ich knabberte an meiner Lippe, unglücklich, wie immer, wenn jemand Antonia erwähnte. Es war erst eine Woche her. Immerhin war der Schmerz jetzt nicht mehr stechend – eher so, als würde man mit einem Messer quer durch meine Leber schneiden. Die arme Antonia begleitete uns nämlich – im Frachtraum, wo alle Leichen untergebracht werden. In einem einfachen Holzsarg. Die tödlichen Schusswunden am Kopf waren noch nicht von dem Bestatter aufgefüllt worden. Mein Mann Sinclair und ich hatten keine Ahnung, wie die Bestattungsbräuche von Werwölfen aussahen, daher hatten wir angeordnet, dass ihre Leiche einfach in einen Sarg gelegt und in Jessicas Privatjet geladen wurde.

Noch nicht einmal ihr schönes, liebes Gesicht hatten wir gewaschen.

Aber das war nichts gegen das, was wir mit Garretts Leiche gemacht hatten.

„Also, Cooper, das Wichtigste ist doch, dass Sie wissen, worauf Sie sich einlassen. Wenn Sie uns also nicht dort hinfliegen können, oder falls Sie glauben …"

„Halten Sie mal die Luft an, Fräulein. Ich fliege für Jessica

Wilson, seit sie sieben Jahre alt ist, und da ist es mehr als einmal ganz schön haarig geworden."

„Cooper, ich möchte nie, niemals, etwas über Ihre Haare hören."

Er ignorierte mich. Mir war es recht. „Ich habe Dinge gehört und gesehen … aber lassen wir das. Das sind vertrauliche Familienangelegenheiten."

„Ach, kommen Sie. Wir sind doch beste Freunde. Jessica und ich, meine ich." Ich wusste nicht, ob Cooper überhaupt Freunde hatte. „Sie können unmöglich etwas wissen, das ich nicht …"

Unbarmherzig unterbrach Cooper meinen schamlosen Versuch, ihm Klatsch zu entlocken. „So etwas macht mir keine Angst." Er nickte in Richtung des Memos in meiner Hand, das ich, ohne es zu merken, zerknüllt hatte. „Aber ich wünschte, Miss Jessica hätte mich früher informiert."

Damit wollte er natürlich sagen: „Am besten, noch bevor ich Sie und den König der Vampire in Ihre Flitterwochen nach New York geflogen habe, Dumpfbacke." Aber Cooper flippte weder aus, noch kündigte er. Gott sei Dank, denn um diese Uhrzeit wäre es schwer geworden, einen anderen Piloten aufzutreiben.

„Haben Sie ein Problem mit der Chefin?", fragte ich. „Dann machen Sie es mit ihr aus. Ich will nur wissen, ob wir immer noch um acht Uhr abfliegen?" Wenn nicht, würden ich und mein Gatte möglicherweise mächtigen Ärger mit fünfundsiebzigtausend Werwölfen bekommen. Ich hielt den Atem an, rief mir zum x-ten Mal in Erinnerung, dass ich nicht zu atmen brauchte, und wartete auf seine Antwort.

2

„Durch solche Memos lasse ich mich nicht in den Flugvorbereitungen stören“, schimpfte Cooper, nur halb ernst, in seinem wunderbaren irischen Akzent. Beinahe wäre ich vor Erleichterung in Ohnmacht gefallen. Und ooooh, dieser europäische Akzent, den konnte ich mir den ganzen Tag anhören. Dagegen klangen Amerikaner wie ungebildete Bauerntrampel. „Genauso wenig wie durch *Schüsse*.“

„Keine Sorge. Wir haben kein Gepäck.“ Dieses Mal nicht.

„Ich könnte Ihnen Geschichten über Gemetzel mit Unmengen von Todesopfern erzählen …“ Coopers helle blaue Augen verklärten sich vor lauter Nostalgie, während ich ihn nervös ansah. Dann schien er wieder zu sich zu kommen. „Aber die Regierung hat mich zu Stillschweigen verpflichtet.“

„Hoch lebe die Regierung.“

Cooper hatte bereits für Jessicas Vater gearbeitet, und als ihre Familie starb (einen unschönen, aber passenden Tod, aber diese Geschichte gehört nicht hierher) und sie alles erbte, flog er auch für sie weiter.

Und wie er bereits gesagt hatte, er hörte so einiges. Wahrscheinlich hatte er schon irgendwo aufgeschnappt, dass ich tot war und trotzdem weiter herumlief. Er war nur beleidigt, weil Jessica es ihm nicht schon vor drei Jahren gesagt hatte.

Außerdem sah er nicht gerade abstoßend aus. Er war groß – ungefähr so groß wie ich –, seine Augen hatten die Farbe von neuen Jeans, und das dichte weiße Haar trug er schulterlang wie ein alternder Hippie, allerdings wie einer, der nie Drogen oder Alkohol angerührt hatte.

Er trug das, was Jessica scherzhaft „seine Uniform" nannte: Kakishorts, Sandalen und ein T-Shirt mit der Aufschrift „Jesus rettet. Er gibt an Noah weiter. Und Noah macht den Punkt!". Er hatte massenweise komische Jesus-T-Shirts. Wenn er das Falsche am falschen Ort trug, kam es schon mal zu einer Schlägerei. Aus denen Cooper immer als Sieger hervorging, trotz seines Alters. Erstaunlich, aber cool ... wie Cooper selbst. Zu seiner eigenen Sicherheit hatte Jessica ihn bereits mehrfach gefeuert, aber am nächsten Tag tauchte er immer wieder auf.

„Na dann." Ich stand auf, vergaß, dass ich unter einer niedrigen Decke saß, und stieß mir den Kopf. „Aua!"

„Wie schön, dass die Tatsache, dass Sie tot sind, nicht Ihre natürliche Anmut beeinträchtigt."

„Ach, seien Sie still, Cooper." Spöttisch salutierte er mit zwei Fingern an der Stirn. „Gut, dann sehe ich Sie in einer Stunde. Antonia, äh ... ist verladen worden, und mein Mann macht gerade den Papierkram fertig."

Um welche Art von Papierkram es sich handelte, wusste ich nicht. Sinclair hatte beinahe überall die Hand im Spiel, und es interessierte mich nicht genug, um nachzufragen. Er könnte ja womöglich antworten, und dann müsste ich zuhören. Oder so tun, als würde ich zuhören, was schwerer war, als es schien.

„Wie dem auch sei", schloss ich, nachdem ich beinahe in Gedanken abgeschweift wäre (wieder einmal), „wir kommen später wieder."

„Ich werde bereit sein, Mum."

Oh, jetzt nannte er mich also schon *Mum*? Wer war ich denn? Die Königin von ... ach, egal. „Und zum hundertsten Mal: Nennen Sie mich Betsy. Einfach nur Betsy."

„Wie Sie wünschen, Mum."

Höflich wie immer, drehte er mir nicht den Rücken zu, solange ich aus dem Flugzeug und die Treppe hinunterkletterte. Mein Wagen war an der Westseite des Rollfeldes des Minneapolis International Airport geparkt. Ich hatte keine Ahnung, welche Beziehungen Sinclair hatte spielen lassen, damit ich dort parken konnte. Und ehrlich gesagt, wollte ich es auch gar nicht wissen.

Okay, es war nicht wirklich „mein" Wagen … Ich war mit einem von Sinclairs Wagen zu meinem Treffen mit Cooper gefahren, um ihn darüber aufzuklären, dass ich tot war. Es war ein Lexus Hybrid, der einzige Geländewagen, den ich fahren konnte, ohne mich wie ein umweltverschmutzendes Arschloch zu fühlen. Außerdem hatte er Sitzheizung.

So, eine unangenehme Aufgabe hatte ich bereits erledigt – Cooper war aufgeklärt und hatte, was noch besser war, nicht versucht, mir ein Kreuz ins Gesicht zu halten. Er hatte sich bereit erklärt, uns nach Cape Cod zu fliegen, und – das war das Beste – er hatte mir keinen mit Weihwasser getränkten Waschlappen angeboten. Auf einen weiteren Niesanfall konnte ich wirklich verzichten.

Hatte ich bereits erwähnt, dass es tatsächlich auch Vorteile hat, wenn man die prophezeite Königin der Vampire ist? Ich bin so daran gewöhnt, über dieses Amt, das ich mir niemals gewünscht hatte, zu meckern, dass ich manchmal die positiven Seiten nicht richtig zu schätzen weiß.

Weihwasser, Kreuze und Pflöcke können mir nichts anhaben. Genauso wenig wie Knoblauch. Antonia, meine liebe Freundin, hatte keine Ahnung, ob Kugeln mich töten würden, und wollte das Risiko nicht eingehen, es herauszufinden. Deswegen reiste sie jetzt auch im Frachtraum statt auf den weichen Sitzen des Privatflugzeugs.

Ich verdrängte den Gedanken an Antonia; es tat immer noch zu weh, an ihr Opfer für mich zu denken.

Und da wir gerade bei Opfern waren, musste ich auch an Garrett, Antonias toten Geliebten, denken. Als er begriffen hatte, dass Antonia tot war – teilweise wegen seiner eigenen Feigheit –, hatte er sich vor unseren Augen umgebracht. Auf sehr blutige Weise.

Sinclair gegenüber wagte ich das Thema kaum anzusprechen. Er verspürte lediglich Verachtung für jemanden, der erst seine Geliebte in die Klemme brachte und dann nicht für die Konsequenzen geradestand.

Ich dagegen sah es nicht ganz so schwarz-weiß. Garrett war nie stark gewesen. Er war nie mutig gewesen. Aber er hatte Antonia geliebt und konnte nicht ohne sie leben. Buchstäblich.

Tina und Sinclair hatten sich um seine Leiche gekümmert. Sie hatten ihn von dem zerbrochenen Treppengeländer gehoben (der arme Garrett war darauf aufgespießt gewesen wie auf riesigen Zähnen), ihm dann den Kopf abgeschnitten und ihn auf dem Gelände von Nostros Gut beerdigt (wo die Biester lebten – die, die noch am Leben waren).

Aber nun wollte ich fürs Erste nicht mehr daran denken. Garrett war tot, daran würde ich nichts ändern können. Aber mit meiner angeblich besten Freundin musste ich über ihr beleidigendes und idiotisches Memorandum (oder hieß es Memoranda?) reden.

Also wirklich. Narzisstisch? Hatte sie denn keinen Gedanken daran verschwendet, wie *ich* mich fühlen würde, wenn Cooper das las? Ganz zu schweigen davon, dass ich noch nicht einmal cc gesetzt war.

Ich wusste nicht, was in die Frau gefahren war, seitdem ich ihren Krebs geheilt und sie ihren Freund abserviert hatte, weil er mich nicht ausstehen konnte. Ich hatte, ehrlich gesagt, eine schlimme Woche hinter mir.

Und jetzt wurden auch noch Memos hinter meinem Rücken verschickt! Das war zu viel für mich. Das ging über meine Kräfte. Und das würde ich Jessica auch deutlich zu verstehen geben, sobald ich sie zu Gesicht bekommen würde.

Egozentrisch? Ich? In mancher Hinsicht kannte mich diese Frau überhaupt nicht.

3

Liebes Ich,

ich kann mich gar nicht daran erinnern, wann ich das letzte Mal ein Tagebuch geführt habe.

Dieses hier wird, denke ich, das gleiche Schicksal wie die anderen erleiden. Ich werde eine Woche oder zwei wie verrückt hineinschreiben, bis ich dann keine Lust mehr habe, über mein Leben zu schreiben, und es lieber lebe. Aber trotzdem versuche ich es noch mal und beginne das erste Mal seit zwanzig Jahren wieder ein Tagebuch.

Das ist natürlich gelogen. Einer meiner Psychologie-Profs im College hat mir einmal gesagt, dass wir am überzeugendsten lügen, wenn wir uns selbst anlügen.

Der Mann wusste, wovon er sprach. Ich weiß genau, wann ich damit aufgehört habe, ein Tagebuch zu führen: Nämlich als ich entdeckt hatte, dass ich mich nicht für Mädchen, sondern für Jungen interessierte. Ich war vierzehn und habe darauf gewartet, dass sich das irgendwie auswachsen würde. Immer wieder habe ich mich gefragt, ob mit mir etwas nicht stimmte. Ich hoffte, es wäre nur eine Phase. Ich habe gebetet, dass mein Vater nicht dahinterkommen würde. Und auch niemand aus der Highschool.

Das ist nämlich das Schlimme, wenn man ein versteckter Homosexueller ist: Man lebt immer in der furchtbaren Angst, dass es herauskommen könnte.

Ich habe mich versteckt, bis ich alt genug war, um Alkohol zu trinken.

Als ich sechzehn war, habe ich mein Tagebuch aus einem einfachen und feigen Grund zerrissen: Ich wollte nicht, dass mein Vater es fand. Der einzige Sohn von Colonel Phillip P. Spangler ein Arschficker? Ein Schwuler? Ein Schwanzlutscher? Er hätte mich umgebracht, oder ich hätte mich selber umgebracht. Es war also besser, wenn ich aufhörte, Dinge niederzuschreiben wie: „Ich wünschte, Steve Dillon würde mit dieser blöden Cheerleaderin Schluss machen und mir zwei Stunden lang einen blasen."

Das Risiko, dass der Colonel dieses Tagebuch, das ich jetzt beginne, findet, geht gegen null, denn im Moment wartet er in einem Hospiz schlecht gelaunt auf seinen Krebstod.

Ich war nicht traurig, als ich es erfuhr. Das ist ziemlich mies, ich weiß. Ich habe sogar die Labortests eigenhändig noch einmal durchgeführt, um sicherzugehen. Ich war erleichtert. Und das als einziger Sohn meines Vaters.

Mein Name ist Marc Spangler. Ich bin Arzt im praktischen Jahr in der Notaufnahme eines der meistfrequentierten Krankenhäuser in Minneapolis, und ich lebe in einer Villa. Nein, ich bin nicht reich. Noch nicht … Und möglicherweise werde ich es auch nie sein, wenn ich mich nicht auf Kardiologie, Onkologie oder Facelifts spezialisiere. Glücklicherweise ergreift man diesen Beruf nicht, um viel Geld zu verdienen. Was auch gut so ist, denn als ich einmal meine Schichten in Stundenlohn umgerechnet habe, fand ich (eher zufällig) heraus, dass jede Sprechstundenhilfe mehr Geld verdient als ich.

Aber zurück zur Villa und ihren Bewohnern. Meine besten Freunde sind ein Vampir und die reichste Frau in Minnesota (und, wie Jessica selbst betonen würde, nicht die reichste schwarze Frau, sondern tatsächlich … die reichste Frau). Eigentlich sind sie sogar meine einzigen Freunde. Nachdem ich das Mist-

kaff, in dem ich aufgewachsen bin, erst einmal verlassen hatte, bin ich nie wieder dorthin zurückgekehrt. Und das werde ich auch nie.

Ich habe schon seit einer Weile keinen Sex mehr gehabt, aber dafür führe ich von allen, die ich kenne, das interessanteste Leben … Betsy und Sinclair vielleicht einmal ausgenommen, den König und die Königin der Vampire.

Ohhhh, Sinclair. Bei ihm gerate ich leicht ins Schwärmen. Groß, breitschultrig, dunkles Haar, dunkle Augen, lange Finger, und wenn er und Betsy miteinander schlafen, wackelt die ganze Villa. Dann gehe ich meistens aus und betrinke mich.

Vor allem, weil ich mich schon immer sehr stark zu ihm hingezogen gefühlt habe. Aber auch, weil mich Betsy, ohne es zu wollen, mit ihrem Vampircharme bezirzt hat … Sie ist die einzige Frau, mit der ich je ernsthaft habe schlafen wollen. Und – verstehen Sie mich nicht falsch; ich liebe sie über alles – es ist wahrscheinlich gut, dass wir es nie getan haben. Sie ist besessen von Schuhen, schimpft ständig auf ihren Job, um den sie nicht gebeten hat und den sie nicht will, und schafft es (ganz unbewusst, dessen bin ich mir sicher), dass sich immer alles nur um sie dreht. Nein, nein, nein. Wenn sie meine Freundin wäre, hätte ich mir wahrscheinlich schon nach einer Woche eine Kaliumspritze ins Herz gerammt.

Sie besitzt achtundzwanzig Paar schwarze Pumps. Achtundzwanzig! Ich habe sie selbst gezählt. Nicht nur einmal, sondern zweimal, um sicherzugehen, dass ich nicht halluziniere. Beim zweiten Mal kam ich dann auf neunundzwanzig. Diese acht- oder neunundzwanzig Paare machen ungefähr ein Drittel ihrer gesamten Kollektion aus. Ihre Liebe zu gutem Schuhwerk … ist beinahe pathologisch.

Doch während ich darüber nachdachte, ob ich tatsächlich

mal Sex mit einer Frau ausprobieren sollte, war Betsy sich ihrer Wirkung auf mich gar nicht bewusst. Dass ich oft an sie dachte und ein bisschen mehr Aftershave auflegte, dass ich sie wollte … es geschah, ohne dass sie es darauf angelegt hätte. Als Wissenschaftler wünschte ich mir, ich hätte sie schon vor ihrem Tod gekannt, um ihr Charisma post mortem mit ihrem „Vampir-Mojo“, wie sie es nennt, vergleichen zu können.

Aber warum schreibe ich die ganze Zeit über Betsys erstaunlichen und gefährlichen Sexappeal? Eigentlich wollte ich etwas ganz anderes sagen.

Ich glaube, der eigentliche Grund, warum ich noch einmal ein Tagebuch begonnen habe, ist, dass nicht mehr alles nur noch eitel Sonnenschein und Friede, Freude, Eierkuchen ist. Die Guten gewinnen nicht immer. Ich dachte, das hätte ich bereits während meines Medizinstudiums gelernt, aber damals wusste ich rein gar nichts vom Tod.

Heute weiß ich sehr viel mehr.

Menschen sterben. Gute Menschen sterben. Freunde sterben. Und ich finde, jemand sollte das alles einmal niederschreiben. Weil ich nämlich Angst habe, dass ich irgendwann einmal in einem Privatflugzeug reisen werde, und zwar nicht in der ersten Klasse – wenn Sie verstehen, was ich meine.

Den Colonel würde es vielleicht interessieren. Vielleicht. Aber ich werde nicht mehr da sein, um es herauszufinden, also ist es wohl auch nicht von Bedeutung.

4

Mein Gatte zog eine Grimasse, als ich mich mit Baby Jon in den Armen neben ihn fallen ließ. Er war nie besonders scharf darauf gewesen, Vater zu werden. Umso größer war sein Entsetzen, als seine Frau zum Vormund ihres kleinen Halbbruders bestimmt wurde.

Er war, wie jeder Mann, eifersüchtig auf jeden, der ihm die Aufmerksamkeit seiner Frau streitig machte (was teils süß, teils aber auch lästig war).

Außerdem war es meine Schuld, dass mein Vater und meine Stiefmutter tot waren. Um es kurz zu machen: Es ging um einen Verlobungsring, der mit einem Fluch belegt war, Wünsche, die gewährt wurden, und den hohen Preis, den man immer dafür zu zahlen hat. Und als ich den Ring an den Finger zog, wurde mein Vater getötet. Wie auch meine Stiefmutter.

Ich hatte mir nämlich ein eigenes Baby gewünscht, und mein Wunsch wurde mir auf furchtbare Art erfüllt: Wer bekam wohl das Sorgerecht, als Baby Jons Eltern tot waren? Bingo. So kam ich von heute auf morgen zu einem Baby, ohne Schwangerschaftsstreifen, aber mit schweren Schuldgefühlen.

Da ich Baby Jon unbeabsichtigt zu einem Waisen gemacht hatte, war es das Mindeste, ihn zu mir zu nehmen. Er war meine einzige Chance, jemals Mutter zu sein. Tote Menschen können sich selbstverständlich nicht fortpflanzen.

Er wand sich in meinen Armen. Ich lächelte ihn an. Tiefschwarze Haare und kristallblaue Augen und rund genau dort, wo Babys rund zu sein hatten. (Genieße es, solange die Gesellschaft dein Körperfett noch akzeptiert, kleiner Bruder.) Er hatte schon vier Zähne, und von seiner Unterlippe tropfte reichlich Sabber.

„Warum setzt du ihn nicht in seinen Sitz?“, fragte mein Mann und schüttelte das Wall Street Journal aus, als wäre es ein Strandlaken.

„Weil wir noch nicht sofort abfliegen.“

„Noch nicht!“, rief Jessica aus dem Cockpit. Sie nahm die Kopfhörer ab – sie meinte wohl, damit würde sie cool aussehen, aber ich wusste, sie hörte nur das neueste Album von Shakira – und kam zu uns. Sie ließ sich in den Sitz hinter uns plumpsen und rollte sich, klein, wie sie war, zusammen wie eine Katze.

„Also ziehen wir die Sache echt durch?“

Sinclair sah sich um, als prüfe er seine Umgebung, das Cockpit, den Piloten, seine Zeitung, meine Magazine. „Es scheint so.“

„Weil – nur fürs Protokoll – ich finde, ihr seid wahnsinnig. Was dem armen Mädchen passiert ist, war nicht eure Schuld.“

„Natürlich“, sagte ich, entsetzt darüber, wie bitter ich mich anhörte. Als würde ich tief im Inneren an einer Zitrone saugen. „Der Nachbarshund war schuld.“

„Doch nicht Muggles?“, keuchte Jessica erschrocken auf, und trotz allem musste ich kichern. Sie schaffte es immer wieder. Ich war schrecklich froh, dass sie nicht gestorben war.

„Selbst wenn Elizabeth sich nicht verantwortlich fühlen würde, wäre es ein Zeichen von Respekt, die Leiche nach Hause zu begleiten.“

Und dabei mal einen genauen Blick auf potenzielle Feinde zu werfen, was? Aber ich behielt meine Gedanken für mich; das hatte mein Mann mir im Vertrauen in den vier Wänden unseres Schlafzimmers erzählt, und es ging Jessica nichts an.

Obgleich sie es wahrscheinlich bereits wusste. Diese Gelegenheit (einen mächtigen Gegner auf neutralem Territorium zu treffen) würde sich Sinclair ebenso wenig entgehen lassen, wie er ohne Hose aus dem Haus gehen würde.

„Aber ich möchte noch einmal hinzufügen …"

„Oh, jetzt fängt das wieder an."

„Ich finde, du solltest uns nicht begleiten, Jessica. Es könnte gefährlich werden."

Jessica wedelte mit den spindeldürren Ärmchen. Mit diesen Dingern würde sie noch einmal jemandem ein Auge ausstechen. „Was ist denn nicht gefährlich, seitdem Betsy von den Toten wiederauferstanden ist? Ich kann ja noch nicht einmal in die *Mall of America* gehen, ohne dort auf ein Scharfschützenteam zu treffen."

„Du übertreibst."

„Ja, aber nicht sehr."

Sinclair zuckte die Achseln. „Wie du willst." Er wusste, dass das Flugzeug Jessica gehörte. Und dass sie darauf bestehen würde, mit uns zu kommen, selbst wenn es seines wäre.

Ich weiß, es hört sich furchtbar an, aber manchmal bereute ich es fast, dass ich ihren Krebs geheilt hatte. Jetzt war sie wie besessen davon, das Leben zu genießen und nichts zu verpassen, und war noch schwerer abzuschütteln als gewöhnlich.

Ich hatte sie nur durch einen Zufall geheilt, und das war wunderbar, keine Frage. Aber durch diesen Zufall spürte sie keine Furcht mehr, und das war weniger wunderbar. Der Tag würde kommen – nach dem Gesetz der Wahrscheinlichkeit –, an dem ich nicht in der Nähe sein würde, um ihren winzigen Hintern zu retten.

„Weißt du, Sinclair hat nicht unrecht", begann ich, obwohl ich wusste, dass es sinnlos war. „Wer weiß, was für einen Empfang sie uns bereiten werden? Du hast immer noch Zeit, vernünftig zu sein und …"

„Wir starten jetzt, Ma'am", rief Cooper.

„Das hast du mit Absicht gemacht", murmelte ich.

Vor uns checkte Cooper die Instrumente, während Jessica von ihrem Sitz kletterte, nach vorne ging (wie nannte sich das? Das Vorderteil? Die Kabine? Ich war ja viel, aber sicher kein Pilot) und ihren Platz neben Cooper einnahm.

Sie konnte nicht fliegen und kannte sich nur wenig mit den Instrumenten aus, die Cooper benutzte, aber das Flugzeug gehörte ihr. Irgendwann würde sie auch den Mut aufbringen, ihn zu bitten, ihr das Fliegen beizubringen.

Jessicas Anwesenheit war für Cooper weniger ein Problem als für mich. Eigentlich sollte man so etwas nicht über seine beste Freundin sagen. Wie ich schon erwähnte, habe ich sie rein zufällig von einer tödlichen Blutkrankheit geheilt. Dabei hatte der Vampir in mir zwar ihren Krebs besiegt, aber er war auch über sie hergefallen, hatte ihr ihren Freund weggenommen und ihre Großzügigkeit ausgenutzt.

Jedes Mal, wenn ich sie ansah, überkam mich Sorge. Dann nahm ich mir vor, mich zu bessern. Und machte mir sofort wieder Sorgen.

Um mich abzulenken, stand ich auf, setzte Baby Jon in seinen Autositz, sah nach, ob er auch wirklich an dem Flugzeugsitz befestigt war, und setzte mich dann, um meinen eigenen Sicherheitsgurt umzulegen. Mein kleiner Bruder blickte, ohne einen Mucks zu machen, aus dem Fenster.

Moment mal. Sicherheitsgurt? Brauchte ich den überhaupt? Würde ich bei einem Flugzeugabsturz überhaupt zu Schaden kommen? Ich sah auf Erics Taille und stellte fest, dass er auf einen Gurt verzichtet hatte.

Hm. Nun gut. Alte Gewohnheiten. Sie wissen schon.

„Bist du nicht nervös?“, fragte ich.

„Sehr.“

„Das war eine ernst gemeinte Frage.“

„Oh.“ Die Zeitung senkte sich langsam. „Ich bitte um Verzeihung, meine Liebe. Warum sollte ich nervös sein? Weil wir es mit einer unbekannten Anzahl von Gegnern zu tun bekommen, die alle stärker und schneller sind als wir? Oder weil wir in einem Flugzeug sitzen, das von einem Iren geflogen wird?“

„Böse, böse! Was haben die Iren dir getan?“

„Schon gut“, brummte er düster. „Das ist lange her.“

„Konzentrier dich einfach darauf, nicht zu sterben. Dann ist alles in Ordnung.“

Er lächelte und umfasste mein Kinn mit der Hand. In einer Sekunde waren unsere Gesichter nur wenige Zentimeter voneinander entfernt. „Ich verspreche dir, nicht zu sterben, aber nur wenn du das Gleiche tust.“

„Abgemacht“, murmelte ich, ohne genau zu wissen, was ich eigentlich gerade versprochen hatte. Sinclairs Nähe hatte oft diese Wirkung auf mich.

„Bereit zum Start, meine Damen und Herren“, sagte Cooper, der Spielverderber.

Sinclair zog seine Hand zurück und nahm seine Zeitung wieder auf. Ich starrte nur hoch zur Decke. So begann also unsere Reise zu einem Ort, an dem ich nie gewesen war und den ich eigentlich auch gar nicht aufsuchen wollte.

Mit einer Leiche unter meinen Füßen. Nicht zu vergessen.

5

Ein paar Stunden später stiegen wir die Treppe zum Rollfeld des Logan Airport hinab (außer Cooper, der das tat, was Piloten so taten, wenn die Passagiere das Flugzeug verlassen hatten).

Ich zuckte zusammen, als man Antonias Sarg hinaustrug und vorsichtig absetzte.

Überrascht stellte ich fest, dass der riesige Flughafenbereich sehr ruhig war … beinahe verlassen. Wahrscheinlich, weil wir uns in dem Teil befanden, in dem die Privatflugzeuge landeten.

Auf dem Rollfeld erwarteten uns drei Personen, die ein Fahrzeug umstanden, das wie eine Mischung aus Limousine und Leichenwagen aussah.

Ich erkannte sie sofort wieder. Michael Wyndham, der Rudelführer (und, obwohl dies weder der rechte Zeitpunkt noch der rechte Ort war, um dies festzustellen, ein sehr süßer Typ mit goldbraunem Haar und ruhigen gelben Augen), seine Frau Jeannie, eine Blondine mit dicken Locken (die bei feuchtem Wetter sicher kaum zu frisieren waren), und Derik, einer von Michaels Werwölfen, auch ein leckeres Kerlchen, mit seinen kurzgeschorenen gelbblonden Haaren und den grünen Augen. War es genetisch bedingt, dass alle Werwölfe so attraktiv waren?

Moment, Moment. Jeannie war, anders als die anderen, ein Mensch. Wir hatten uns in der Woche vor meiner Hochzeit kennengelernt (eine laaaange Geschichte), und damals hatte sie mir ein wenig mehr von ihrer Geschichte erzählt. Ich glaube, bei Michael und Jeannie war es Liebe auf den ersten Blick gewesen.

Im Gegensatz zu dem Hass auf den ersten Blick zwischen Sinclair und mir. Ach ja, das waren noch Zeiten.

Ich hoffte, dass es zu einem friedlichen Verlauf der Gespräche beitragen würde, wenn sich Jeannie an unser erstes Treffen erinnerte. Schließlich hatte sie mir geholfen, mein Hochzeitskleid auszusuchen. Das machte uns doch beinahe zu Freundinnen.

Zur gleichen Zeit hatte ich Derik und Michael das erste Mal getroffen. Michael war ganz der coole Anführer gewesen, aber Derik hatte sich sehr gut gelaunt und freundlich gezeigt.

Damals.

Wir starrten einander an. Das Schweigen wurde lang und ungemütlich. Als ich mich schließlich räusperte, um etwas zu sagen, ging Derik zu dem Sarg und …

Oh Mann, er tat es nicht wirklich. Er konnte doch nicht … Doch, er tat es. Er hob den Sargdeckel.

„Ich glaube, das ist keine gute Idee", sagte mein Mann ruhig. Ich nahm seine Hand und drückte sie, was die Knochen eines normalen Menschen pulverisiert hätte, aber auf Sinclair nur wie ein Mückenstich wirkte.

Er erwiderte den Druck, und das tat weh.

„Derik, Eric hat recht", sagte Michael warnend. Unter dem Neonlicht sah er milchigweiß aus. Sie waren alle sehr blass. Die Armen. Ich wusste nicht, mit wem ich mehr Mitleid hatte: der toten Antonia oder den lebendigen Rudelmitgliedern.

„Ich muss sicher sein", sagte Derik stur, und ich zuckte wieder zusammen. Der arme Mann hoffte tatsächlich, dass wir einen anderen Werwolf mit Antonia verwechselt hatten. Dieser Gedanke war so dumm, dass ich zu Tränen gerührt war.

Jetzt war der Deckel ganz oben. Derik starrte lange in den Sarg und schloss ihn dann wieder – sehr, sehr vorsichtig.

Dann begann er zu heulen.

6

Wir waren alle schockiert, selbst seine Freunde. Derik, der normalerweise ein so sonniges Gemüt hatte (diesen Eindruck hatte ich zumindest vor einigen Monaten bekommen), brüllte wie ein tollwütiger Bär. Dann hob er die Fäuste über den Kopf und schlug mit aller Kraft auf den Sargdeckel, der sofort nachgab.

Auf einmal hatte ich Schwierigkeiten zu schlucken. Und verspürte gleichzeitig ein unbändiges Verlangen nach etwas zu trinken. Irgendetwas, egal was. Einen Smoothie, einen Frozen Mudslide, Blut, Benzin, Reinigungsmittel, egal.

Derik fixierte mich mit einem Blick, der es mir unmöglich machte wegzuschauen. „Ihr hättet ihr wenigstens das Gesicht waschen können."

Heute Abend sollte ich wohl mehr als einmal zusammenzucken, obwohl ich dieses Mal beinahe zurück*schreckte*. Weil Derik natürlich recht hatte … Aber hatte ich wirklich einen Fehler gemacht in dem Bemühen ihren mir unbekannten Ritualen Respekt zu zollen?

Jessica hustete und wollte mir zu Hilfe kommen. „Wir, ähem … wollten euch nicht beleidigen."

„*Beleidigen?*", zischte Derik. Und plötzlich fiel mir ein, dass Antonia mir einmal erzählt hatte, dass Derik ihr einziger wirklicher Freund im Rudel gewesen war. „*Beleidigen?*"

Krach! Noch mehr faustgroße Löcher in dem Sargdeckel, den er anscheinend zu Tausenden von samtbezogenen Zahnstochern verarbeiten wollte. Ich machte einen Schritt nach vorne … doch dann spürte ich, wie sich Sinclairs Finger um meinen Bizeps legten und mich sanft zurückzogen.

Er hatte natürlich recht. Hier ging es nicht um mich. Ich sollte mich nicht einmischen. Aber dennoch. Ich konnte einfach nicht mit ansehen, wie jemand, selbst wenn er nur eine flüchtige Bekanntschaft war, so furchtbar litt.

Meine Füße verweigerten meinem Gehirn den Gehorsam und taten noch einen langsamen Schritt … und Sinclair zerrte mich zurück, dieses Mal nicht ganz so sanft.

„Du hättest nie fortgehen dürfen!", schrie Derik in den Sarg hinein. „Du dumme Kuh. Du hast dein Rudel verlassen!"

Darauf sagte niemand etwas. Was für eine Überraschung. Weil es nämlich wieder die Wahrheit war.

„In Ordnung, das reicht jetzt", sagte Michael ruhig. Unter den Neonlampen glänzten seine kupferfarbenen Augen beinahe orange. „Bringen wir sie nach Hause, Derik."

Also wurde Antonia in den Laderaum gehoben, wo es keine Sicherheitsgurte gab, weil sie dort keiner mehr benötigte.

Jeannie saß am Steuer, Michael neben ihr. Derik saß uns gegenüber auf den Rücksitzen. Er sah uns nicht an, blickte durch uns hindurch.

Während der gesamten neunzigminütigen Fahrt nach Cape Cod sagte niemand ein Wort.

7

„Himmel!“, rief ich verblüfft, als ich aus dem Fenster sah. Sinclair fuhr zusammen, aber an seine Zuckungen hatte ich mich mittlerweile gewöhnt. „*Hier* wohnt ihr?“, fragte ich und fühlte mich, als hätte ich Stroh im Haar und Kuhscheiße an den Schuhsohlen. Jetzt fehlten nur noch ein paar Lacher aus der Konserve im Hintergrund, und das Bild wäre perfekt. „Ihr *wohnt* hier?“

„Ja“, sagte Michael kurz angebunden, während der Wagen auf den Haupteingang zusteuerte. Ich presste mir die Nase am Autofenster platt. Gut, dass ich nicht mehr von Sauerstoff abhängig war, so beschlug die Scheibe wenigstens nicht.

Es war ein Schloss.

Nein, ehrlich. Ein Schloss. Auf Cape Cod! Und ich war nicht die Einzige, die staunte wie ein Bauerntölpel: Sowohl Jessica (die den ganzen Weg hierher verschlafen hatte, ebenso wie Baby Jon) als auch Sinclair machten große Augen.

Kies knirschte unter den Reifen, als wir uns dem Schloss aus rotem Backstein mit seinen unzähligen Fenstern näherten, das sich mitten auf einer riesigen Grünfläche, mit dem Atlantischen Ozean im Hintergrund, scheinbar endlos in das Grau des Abendhimmels erhob. Wenn es schon bei Nacht aussah wie verzaubert, wie schön würde es erst bei Tage sein?

Ich nahm mir fest vor, es herauszufinden. Wenn man Mitglied im Club der Untoten war, war es sehr empfehlenswert, die prophezeite Königin zu sein. Nicht nur, dass ich bereits nachmittags aufwachte statt erst bei Sonnenuntergang, ich konnte sogar nach draußen gehen. Ich verbrannte nicht, ganz zu schweigen davon, dass ich mir keine Sorgen um Falten oder Sommersprossen machen musste. Es war ungefähr so, als würde man in einem Club den Stempel auf die Hand gedrückt bekommen, nur viel, viel cooler.

Ich bemerkte, dass ich immer noch mit offenem Mund staunend im Wagen saß, und zerrte am Türgriff. Als ich aus der Limousine stieg, hörte ich das Rauschen der Wellen und schmeckte das Salz in der Luft, die Süße des Grases. Ich legte den Kopf zurück und blickte hinauf in einen Sternenhimmel, wie ich ihn nie zuvor gesehen hatte.

Es war beinahe zu viel für meine Sinne. Die Nacht war herrlich, und, bei Gott, es roch ebenso herrlich, und ich war dankbar für meine verschärften Sinne (was nicht immer der Fall gewesen war – von Marcs Aftershave will ich gar nicht erst reden).

Bisher hatte ich nicht gewusst, wie herrlich ein Duft sein konnte.

„Es ist spät", sagte Michael knapp und ging mit großen Schritten zum Haupteingang. Jeannie folgte ihm dichtauf. Auch Sinclair ging auf gleicher Höhe mit ihnen. (Wie gelang es ihm nur, immer genauso schnell wie der Größte und Stärkste zu sein, als wäre er einer von ihnen?)

Also riss ich mich los und trabte Jessica hinterher, die sich ihrerseits beeilen musste, um Schritt zu halten. Ich hatte Baby Jons Autositz gelöst und hob ihn hoch. Auf einmal wog er so schwer, als wäre er mit Goldbarren gefühlt, während ich den anderen nacheilte und schnüffelte und mich umsah und den Griff fester packte, damit der Sitz mir nicht gegen die Schienbeine schlug. Guter Gott, ich war wirklich nicht mehr in Form, wenn schon ein einfacher Gang ins Haus … Schloss … meine

Aufmerksamkeit so sehr beanspruchte, geschweige denn meinen Gleichgewichtssinn.

„Und es gibt viel zu besprechen."

Äh? Oh, richtig. Es war Michael, der da redete. Ich sollte wohl besser zuhören.

„Echt? Glaubst du?", flüsterte Jessica mir zu. „Und ich habe gedacht, wir wären wegen des Hummers hier."

Ich unterdrückte ein Lachen, obgleich ich wusste, dass die Situation nichts Amüsantes hatte, selbst wenn Antonia und Garrett nicht tot gewesen wären. Unser Vorhaben war ziemlich heikel, und Witze über Meeresfrüchte waren da wohl nicht angebracht (obwohl ich mich fragte, ob ich wohl die Gelegenheit bekommen würde, Muschelsuppe zu essen). Vielleicht war es merkwürdig, wenn ein Vampir sich Sorgen machte oder angespannt war – dieser Vampir hier zumindest –, aber anders als es immer in Büchern und Filmen dargestellt wird, konnten auch für einen Vampir Wochen – wenn nicht gar Monate – vergehen, ohne dass etwas Aufregendes passierte.

Die letzte Woche allerdings war nicht so eine Woche gewesen. Ich hatte gedacht, zu Beginn der Woche hätten wir den schlimmsten Teil hinter uns gebracht, als die Biester plötzlich wild wurden, diese Mordfälle zu lösen waren, ich aufpassen musste, nicht selber das Zeitliche zu segnen (Übung macht den Meister, und deswegen war ich mittlerweile recht gut darin, was aber nicht hieß, dass es dadurch amüsanter wurde), und ich dann noch hilflos einen Mord und einen Suizid in meiner Eingangshalle mit ansehen musste. Okay, streng genommen war es Jessicas Eingangshalle.

Antonia war tot, Garrett hatte sich selbst getötet, aber der Spaß war noch nicht vorbei. Deshalb stand ich jetzt vor dem Atlantischen Ozean statt vor dem Mississippi.

Ja, ich glaube, wir hatten uns alle ein bisschen Ruhe und Frieden verdient – mindestens sechs Jahre. Ich war schließlich immer noch frisch verheiratet und hatte tonnenweise Dankeskarten zu schreiben. Aber wie immer war ich die Angeschmierte, und trotz der vielen Tränen, der Angst und der Kugeln war das alles erst Mittwoch geschehen. Jetzt war Wochenende, und Sinclair und ich hatten wieder neue Probleme, die es zu bewältigen galt.

Zuerst und vor allem musste ich herausfinden, wie groß unsere Probleme eigentlich waren. Wie groß war meine Schuld und die meiner Freunde an dem, was passiert war? Was warf man uns zu Recht vor … und was nicht? Und – die wichtigste Frage – was hatten die Werwölfe, die hier zusammen so zurückgezogen lebten, mit uns vor? Und wie würde ich den Werwölfen erklären, dass Antonias Freund früher einmal ein Biest gewesen war, ohne zu viel zu sagen und meinen eigenen Leuten zu schaden?

Hatte Antonia ihrem Rudel je erzählt, dass sie mit einem Vampir schlief? Eigentlich sollte ich das wissen. Aber Antonia hatte immer sehr deutlich gemacht, dass es in ihren Telefonaten mit Michael nur um das Rudel ging, und wir hatten alle versucht, ihre Privatsphäre zu respektieren. Doch die Werwölfe würden es wahrscheinlich für Nachlässigkeit und Gedankenlosigkeit halten.

Noch nie in meinem Leben hatte ich so dringend einen Drink gebraucht.

Wir folgten Michael die rote Backsteintreppe hinauf in eine Eingangshalle von der Größe eines Ballsaals. Ich sah mich staunend um …

Na klar, warum auch nicht? Du glotzt wie ein Tourist, statt dich wie ein Staatsoberhaupt zu benehmen. Das ist schon in Ordnung, denn einen echten *Anführer könntest du nie täuschen.*

… und versuchte gleichzeitig, ganz gelassen zu tun. Neben diesem Haus wirkte unsere Villa in der Summit Avenue – eine der schönsten, prächtigsten und teuersten Straßen im Mittleren Westen – wie eine Einzimmerwohnung im Warehouse District. Michaels Schloss …

Jawohl, das ist mal ein echter Anführer. Also hör auf, so zu tun als ob.

… war strahlend hell erleuchtet (vor allem durch die Kronleuchter an der Decke), und das wenige Mobiliar, das ich sah, war aus Mahagoni. Hier drinnen roch es nach altem Holz und Zedern, Fußbodenpolitur und Möbeln. Es war die luxuriöseste Behausung, die ich je gesehen hatte, dabei hatte ich bisher nur ein Zehntel eines Bruchteils davon gesehen.

Wir stiegen eine prachtvolle geschwungene Treppe empor (Marmorboden! Marmorboden! Anscheinend hatten Werwölfe einen sicheren Tritt. Oder vielleicht hassten sie es nur, Staub zu saugen), folgten den Wyndhams einen breiten, mit rotem Teppich ausgelegten Flur hinunter (nicht so ein Rot, an das Sie vielleicht denken, ein Orangerot, ein dunkles Pink – nein, dies war ein echtes Rot, ein tiefes, echtes Rot), und dann standen wir in einem Raum, der zweimal so groß wie meine Küche und offenbar Michaels Büro war.

Wenn er nicht gerade die Welt von seinem riesigen Schreibtisch aus regierte, erledigte er hier wahrscheinlich Papierkram oder heftete Coupons zusammen oder lud sich Songs von iTunes herunter. Und, entschuldigen Sie bitte, aber hatte ich dieses prächtige, pianogroße, rotbraune, kunstvoll gearbeitete, schimmernde Stück Holz einen Schreibtisch genannt?

Wie dumm von mir. Der Präsident der Vereinigten Staaten saß hinter einem Schreibtisch. Grundschullehrerinnen saßen hinter einem Schreibtisch. Bibliothekarinnen. TÜV-Angestellte.

Reporter. Kreditsachbearbeiter. Das alles waren Schreibtische. Dieses Ding war ein hölzernes Zeugnis für Michaels Status.

Hier und da standen ein paar bequeme Stühle, alle aus dunklem Holz und weich gepolstert. An zwei der Wände reihten sich Bücherregale, die vom Boden bis zur Decke reichten. An den anderen befanden sich Fenster und Bilder. Ein gerahmtes Porträt fiel mir ins Auge. Offensichtlich war es alt, aber die Leute darauf kamen mir bekannt vor, was unmöglich war.

Ich trat näher und schaute genauer hin. Nein, ich kannte keinen von ihnen. Der Mann hatte dichtes schwarzes Haar und die Frau braune Augen – nein, nicht braun, eher golden, wie …

Wie Michaels.

Natürlich! Die Mutter und der Vater des Rudels. Verdammt. Wahrscheinlich hätten sie ein paar gute Geschichten auf Lager gehabt.

(Kannst du sie hören, Elizabeth?)

Ich unterdrückte einen Aufschrei der Überraschung und warf Sinclair einen schnellen Blick zu. Es war zwar praktisch, wenn man die Gedanken des Ehemanns lesen konnte, doch das hieß nicht, dass ich es für natürlich und normal hielt oder nicht nervenaufreibend fand. Die Tatsache, dass sich unsere telepathischen Fähigkeiten erst unter extremem Stress oder in großer Aufregung bemerkbar machten (wenn wir miteinander schliefen, wenn einer von uns ermordet wurde oder wenn wir versuchten herauszufinden, ob Vampire Eigentumssteuer bezahlen mussten), gab mir Auskunft über Sinclairs aktuellen Gemütszustand.

Mein großer, dunkler Herzallerliebster wirkte vielleicht äußerlich ruhig und vernünftig, sogar ein wenig gelangweilt, trotzdem war er besorgt genug (wegen mir? Der ganzen Gruppe? Beidem?), um seine Frage direkt in meinen Kopf zu schicken, wo ich ihn genauso deutlich hörte, als wenn er ein Megafon benutzt hätte.

(Elizabeth. Kannst du sie hören?)

Oh, richtig, du erwartest wahrscheinlich eine Antwort. Ich nickte. Klar konnte ich das. Und ich wusste, worauf Sinclair hinauswollte. Es war keine Seele zu sehen, und das Schloss schien verlassen. Aber das war es nicht. Ganz und gar nicht. Wir hörten, wie sie herumliefen und, schlimmer noch, stillstanden. Ich war sicher – fragen Sie mich nicht, warum –, dass sie uns belauschten. Glauben Sie mir, ich weiß, wie das klingt: Wir hörten, dass sie uns belauschten. Geht's noch?

Aber es stimmte. Und das war das Unheimlichste: zu wissen, dass das Schloss voller Ungeheuer war, die uns auffressen würden wie ein Ungeheuer in einem Märchen.

Aber Großmutter, was hast du für große Ohren?

Meine Sorge um Jessica erhöhte sich um den Faktor achthundert … Sie hatte keinerlei paranormale Sinne, aber das bedeutete nicht, dass sie nicht auch die Spannung spürte. Junge, Junge, ich hoffte, dass wir Freundschaft mit den Ungeheuern schließen konnten. Niemals hätte ich geglaubt, dass ich diesen Satz einmal denken würde, geschweige denn laut aussprechen.

8

„Etwas zu trinken?“, fragte Jeannie, die den Barkeeper spielte. Ich betrachtete bewundernd ihr Haar. Anders als meins, das mit ein bisschen gutem Willen als wellig bezeichnet werden konnte (ich hatte in der Woche vor meinem Tod ein paar Strähnchen machen lassen und sie mit einem Deep Conditioner behandelt. Ich mochte vielleicht ein mordlustiges untotes, leichenschändendes Monster sein, aber splissige graue Haare würde ich niemals haben), waren ihre schulterlang, surferblond und lockig … die Sorte Haar, die sich im Juli schrecklich kräuselte, aber sich heute Abend in üppige, weiche Korkenzieherlocken legte. Der Rest von ihr war ganz gewöhnlich.

Nein, so war das nicht gemeint gewesen … Jeannie Wyndham war eine schöne Frau, nach zwei Kindern immer noch bewundernswert, locker gekleidet in Jeans, Slippern (von Payless – na ja, niemand ist perfekt), einer hellblauen Chambray-Bluse und einem braunen Wollblazer.

Wenn ich sage, sie sei gewöhnlich, meine ich im Vergleich zu ihrer Umgebung: Michaels Frau war die Königin über all das, was ich gerade anstarrte. Es gehörte zur Hälfte ihr. Aber wenn man sie ansah, hätte man es niemals geahnt. Sie hatte das forsche, unauffällige Auftreten einer erfahrenen Krankenschwester.

Bis auf ihre Augen selbstverständlich. Ihr Blick war so ausdruckslos und abschätzig wie der eines Scharfschützen. Ich fragte mich, wo wohl ihre Waffe war. Nicht nur aus reiner Neugier;

das letzte Mal als wir uns trafen, hatte sie auf mich geschossen. Dreimal in die Brust.

Aber später hatte sie mir geholfen, das tollste Kleid in der Geschichte der menschlichen Bekleidung auszusuchen, darum hatte ich ihr nicht lange böse sein können. Versuchter Mord ist nur ein Moment, der vergeht, aber das perfekte Hochzeitskleid ist für die Ewigkeit.

„Betsy? Einen Drink?"

Mist, ich musste wirklich besser aufpassen. Ich war so in die Betrachtung des Raumes und in die Erinnerung an meine Brustwunden versunken, dass ich das Glas, ohne hinzusehen, in Empfang nahm und den Inhalt hinunterstürzte.

Und beinahe alles wieder über den schönen Perserteppich gekotzt hätte. Wenigstens nahm ich an, dass es sich um einen Perser handelte. Er sah teuer aus und roch alt. Wahrscheinlich hatten Michaels Urururgroßeltern ihn von der Mayflower in Plymouth heruntergeschleppt, Jahrhunderte nachdem deren Urururgroßeltern ihn aus dem Palast von Kyros geschleppt hatten.

Woher ich wusste, dass Kyros einer der ersten persischen Herrscher war, werden Sie fragen? He, ich höre nicht immer weg, wenn mein Mann über unnützes Zeug redet.

„Wrrrggg!", stieß ich hervor, während ich mir das eklige Zeug vom Kinn wischte. Ich zwang mich, auch den letzten Rest des furchtbaren Gebräus zu schlucken. „Was, zum Teufel, ist das denn? Kerosin?"

„Kerosin ist aus", sagte Derik ohne den Anflug eines Lächelns. Das war ganz und gar nicht der Derik, den ich kannte, der immer lächelnde, charmante, sexy Derik.

„Ich hätte erwähnen sollen, dass meine Frau nur Drinks zu sich nimmt, die aus einem schmutzigen Mixer kommen", sagte Sinclair. Er saß Michael gegenüber, der hinter seinem Schreibtisch hockte. Ich hatte neben ihm Platz genommen, Jessica saß zu meiner Rechten. Jeannie, die alle Gläser mit dem ungenießbaren Gebräu verteilt hatte, ging hinter uns auf und ab. Als wenn ich nicht schon nervös genug gewesen wäre. „Hat dir dein erster Whiskey etwa nicht geschmeckt, meine Liebe?"

Doch, beinahe so wie eine Steuerprüfung, Blödmann. Offenbar war ich doch nicht so durstig, wie ich gedacht hatte.

Sinclair nickte nachdenklich, die Faust unter die Nase gepresst, um ein Lächeln zu verstecken. Er konnte meine Gedanken noch nicht so lange lesen wie ich seine (das ist eine lange Geschichte, und ich komme nicht so gut dabei weg), deswegen befand er sich immer noch in der Phase, in der er es cool fand, während ich bereits den Verlust meiner Privatsphäre bedauerte.

Ich wühlte wie wild in meiner Handtasche, fand eine Schachtel Pfefferminzbonbons und schüttete die Hälfte in meinen Mund. Ich kaute, als wären sie Rice Crispies, und stellte erleichtert fest, dass der Minzgeschmack den ekligen Alkohol überlagerte. Gut. Die starken kleinen Dinger pusteten mir wirklich die Nebenhöhlen frei; fast tränten mir die Augen. Was ein kleines Kunststück gewesen wäre, weil meine Augen nicht tränen.

„Vorab möchte ich euch sagen, dass wir es zu schätzen wissen, dass ihr Antonia zu uns nach Hause gebracht habt."

„Knnn Prbm", nuschelte ich und unterdrückte ein Husten. Mist! Möglicherweise hätte ich den Mund doch nicht so voll nehmen sollen. Möglicherweise hätte ich so einiges, was ich letzte Woche getan hatte, nicht tun sollen.

„Es war keine Mühe und das Mindeste, was wir tun konnten", sagte Sinclair, der genauso ruhig und ausdruckslos sprach wie Michael, während ich wütend weiterkaute. Ich fragte mich, ob es sich hierbei um das königliche Wir handelte. „Es war uns eine Ehre, sie nach Hause zu begleiten."

„Meinen Informationen nach wurde sie bei dem Versuch, dich zu schützen, mehrfach in den Kopf geschossen", sagte Michael betont ruhig, aber neben seinem Auge zuckte ein verräterischer Muskel.

Ich bemühte mich, ihn nicht anzustarren. Erfolglos. Ich dachte ernsthaft darüber nach, aufzustehen und meine zerkauten Minzbonbons in seinen makellosen Papierkorb zu spucken, traute mich dann aber doch nicht. Das könnte doch ein wenig – wie würde Eric sagen? – undiplomatisch sein.

Mit großer Anstrengung schluckte ich den minzigen Klumpen herunter, würgte kurz und nieste. Neben mir, das spürte ich, rollte Sinclair mit den Augen und verkniff sich entweder ein Grinsen oder dachte sich eine Entschuldigung für mich aus. Um ihn würde ich mich später kümmern.

„Ja, das stimmt", sagte ich mit herrlich frischem Atem. Ich unterdrückte ein zweites Niesen. „Sie hat mich gerettet."

„Warum?"

Äh … das war aber keine besonders nette Frage. Mein Mund war schneller als ich. „Weil sie eine Wette verloren hatte?"

Es zischte laut, als wenn alle zur selben Zeit nach Luft geschnappt hätten. Ich schaute in meinen Schoß und murmelte: „Tut mir leid. Zu früh?"

„Was hätten Kugeln bei einem Vampir denn ausrichten können?", fuhr Michael fort, ungerührt von meinem angenehmen Atem und meinen sarkastischen Bemerkungen. Und das war die 50 000-Dollar-Frage. Denn Werwölfe hatten erst vor kurzem herausgefunden, dass Vampire tatsächlich existierten, und umgekehrt. Michaels Vorstellung von Vampiren stammte vermutlich aus schlechten Horrorfilmen. Und wer könnte es ihm verübeln? Ich hätte auch nicht gedacht, dass Bleikugeln einen Werwolf verletzen konnten.

„Für jeden anderen wäre eine Kugel in den Kopf ebenfalls tödlich gewesen", sagte Sinclair ruhig und widerlegte damit meine Annahme. „Von einer solchen Verletzung hätte sich niemand erholen können."

Michael lehnte sich in seinem Stuhl zurück und blickte hinauf zur Decke. „Hmmm." Dann standen wieder alle vier Beine des Stuhls auf dem Boden, und er sah uns alle unverwandt an.

Nun, fast alle. Über den schlafenden Baby Jon glitt sein Blick hinweg, als wäre er gar nicht da. Er hatte keine Fragen nach dem Baby gestellt, keinen Kommentar gemacht, nicht einmal ein achtloses „Niedliches Kind". Und soweit ich gehört hatte, war er ein hingebungsvoller Vater, der kleine Teppichratten und Nasenbohrer liebte.

Aber Baby Jon sah er nie direkt an. Und das war sehr merkwürdig. So merkwürdig, dass es mich nervös machte.

„Ich hoffe, das Baby stört dich nicht", sagte ich. Doch darauf erwiderte Michael nichts. Jetzt traf sich sein Blick mit Deriks. Es war, als hätte er mich gar nicht gehört – obwohl ich ganz genau wusste, wie gut das Gehör von Werwölfen war.

Warum ignorierte man ein Kleinkind? Zu welchem Zweck? Und warum machte es mich so unruhig?

Ich wiegte Baby Jons Babysitz mit dem Fuß, während er schlief, und versuchte, meine Gefühle in den Griff zu bekommen. Immerhin musste ich mir über schlechten Atem im Moment keine Gedanken machen. Ganz im Gegenteil eigentlich. Und natürlich war die Stimmung angespannt, aber im Grunde waren sie doch alle recht nett.

Schließlich hätte der Empfang auch viel unfreundlicher ausfallen können. Aber niemand hatte auch nur mit einem Kruzifix in unsere Richtung gewinkt. Und bisher hatte uns auch niemand angegriffen. Warum zitterte ich dann beinahe?

Sinclair, der meine Nervosität spürte, aber nicht den Grund dafür kannte, sah mich stirnrunzelnd an. Ich konnte nur leicht mit meiner linken Schulter zucken – die internationale „Ich sag's dir später"-Geste.

Außerdem hatte ich jetzt andere Probleme, auf die ich mich konzentrieren musste. Derik, zum Beispiel. Als er vor einigen Monaten auf der Suche nach Antonia bei uns vor der Haustür stand, war er so anders gewesen. Freundlich und charmant und lustig und sehr süß ... obwohl ich eigentlich nicht auf blonde Männer stand.

Nur ein einziges Mal hatte er die Fassung verloren, und zwar, als er mir ins Kinderzimmer gefolgt war und ... und ...

Beinahe konnte ich ein *Klick* hören, als der Groschen trotz meiner plötzlichen Nervosität fiel: Derik hatte immer großen Abstand zu Baby Jon gehalten, und Michael schien ihn nicht einmal *zu sehen*. Das war unmöglich. Ein zehn Kilo schweres Baby in einem pastellfarbenen Autositz war nicht zu übersehen, nicht wenn es direkt auf dem Boden stand und nach Babybrei und muffigem Puder roch.

Jetzt fiel mir auch auf, dass nur Jeannie auf das Baby reagiert hatte. Sie hatte einmal, als wir ihn in der Limousine angeschnallt hatten, über sein flaumiges schwarzes Haar gestrichen und gesagt, wie gut er aussähe. Da ich mir das nicht als Verdienst anrechnen konnte, hatte ich nur genickt.

Aber Derik ... Derik war mir einmal ins Kinderzimmer gefolgt und hätte sich anschließend beinahe den Hals auf der Treppe gebrochen, so eilig hatte er die Flucht ergriffen. Damals hatten sich dann die Ereignisse überschlagen, sodass ich nicht mehr daran gedacht hatte.

Noch einmal würde ich es nicht vergessen … irgendetwas stimmte nicht mit diesem Kind. Oder mit jedem Werwolf, der in Kontakt mit ihm kam.

Und das gefiel mir nicht. Ganz und gar nicht.

Jetzt gingen Derik *und* Jeannie hinter uns auf und ab, was ebenso nervtötend war, wie es sich anhörte. Und ihnen war ihr Verhalten gegenüber Baby Jon nicht einmal bewusst. Derik war so emotionslos, als würde er lediglich einer Pfütze ausweichen, und Michael, der als echter Alphawerwolf sonst jedem Blick standhielt, vermied es, Baby Jon anzusehen.

Auf einmal hatte ich ein ganz neues Problem. Das hatte mir noch gefehlt. Lieber wäre mir ein neues Paar Prada-Pumps gewesen.

9

Warum ich so schnell bereit war zu glauben, dass Baby Jon etwas Besonderes war? Nun, zum einen war da meine Schwester Laura, die zwar daheim in Minnesota war, meine Gedanken aber immer noch sehr stark beschäftigte, als ich nun Minzatem über die Mahagonifläche hauchte, die mich und den Alphamann von Antonias Werwolfrudel trennte.

Laura war eine unglaublich hübsche, naive und liebe Blondine, die von einem Pfarrer und seiner Frau aufgezogen worden war, was zum Teil erklärte, warum sie sich so unermüdlich in der Wohltätigkeitsarbeit einsetzte und sich voller Freude in diversen Ehrenämtern engagierte.

Laura arbeitete in Suppenküchen und ging sonntags in die Kirche. Zu Weihnachten stopfte sie Zwanzigdollarscheine in die Sammelbecher der Heilsarmee. (Laura war alles andere als reich. Ihre Eltern verdienten in einem Jahr weniger als Sinclair in einem Monat.) Im Februar hatte sie ihr letztes Hemd (nun, ihren Mantel) jemandem gegeben, der in Not war.

Bei so viel Gutmenschtum konnte einem schlecht werden? Okay. Ja. Ein wenig. Aber trotzdem ergab es alles einen Sinn. Wie sonst hätte sie gegen ihre Eltern rebellieren sollen? Laura wehrte sich, indem sie lieb und freundlich war. Vor allem lieb. Obwohl sie auch ganz schön aufbrausend sein konnte.

Denn ihre leibliche Mutter (nicht die Frau des Pfarrers) war der Teufel. Ja. Der Teufel. Satan. Luzifer. Eine Frau, die wie Lena Olin aussah, nur mit besserem Schuhwerk. Entweder war es der Einfluss des Satans oder Lena Olins fantastischer Sinn für Mode gewesen, der Laura mit übernatürlichen Fähigkeiten ausgestattet hatte – selbstverständlich! Sie war ein halber Engel. Luzifers Stammbaum hatte sich nicht geändert, als er/sie aus dem Himmel verstoßen wurde.

Und mir kam der Verdacht, dass auch Baby Jon besondere Kräfte hatte. Lena-Satan würde ich nicht danach fragen können – nachdem sie den Körper der leiblichen Mutter lange genug besessen hatte, um zu wissen, dass Stillen und Schwangerschaftsstreifen nichts für sie waren, war sie zurück in die Heimeligkeit der Hölle geflüchtet. Der Pfarrer und seine Frau, die Laura adoptiert hatten, waren ein Glücksfall für sie gewesen, denn sie hielten ihre ererbten diabolischen Eigenschaften in Schach.

Und wer wird meinen Halbbruder in Schach halten, wenn er irgendetwas Komisches geerbt haben sollte? Ich? Das schien der einzig logische Schluss zu sein, wenn man unsere zunehmend komplizierte Familiengeschichte bedachte.

(Ich habe recht. Versprochen.)

Okay, ich verstehe, dass das alles ein bisschen verwirrend war. Selbst ich kam gelegentlich durcheinander, dabei handelte es sich um *mein* Leben. Also, hier die Kurzfassung: Meine Stiefmutter Ant war vom Teufel besessen gewesen, weil diese einmal hatte erfahren wollen, wie es war, ein Kind zu gebären und großzuziehen. Meine Stiefmutter, die verstorbene Antonia Taylor (ich weiß, ich weiß … zwei Antonias? Beide tot? Sehr unwahrscheinlich) war so ein böser Mensch gewesen, dass niemand bemerkt hatte, dass sie besessen war.

Das sollten Sie sich mal auf der Zunge zergehen lassen. Meine Stiefmutter war so schrecklich, dass es *niemandem* auffiel, dass sie ein ganzes Jahr lang vom Teufel besessen war.

Ich weiß! Ich finde es genauso unglaublich wie Sie.

Wie dem auch sei, der Teufel fand die Wehen und die Geburt so unerträglich, ganz zu schweigen vom Stillen und den Schwangerschaftsstreifen, dass sie den Körper meiner Stiefmutter verließ und zurück zur Hölle fuhr.

Als meine Stiefmutter begriff, dass jemand anderes fast *ein Jahr lang* in ihrem Körper gewohnt hatte (noch mal zur Erinnerung: Niemandem war es aufgefallen!), gab sie das Baby sofort zur Adoption frei.

Und meinem Vater hat sie nichts davon gesagt. Mitgefangen, mitgehangen.

Nur Ant wusste, dass mein Vater Laura gezeugt hatte, und deswegen haben wir uns auch erst zwanzig Jahre später kennengelernt. Mein verstorbener Vater, den ich immer für einen farblosen Feigling gehalten hatte, hatte die Tochter des Morgensterns (mit anderen Worten: den Antichristen) und die Königin der Vampire gezeugt.

Gott helfe uns, falls sich herausstellen sollte, dass sich irgendwo auf dieser Welt ein weiterer Halbbruder von mir versteckte. Vielleicht wäre der dann die Reinkarnation von Attila dem Hunnen. Möglicherweise hätte ich Dad dazu überreden sollen, sein Sperma einzufrieren.

Igitt. An das Sperma meines Vaters wollte ich lieber nicht denken.

Zurück zu Baby Jon. Jetzt fragte ich mich – obwohl es dumm war, denn auch wenn ich die Vampirkönigin war, kannte ich mich doch nicht besonders gut auf diesem Gebiet aus –, ob meine Stiefmutter möglicherweise von der Besessenheit etwas zurückbehalten hatte. Und ob dies eventuell einen Effekt auf ihr späteres Baby gehabt haben könnte.

Das arme Kind war ja aus reiner Boshaftigkeit gezeugt worden. Ant hatte es gar nicht gefallen, als ihre verwöhnte Stieftochter von den Toten wiederauferstanden war, und sie hatte versucht, die Aufmerksamkeit ihres Ehemannes mit dem ältesten aller Tricks wieder zurückzugewinnen: Sie wurde schwanger.

Michael redete immer noch. Jeannie und Derik gingen weiter auf und ab. Sinclairs Gesichtsausdruck war gelassen und gefasst, aber er warf mir immer wieder Blicke zu. Ich wusste, dass er wusste, dass ich mit den Gedanken woanders war. Wer könnte es mir verübeln?

Außerdem war ich mir sicher, dass Sinclair mich später, wenn wir allein waren, auf den neuesten Stand bringen würde. In der Zwischenzeit hatte ich, die Daphne der Untoten, ein Rätsel zu lösen.

Vorsichtig stupste ich den Autositz mit dem linken Zeh an und schob ihn vom Tisch weg in die Mitte des Raumes.

Wieder drehte Derik ab. Er senkte weder den Blick, noch sah er das Baby oder mich böse an. Er machte einfach einen großen Bogen um den schlafenden Kleinen. Jeannie hatte das Phänomen anscheinend ebenfalls nicht bemerkt, was mich nicht überraschte. Schließlich hatte sie gerade ein Familienmitglied verloren und dachte sicher an anderes.

Hmmmm.

„… weiß, wann die Zeremonie stattfinden wird", sagte Michael jetzt.

Ich horchte auf. Aha! Nun würde endlich das Geheimnis um das Beerdigungsritual der Werwölfe gelüftet. Verbrannten sie die Leiche auf einem Scheiterhaufen? Warfen sie sie in den Ozean? Äscherten sie sie ein und verteilten die Asche auf heiligem Moos? Oder begruben sie ihre Toten in Wolfsgestalt mit einem Jaulritual im gelben Licht des Vollmonds? Beerdigten sie sie in mit Kräutersaft getränkten Laken wie Mumien?

Alle starrten mich an. Wenn ich nicht schon tot gewesen wäre, wäre ich am liebsten gestorben. Ich hasse es, wenn ich denke, dass ich etwas denke, um dann herauszufinden, dass ich es laut ausgesprochen habe.

„Scheiterhaufen?", fragte Michael. „Jaulrituale?"

„So ein Scheiß", sagte Derik und warf die Hände in die Luft. „Denkst du wirklich, wir würden Antonia im Wald vergraben, als wäre sie ein Hundeknochen?"

„Woher soll ich denn wissen, was ihr tut?", blaffte ich zurück, während ich mich vorlehnte und Baby Jons Autositz näher an mich zog. „Deswegen sind wir ja hier. Um es auf eure Art zu machen. Aua!" Sinclair hatte mich unsanft gegen den Knöchel getreten. Wütend blitzte ich ihn an und wandte mich dann wieder Derik zu. „Tut mir leid. Muskelzuckungen."

„Mumien", murmelte Derik. „Leichenfeuer. Seebeerdigungen? Antonia war Presbyterianerin, ihr Schwachköpfe."

Ich war fast ein wenig enttäuscht.

„Mich kannst du beleidigen, wie du willst", sagte mein Mann so leise, dass er kaum zu verstehen war, „aber nicht meine Frau und Königin."

„Tja, welche von beiden bist du denn?", fragte Jeannie. Eiswürfel klickten, als sie ein Glas auffüllte. Ihr Ton war nicht unhöflich, nicht gemein. Halb scherzhaft, halb neugierig. „Bist du hier als Ehefrau oder als Königin?"

Hm. Hoffentlich hatten sie ein paar Stunden Zeit, denn das war eine lange Geschichte.

10

Liebes Ich,

vor fünfzehn Minuten hätte ich beinahe die Schande der fäkalen Inkontinenz erlitten. Ich war in der Küche, starrte düster in den fast leeren Kühlschrank und fragte mich, ob ich vor dem Beginn meiner Schicht noch Zeit haben würde, beim Supermarkt vorbeizufahren.

Man kann sich ja vorstellen, dass das Leben mit Vampiren und dem Antichristen kein reines Zuckerschlecken ist. Genau genommen wohne ich nicht mit Laura zusammen. Sie studiert an der Universität von Minneapolis und hat eine eigene Wohnung in Dinkytown. (So wird die Ansammlung von Häusern und Restaurants neben der Uni genannt. Wenn ich es recht bedenke, ist es nur folgerichtig, dass der Antichrist in Dinkytown lebt.)

Laura hat also eine eigene Wohnung, und ich vermute, dass sie die meisten Mahlzeiten dort einnimmt. Und da sie ja ein lebendiger Mensch ist, kauft sie auch Lebensmittel ein. Die sie dann in einem Kühlschrank aufbewahrt.

Unser Kühlschrank, der fast so groß ist wie der eines Restaurants, kann sich nicht so glücklich schätzen. Heute besteht sein Inhalt aus vier Flaschen Diät-Pfirsichlimonade (ich als Arzt rühre keine Diätprodukte an – genauso gut könnte man Benzin trinken), einer Schale Erdbeeren (die wie winzige, pelzige, rohe Kartoffeln schmecken, da gerade keine Saison ist), zwei Bechern Sahne, einer halben Schachtel Godiva-Trüffel (ohne nachzusehen wusste ich, dass Betsy bereits die Himbeersorten herausge-

fischt und sie mit Milch in einem der sechs Mixer püriert hatte), einer offenen Schachtel Backpulver, das nicht die Gerüche des Kühlschranks neutralisierte, was eigentlich seine Aufgabe war, vierzehn Wasserflaschen, einer fast leeren Flasche Salatdressing, einem in Zellophan eingeschlagenen Stück Parmesan, das so hart war, dass man jemanden damit erschlagen konnte, einem ungeöffneten Glas Lemon Curd (was immer das war), zwei Dosen Diätcola (Jessica war süchtig danach. Warum tranken gerade die Untergewichtigen Diätlimonade? Und bin ich der Einzige, dem auffällt, dass jemand, der sieben Dosen täglich davon trinkt, Krebs bekommen hat?) und irgendetwas Fauligem auf einem Pappteller mit Alufolie, das ich nicht genauer untersuchen wollte (ich wusste nicht einmal, dass wir Pappteller besaßen) und deshalb besser die Finger davon ließ.

Das hatte man davon, wenn man mit Vampiren und einer Frau, die nichts anderes als Salat und Diätcola zu sich nahm, zusammenwohnte. Anders als der Gemeinschaftskühlschrank war der Gefrierschrank gut gefüllt, doch nur mit Wodkaflaschen einer Marke, von der ich noch nie gehört hatte – Zyr –, in verschiedenen Geschmacksrichtungen. Die Flaschen standen ordentlich in Reih und Glied wie beschlagene Glassoldaten in Habtachtstellung.

Da mir dieser Inhalt unseres Gefrierschranks nicht neu war, wusste ich, was in den hinteren Reihen zu finden war: Limette, Wacholder, Pfefferkorn, Espresso, Fenchel, Minze, Knoblauch, Kirsche, sonnengetrocknete Tomate, Senfkörner, Apfel und Meerrettich.

Ehrlich, ich denke mir das nicht aus oder übertreibe um des humoristischen Effekts willen. In diesem schrägen Haushalt der Untoten war Tina überall und nirgends. Normalerweise gelang es ihr, unbemerkt zu bleiben … nur nicht in unserem

Gefrierschrank. Wodka war ihre Schwäche, je unbekannter der Geschmack, desto dringender musste sie ihn probieren. Sie trank ihn pur und schnell hintereinander aus antiken Schnapsgläsern, die immer gekühlt bereitstanden.

Einmal hatte Tina angeboten, mir einen Drink zu mixen. Ich hatte angenommen. Es sollte das erste und einzige Mal bleiben.

Ich hatte keine Zeit, um auf dem Weg zur Arbeit einkaufen zu fahren, und nach meiner Schicht würde ich zu müde sein. Also würde ich wohl wieder eine Pizza bestellen müssen. Der Lieferservice war auf meiner Kurzwahlliste gespeichert.

Seufzend schloss ich die Kühlschranktür, und sofort waren meine Sinne in Alarmbereitschaft, weil plötzlich jemand hinter mir stand, den ich vorher weder gerochen noch gehört oder gesehen hatte, der aber von einer Sekunde auf die nächste einfach da war. Meine Adrenalindrüse schüttete vier Liter F. O.F. aus (was meine Assistenzärzte Fight-or-Flight-Saft nennen), und kurzzeitig dachte ich, mein Herz würde vor Schreck stehen bleiben.

Sie begrüßte mich mit „Ich habe keinen Zimtwodka mehr", packte meine Schulter und verhinderte so, dass ich mir den Kopf an dem Metallgriff stieß, als ich so heftig zurückzuckte, dass man mich für einen Epileptiker hätte halten können.

„Tina", stöhnte ich und wand meine Schulter aus ihrem kalten Griff, „das ist schon das zweite Mal heute. Ich lege dir ein Glöckchen um den Hals. Oder nähe dir eins an den Kopf, ich schwöre bei …" Nein, lieber nicht bei Gott schwören. Auf einen Vampir wirkte das G-Wort wie ein Peitschenschlag. Nicht alles, was man im Film sah, war falsch. „Ich schwöre", sagte ich deshalb nur.

Tina sah nur mäßig bekümmert aus. Sie zeigte immer nur eine abgemilderte Version der Gefühle, zu der Menschen eigentlich fähig waren. Was mich oder sonst wen in tödliche Wut versetzen würde, bewegte sie nur dazu, die Augenbraue hochzuziehen oder die Stirn zu runzeln. Ernst die Stirn zu runzeln, aber trotzdem.

Diese ruhige Effizienz und tiefe, fast unerschütterliche Ruhe passten so gar nicht zu ihrem Äußeren. Tina sah aus, als gehöre sie Delta Nu an, der Schwesternschaft, die Reese Witherspoons Figur in Natürlich blond *berühmt gemacht hat. (Ein toller Film. „Wer keine wunde Pohaut will, sagt: Dagegen!")*

Tina hatte langes honigblondes Haar, das ihr in Wellen über die Schultern fiel, und große dunkle Augen – Kulleraugen, wie sie selbst sagte. Nicht nur dass sie aussah, als wäre sie zu jung zum Wählen, sie würde sich wahrscheinlich auch ausweisen müssen, falls sie Zigaretten kaufen wollte. Entsprechend kleidete sie sich auch mit einer schier unerschöpflichen Auswahl an karierten Miniröcken, weißen Blusen, Söckchen und allem Möglichen außer einem Rucksack voller Schulbücher. Sie sah aus wie der personifizierte Gesetzesbruch. Einer, der weit älter und cleverer war als jeder Collegestudent, der eine kleine Vergewaltigung mit ihr versuchen sollte.

Außerdem machte sie ungefähr genauso viel Lärm wie ein Fernseher, dem man den Stecker gezogen hatte. Unglaublich, aber mein Herzschlag ist der Beweis.

„Ich bitte um Verzeihung, Marc. Ich wollte dich ehrlich nicht erschrecken." Das stimmte und war deswegen erst recht Furcht einflößend. Ich wollte mir gar nicht vorstellen, was sie meinem Nervenkostüm antun würde, wenn sie es wirklich darauf abgesehen hätte. „Wir sind wie zwei Erbsen, die in einer leeren Dose klappern, was?"

Sie lachte ein bisschen, und ich bemerkte, dass es ihr schon wieder passiert war. Die meiste Zeit hatte Tina die akzentfreie Aussprache eines Wettersprechers. Aber gelegentlich kam der

Südstaatenakzent durch. Dann freute ich mich immer, denn sie klang weniger wie ein höflicher Butler und mehr wie eine echte, lebendige Person.

Nicht dass hier Missverständnisse aufkommen; ich habe kein Problem mit Untoten. Im Gegenteil. Ich will alles über sie lernen und werde irgendwann meinen ganzen Mut zusammennehmen und Betsy fragen, ob ich an dem Nächsten, den sie aus Versehen mit einer bisher unbekannten Superkraft tötet, eine Autopsie vornehmen darf. Nein, echte Probleme habe ich mit ihnen nicht. Ich finde nur, dass sie sich öfter ein bisschen natürlicher verhalten sollten.

Außerdem macht Tina mich nervös.

Und sie weiß, dass sie mich nervös macht. So etwas kann ich natürlich nicht mit Betsy besprechen … Meine Gefühle sind zu unbestimmt und vage, und ehrlich gesagt, ist meine beste Freundin nicht gerade tiefsinnig. Wie Susan Sarandon in dem größten Film aller Zeiten, Annies Männer, *sagte: „Die Welt ist einfach für Menschen gemacht, die nicht mit Selbsterkenntnis belastet sind." Mit anderen Worten: Die Welt ist für Menschen wie Betsy gemacht.*

Sie hat einfach keine Zeit für ein „Hm, Tina ist eher der ruhige Typ, nicht wahr? Vielleicht sollten wir mal überlegen, was das bedeutet", erst recht nicht im Herbst, wenn sie ihre Schuhsammlung mit den Modellen aus der Winterkollektion aufstocken muss. Aber trotzdem kann ich es nicht verleugnen: Tina ist mir unheimlich.

Ich weiß, dass sie in dem Jahr geboren wurde, als der Bürgerkrieg ausbrach.

Ich weiß, dass sie schon lange vor Sinclair ein Vampir gewesen ist.

Ich weiß, dass sie Sinclair gewandelt und die ganzen Jahre an seiner Seite verbracht hat, als seine kompetente Assistentin, bis heute.

Und das ist auch schon alles, was ich über sie weiß. Und all diese Dinge weiß ich nur deshalb, weil Betsy sie mir erzählt hat. Was letztendlich bedeutet, dass Betsy auch nicht mehr weiß. Und sie ist immerhin die Königin …

Wenn man mit Vampiren zusammenlebt, gibt es eine Art Etikette. Das ist auch notwendig; für alles gibt es eine Etikette. Aber es ist nicht leicht, auf taktvolle Art zu fragen: „Also, wie wurdest du denn ermordet?“ Und das ist nur die eine Sache, die ich gerne wissen würde.

All das ging mir in ungefähr elf Sekunden durch den Kopf. In der Zwischenzeit lauerte – na ja, stand – Tina immer noch neben dem Kühlschrank.

„Hast du Lust, etwas mit mir zu trinken?“ Sie öffnete den Gefrierschrank und griff in die erste Reihe der Flaschen. Als sie den Wodka mit Senfkorngeschmack hervorzog, gelang es mir mannhaft, gestählt von dem, was ich jahrelang in der Notaufnahme von der Unmenschlichkeit der Menschen gesehen hatte, einen Schauder zu unterdrücken.

„Ich muss zur Arbeit“, sagte ich düster.

Neugierig wartete ich einen Moment, aber Tina tat genau das, was ich erwartet hatte. „Oh, wie dumm, Marc. Schade, dass du vorher nicht noch einkaufen gehen kannst.“

Wenn ich Sinclair oder Betsy gewesen wäre, wäre ihre Antwort anders ausgefallen. „Oh, Ihr herrlicher untoter Monarch, bitte gebt mir, Eurem unwürdigsten, dümmsten, ungepflegtesten Diener, Eure Einkaufsliste, auf dass ich Euren Kühlschrank fülle mit jedweden Produkten, Innereien, Küchlein und Milchprodukten, die Ihr wünscht, und lasst mich auch Eure Kleidung von der Reinigung abholen auf dem Weg nach Hause, es sei denn, Ihr zieht es vor, dass ich schnell zu Kentucky Fried Chicken fahre und frittiertes Huhn für euch besorge."

Ach, aber es sollte nicht sein. Ich war leider quicklebendig und weder eine Vampirkönigin noch ein Vampirkönig. Tina war ihr bereitwilliger und unermüdlicher Sklave, nicht meiner.

Trotzdem waren wir immer noch Mitbewohner. Man sollte doch meinen, damit wären wir so etwas wie Freunde. Das heilige Freundschaftsband unter Mitbewohnern. Es würde sie wohl kaum umbringen, hin und wieder einen Liter Milch einzukaufen, oder?

11

Die Worte *Ehefrau* und *Königin* hingen förmlich in der Luft. Ich hatte das Gefühl, dass sie diese Fragen nicht aus reiner Neugierde stellten oder aus Höflichkeit. Nein, nein. Michael war ein Raubtier, wie Antonia eins gewesen war, und das bedeutete, dass er ständig auf der Suche nach Schwächen war. Er konnte nicht anders. Möglicherweise war er sich dessen gar nicht bewusst.

Ehefrau oder Königin? Diese Frage hatte ich mir bereits mehr als einmal gestellt. Sinclair war größer, stärker und schneller. Älter. Reicher. Gebildeter. Gelassener, kontrollierter. Offen gestanden hatte es Zeiten gegeben – sehr oft sogar –, in denen ich mir wünschte, ich könnte nur seine Frau sein und meine Pflichten als Vampirkönigin einfach ihm übertragen.

Aber ich hatte Fähigkeiten, die kein anderer Vampir auf diesem Planeten hatte. Es wäre doch dumm, das nicht zu nutzen oder es wenigstens anzuerkennen. Unsere Beziehung war von Liebe und Respekt geprägt.

Nun, gelegentlichem Respekt, wenn ich ihm nicht gerade einen nassen Finger ins Ohr steckte oder ihm in den flachen Bauch piekste, wenn wir zusammen duschten – für ein widernatürliches Wesen war er ganz schön kitzlig!

Mehr als einmal hatte er sich meiner Autorität gebeugt – immer dann, wenn ich kurz davor stand, schwere Gegenstände nach ihm zu werfen, um meiner Argumentation Nachdruck zu verleihen. Wollen Sie mal etwas Lustiges sehen? Das ist Eric Sinclair, wie er meinen Befehlen gehorcht. Glauben Sie mir, das passiert nicht allzu oft. Und dann macht er immer ein sehr merkwürdiges Gesicht: teils Bewunderung, teils Verärgerung.

Wo war ich noch mal stehen geblieben? Mist! Es war bereits drei Uhr morgens. Ich war müde von der Anspannung und hatte mehr Mühe als üblich, der Unterhaltung zu folgen, die von Begräbnisriten über Religion und atheistische Vampire schließlich bei meinem Titel angekommen war.

„Komisch, dass ausgerechnet *du* das fragst, Jeannie", sagte ich endlich. Es war nicht völlig undenkbar, dass ein Werwolf einen, na ja, normalen Menschen heiratete. Aber es war doch selten genug, sodass die Verbindung der beiden ziemliche Wellen geschlagen hatte und auch immer noch schlug – so viel hatte Antonia mir erzählt, und das auch erst, nachdem sie bereits eine Zeit bei uns gewesen war.

Kaum zu glauben: Es war nicht nur selten, dass Werwölfe langweilige Menschen heirateten, es wurde als ein Glücksfall für das Rudel gesehen, und die Nachkommen wuchsen oftmals zu außergewöhnlichen Rudelmitgliedern heran. Wie Antonia zum Beispiel …

Aber ich war noch nicht bereit für dieses Thema. Sie können mich gerne für einen Angsthasen halten, mir recht. Es ging über meine Kräfte.

„Hmmm", grinste Jeannie, die sich aber nicht provozieren ließ, sondern nur mit den Achseln zuckte. „Da hast du recht."

Ich räusperte mich, weil ich Mühe hatte, die … die Alltäglichkeit des Ganzen zu schlucken. „Also gibt es presbyterianische Werwölfe und katholische und lutheranische …"

„Und Buddhisten und Atheisten und Hindus", ergänzte Derik.

„Hörst du wohl auf hin und her zu gehen und setzt dich bitte? Aua!" Ich brachte meinen armen, schmerzenden Knöchel aus Sinclairs Reichweite. „Du siehst aus wie ein Gepard auf Crack."

„Lass mich in Ruhe, Blondie", blaffte Derik zurück und beschleunigte nur noch sein Tempo.

„Ich bin überrascht, dass du nicht deine eigenen Schlüsse gezogen hast", sagte Michael laut, der offensichtlich versuchte, uns abzulenken. Fand ich zumindest. Es war unmöglich, mit Sicherheit zu wissen, was der Mann im Schilde führte. „Weil doch alle Vampire Christen sind."

„Nein", sagte Sinclair.

Nein? Was, nein? Wie waren wir denn von der Frage, wie die Werwölfe uns für Antonias Tod zu bestrafen gedachten, auf das Thema Religion gekommen? Von Laura bekam ich genug „Jesus, du mein Leben"-Predigten.

„Nein?"

„Nein. Wir haben auch Muslime und Katholiken und Heiden unter uns. Wir haben auch ..."

„Momentchen mal", unterbrach ihn Jeannie. „Das ergibt überhaupt keinen Sinn."

„Wir führen unser Leben nicht mit dem Ziel, dass es für Fremde Sinn ergibt", sagte mein Gatte mit beängstigender Freundlichkeit.

„So ein Scheiß." Gott sei Dank hatte Derik sich endlich einen Stuhl gegriffen, zog ihn heran, drehte ihn mit der Lehne nach vorne und setzte sich. Das blonde Haar fiel ihm in die Augen, und er schüttelte es mit einer schnellen, ungeduldigen Bewegung zurück. „Warum wirkt dann ein Kreuz bei einem atheistischen Vampir?"

Sinclair und ich tauschten Blicke. Jessica, bemerkte ich, war ebenfalls ganz Ohr – sie war so still, dass ich sie beinahe vergessen hätte.

„Oder bei einem Juden?", fuhr Derik fort.

Weil der Vampirismus ein Virus war. Ein Virus, den man sich

nicht so leicht einfing und den man noch schwerer weitergeben konnte. Das war Marcs Theorie, die Tina und Sinclair bestätigt hatten – und das wohlgemerkt nicht von Anfang an, sondern erst nach vielen Monaten. Tina und Sinclair hätten nicht verschwiegener sein können, wenn jemand ihnen den Mund mit extraleichter Angelschnur zugenäht hätte.

Vampirismus, der durch einen Virus übertragen wurde, verlangsamte den Stoffwechsel, ohne ihn zum Stillstand zu bringen. Der Alterungsprozess schien komplett gestoppt zu werden. Man wurde schneller und stärker. Die Sinnesorgane wurden schärfer. Blablabla.

Die Nachteile: Vampire waren sehr empfänglich für Suggestion (alle – bescheidenes Hüsteln – außer mir). Tina, die rechte Hand meines Mannes (sie war diejenige gewesen, die ihn Anfang des zwanzigsten Jahrhunderts gewandelt hatte … jawohl, ich liebte einen Mann und vögelte ihn regelmäßig, der alt genug war, um mein Großvater sein zu können), hatte Marc schließlich diese Theorie unterbreitet.

Marc war plötzlich ganz der Mediziner gewesen und hatte ihr vorsichtig zugestimmt (unter der Voraussetzung, dass er seine Meinung noch ändern könne, wenn weitere Beweise auftauchten), dass es sich um einen Virus handelte und dass ein jüdischer Vampir vor einem Kreuz zurückschrecken würde. Denn, wie allgemein bekannt war, taten Vampire das. Ergo konnten ihnen Kreuze und Weihwasser etwas anhaben.

Ich weiß, es klingt dumm. Aber denken Sie kurz drüber nach. Wenn Sie sich eine Krankheit einfangen, die Sie leicht beeinflussbar macht, und Sie sehen in unzähligen Horrorfilmen, dass Weihwasser Sie verbrennt … dann verbrennt Weihwasser Sie.

Aber wir kommen vom Thema ab.

Es machte mich so verrückt, dass ich mir praktisch die Zunge abbeißen musste, um nicht anzumerken, dass Derik genau dieselben dummen Vorteile gegenüber Vampiren hegte wie wir gegenüber Werwölfen. Und er nannte uns Schwachköpfe!

„... erklären, was passiert ist?"

Äh? Oh Mist. Michael sah mich an. Ich zuckte gerade noch rechtzeitig mit dem Fuß zurück, und Sinclairs mit einem Kenneth-Cole-Modell bekleideter Fuß donnerte gegen Michaels Schreibtisch.

„Erklären, was passiert ist?", wiederholte ich, mit einem, wie ich hoffte, intelligenten Gesichtsausdruck.

„Ja, dem Rat."

Rat? Welchem Rat? Das hörte sich ganz und gar nicht gut an. Niemand hatte mir etwas von einem Rat gesagt. Nicht dass ich wüsste. Mist. Ich sollte wirklich besser auf das achtgeben, was in meinem Leben so vor sich ging. „Kannst du ihnen nicht sagen, was passiert ist?"

„Nein." Klick. Geschlossen. Ende der Diskussion. Den Ton kannte ich – ich bekam ihn oft von meinem Ehemann zu hören – und wusste, dass es besser war, jetzt nicht zu widersprechen. „Wir treffen uns morgen nach Sonnenuntergang. Ich brauche von jedem Einzelnen von euch einen Bericht. Schickt also nicht nur einen, der für die ganze Gruppe sprechen soll."

„Und was passiert dann?", fragte ich nervös.

Er sah mich an, als hätte er beinahe Mitleid mit mir.

Aus irgendeinem Grund war das noch schlimmer als seine kalte Wut.

12

Liebes Ich,

hier bin ich wieder. Die Schicht ist vorbei (und es ist mir tatsächlich gelungen, das Krankenhaus pünktlich zu verlassen, was einem Wunder wie der Teilung des Roten Meeres gleichkommt), und nun ist es schon einen Tag her, seitdem Betsy und die anderen nach Cape Cod geflogen sind, um dort die selbst eingebrockte Suppe, welche auch immer das sein mag, auszulöffeln. Ich hatte gefragt, ob ich mitkommen könnte, das wurde aber freundlich abgelehnt. Jessica durfte mit, aber es ist ja auch ihr Flugzeug.

Nun sind nur noch Tina – die, wie ich bereits erwähnt habe, eine Art Supersekretärin für Sinclair ist –, Laura und ich übrig.

Auf Laura konnte ich nicht näher eingehen, bevor ich zur Arbeit (und zum Einkaufen) aufbrechen musste. Jetzt habe ich ein bisschen Zeit, und da es Tag ist, kann mir Tina nicht in einer dunklen Ecke der Küche auflauern, um mich erst zu Tode zu erschrecken und sich dann ganz freundlich zu entschuldigen.

Also, kommen wir zu Laura. Sie ist ein sehr, sehr nettes Mädchen. Jung … noch nicht mal alt genug für den legalen Alkoholkonsum. Sie nimmt ihr Studium sehr ernst und macht ihren Eltern viel Freude. Sie ist sehr gesund und auf konventionelle Weise hübsch, wenn man auf schlanke, hellhäutige Blondinen mit tollen Brüsten, langen Beinen und großen blauen Augen steht.

Außerdem bringt sie gelegentlich jemanden um und hat einen schlimmen Hang zum Jähzorn – vielleicht liegt es auch an ihren Genen. Wenn sie sich über etwas ärgert, kann man spüren, wie die Luft drückender und wärmer wird. Ich mag es gar nicht, wenn Lauras Haarfarbe vom Blonden ins Rotbraune übergeht, denn das heißt, dass sie wütend wird.

Laut dem Buch der Toten, einer Art Bibel der Vampire, ist es Laura vorherbestimmt, uns alle zu vernichten – was Betsy einfach zu ignorieren oder zu vergessen scheint. Oder vielleicht vergisst sie es auch mit Absicht. (Sie ist nicht so dumm, wie sie uns immer glauben machen will – wenigstens vermute ich das.)

Zeit für einen kurzen Exkurs: Das Buch der Toten wurde früher in der Bibliothek aufbewahrt, auf einem eigenen Ständer. Betsy war immer recht zugeknöpft, was den Inhalt anging, aber verglichen mit Sinclair und Tina war sie richtig gesprächig. Es war wirklich frustrierend, nur ein paar unbedeutende Details über die Vampirbibel zu wissen.

Sie ist in Menschenhaut gebunden und wurde vor tausend Jahren von einem verrückten Vampir mit Blut geschrieben. Alles, was darin stand, wurde wahr – bisher. Und (und jetzt wird's lustig!) jeder, der zu lange darin liest, wird wahnsinnig. Am gruseligsten ist die Tatsache, dass Betsy versucht hat, das Buch zu zerstören – zweimal sogar –, und es immer wieder den Weg zu ihr zurückgefunden hat.

Ich war nicht so blöd, darin zu lesen, aber ich wollte einmal einen Blick darauf werfen. Eines Nachts, als ich die Villa für mich hatte (Betsy und die anderen waren ausgegangen, um einen Serienkiller zu fangen – oder war es damals, als dieser korrupte Polizist die Biester freigelassen hatte? Bei all ihren nächtlichen Verbrechensbekämpfungsaktionen konnte man unmöglich die Übersicht behalten. Außerdem war es ja jetzt auch nicht wichtig), ging ich in die Bibliothek.

Ich habe nicht geschnüffelt. Ich lebe hier genau wie die anderen auch. Das war keine Schnüffelei. Ich bin direkt zu dem Ständer gegangen. Ich habe die Hand ausgestreckt. Ich wollte es nicht lesen. Wirklich nicht. Ich wollte nur …

Moment.

Okay, ich bin zurück. Ich musste eine kurze Pause machen und mich übergeben. Was ich auch vor einigen Monaten getan habe, als ich den Umschlag gepackt und das Buch geöffnet habe. Ich habe noch nicht einmal einen genauen Blick auf die Titelseite werfen können, ganz zu schweigen vom Inhaltsverzeichnis, da fing ich auch schon an, Blut zu spucken.

Als Arzt hielt ich das für ein recht beunruhigendes Symptom, vor allem, da ich mich noch zehn Sekunden vorher gut gefühlt hatte. Ich schaffte es gerade noch zur nächstgelegenen Toilette – Gott sei Dank ist die Villa mit dreißig Stück ausgestattet! – und rief zwischen zwei Würgeanfällen meinen Freund Marty an (einen halbtags arbeitenden Rettungssanitäter und jemand, der den Mund halten kann), damit er mich ins Krankenhaus fuhr.

Als wir beide dort ankamen, ging es mir schon wieder besser. Sein Rücksitz allerdings sah fürchterlich aus. Die Reinigung hat mich sechshundert Dollar gekostet.

Tut mir leid, liebes Ich, das war ein langer, kein kurzer Exkurs. Damit soll es auch genug sein mit der Vampirbibel, von der ich mich jetzt wohlweislich fernhalte. Kommen wir zurück zu Laura.

Es fällt schwer zu glauben, dass eine hübsche, liebe Blondine der Antichrist sein soll. Man kann sich nicht mal vorstellen, dass sie einen Kaktus kaputt macht, geschweige denn die ganze Welt. Das heißt, wenn sie überhaupt wirklich blond ist.

Als Betsy und Laura sich kennenlernten, hatten wir keine Ahnung von ihrer dunklen Seite (was natürlich dumm war, denn die haben wir schließlich alle). Dann tötete sie einen Serienkiller. Und sie prügelte einen Vampir beinahe zu Tode. Noch besorgniserregender war die Tatsache, dass sie noch viel mehr Schaden hätte anrichten können. Denn wenn sie wütend ist, tauchen Lauras Waffen auf wie aus dem Nichts – als Eillieferung aus der Hölle.

Und seit kurzem schwänzt sie die Kirche. Sie war bereits zweimal hier, dabei ist Betsy noch nicht einmal vierundzwanzig Stunden fort. Ich glaube, sie ist einsam. Nein, ich kenne die Symptome. Ich weiß, dass Laura einsam ist.

Ich weiß auch, dass sie extrem gefährlich ist. Aber ich bin nicht so dumm, dieses Thema anzusprechen. Laura hasst ihr Erbe, ihre Mutter. Sie hasst es, dass jemand fast tausend Jahre vor ihrer Geburt bestimmt hat, sie solle die Welt zerstören. Ich bin mir ziemlich sicher, dass es ihr gar nicht gefällt, dass wir alle davon wissen.

So. Heute Abend gehen wir zusammen aus, in die nächste Smoothie Bar. Dann tratschen wir über Betsy und Co., und Laura wird wieder sie selbst sein.

Für eine Weile.

13

Als Letztes fuhren wir vor dem Schlafengehen noch einmal schnell Sinclairs Laptop hoch.

Richtig, Sinclair. Ich vergaß ganz, Ihnen etwas zu erklären. Ich nenne ihn eher selten Eric. Für mich war er immer Sinclair (oder Sink Lair, wenn er mich sehr ärgerte), und er nannte mich schon immer Elizabeth. (Igitt!) Ich kann immer noch nicht glauben, dass mir meine Mutter den Namen Elizabeth gegeben hat, wenn ich doch *mit Nachnamen Taylor* hieß. Manchmal vermute ich, dass sie eine Wette verloren hat.

Alle außer dem Mann, den ich liebe, nennen mich Betsy.

Und da wir gerade von dem Mann, den ich liebe, sprechen: Der tippte mit flinken Fingern eine E-Mail, wahrscheinlich mit einem Update für Tina. Dann zeigte er mir eine von Marcs typisch nervigen E-Mails, die so lautete:

hallo süße! vermisse euch jetzt schon VNM! hoffe eure pelzigen freunde haben euch noch nicht aufgefressen LOL! alles liebe marc

Oje. Dazu sagte ich lieber nichts.

Oder doch. Warum vergaßen nur alle immer alles, was sie in der zweiten Klasse gelernt hatten, wenn sie E-Mails schrieben, wie zum Beispiel Großbuchstaben und Eigennamen und Zeichensetzung? Hallo? Wie man die benutzt, haben wir schon gelernt, als wir gerade ein paar Jahre aus den Windeln raus waren!

Und diese immer dämlicher werdenden Abkürzungen! Niemand, der noch alle Nadeln an der Tanne hatte, würde einen Brief mit der Schneckenpost in diesem pubertären Stil rausschicken. Niemand würde so einen Geschäftsbrief schreiben. Aber ich habe schon Geschäftsführer gesehen, die E-Mails voller Rechtschreib- und Zeichensetzungsfehler und Smileys losgeschickt haben. Anscheinend gelten die Grammatikregeln bei E-Mails nicht mehr.

Schrecklich.

Sinclair machte freundlicherweise den Schreibtischstuhl für mich frei. Ich ließ mich darauf fallen und streifte meine Pumps ab. Auch wenn die Werwölfe uns vielleicht nicht mochten, bisher zeigten sie sich als ausgezeichnete Gastgeber. Dies war das schönste Schlafzimmer, das ich je gesehen hatte. Nein, kein Schlafzimmer … eine Suite. Mit einem Empfangszimmer, einem Büro, einer kleinen Küche, zwei Badezimmern und einem Wohnzimmer mit einem Piano in der Ecke. Wirklich, einem Piano, wer wohnt denn so? Das Bett war dermaßen gigantisch, dass ich mich so klein wie ein Cracker fühlte, als ich mich darin ausstreckte.

Ich klickte auf Antworten und tippte schnell.

Marc, du Volltrottel, wie oft muss ich dir noch sagen, du sollst keine Abkürzungen verwenden? Da du es, wie ich annehme, durchs College und das Medizinstudium geschafft hast, hat dir doch sicher jemand irgendwann von einer coolen neuen Erfindung erzählt: der Zeichensetzung. Versuch es mal. Es gefällt dir vielleicht.

Ich klickte auf Senden, reckte mich wie eine Katze auf dem Stuhl, stand dann auf und schlenderte hinüber zu meinem

Mann, der mit offenen Armen auf mich wartete. Er lächelte sein sexy, irgendwie liebes Lächeln, und ich sah das Licht auf seinen Fangzähnen schimmern, Zähne so scharf, dass eine Klapperschlange dagegen wirkte, als hätte sie den Mund voller Gummibänder.

Ich grinste zurück, streifte meine Kleidung ab und zog die Bettdecke weg. Als er seine Zähne in meinen Hals senkte und sich mein Kopf langsam mit süßer Schwärze füllte, kam mir ein Gedanke: Was war mit dem Werwolfgehör? Und was war mit ihrem Geruchssinn, der sogar noch besser als der eines Vampirs war? Selbst wenn sie uns nicht hören konnten, wussten sie sicher, was wir gerade taten.

Dann drückten Erics Hände sanft meine Schenkel auseinander und streichelten mich auf diese fantastische beharrliche Art, genau so, wie ich es mochte, und ich vergaß das Gehör der Werwölfe. Beinahe hätte ich sogar meinen eigenen Namen vergessen.

14

Liebes Ich!

Das wirst du mir nicht glauben. Ich selber hätte es beinahe nicht geglaubt, dabei habe ich es selbst erlebt. Und da es auch nichts zu beschönigen gibt, komme ich auch gleich zur Sache: Eine Gruppe von Satanisten hat Laura gefunden.

Ja! Und ja, ich weiß, wie sich das anhört! Aber es stimmt. Oh, ich kann kaum tippen, so aufgeregt/entsetzt/erstaunt bin ich.

Folgendes ist passiert: Laura rief an und fragte mich, ob sie zu uns kommen könnte, und natürlich habe ich Ja gesagt. Es war Tag, deshalb schnarchte Tina irgendwo friedlich (nicht dass sie wirklich schnarchen oder atmen würde). Und als ich nach Hause kam, erwartete mich eine Szene wie aus … aus … Oh Mist, mir fällt kein passender Vergleich ein.

Echte Satanisten hatten Laura anscheinend mithilfe der Astrologie aufgespürt. (Damit kenne ich mich nicht aus, deshalb überstieg die Erklärung, die ich später erhielt, auch mein Fassungsvermögen.) Anscheinend gibt es nicht nur einen Stern von Bethlehem, sondern auch einen Morgenstern, und der erscheint, kurz bevor der Antichrist die Volljährigkeit erreicht.

?????

Ehrlich, ich weiß, wie sich das anhört. Ein Stern? Lauras eigener Stern, der auf die Erde scheint wie eine Schatzkarte, die die Satanisten vor unsere Tür geführt hat? (Und warum nicht zu ihrer Wohnung? Warum Betsys Haus?) Ein Stern, der erst bei ihrer Volljährigkeit scheint – was zum Teufel hatte das zu bedeuten? Ein Stern, der erst hervorkam, wenn sie ihren Führerschein hatte? Einen Pass? Bis sie legal Alkohol konsumieren durfte? Wie bitte?

Entweder wusste Laura nichts davon, oder sie wollte es mir nicht sagen – was mich nicht überrascht hätte. Und ich glaube auch, dass es nichts geändert hätte. Was zählte, war doch, dass der Stern da war (gleich morgen werde ich meine Ersparnisse plündern und ein ordentliches Teleskop kaufen, um es im Garten aufzustellen … Ich muss das Ding mit eigenen Augen sehen), und mit ihm Leute, die die richtigen Bücher gelesen, den richtigen Dämon angebetet und die richtigen Opfer dargebracht hatten. (Das Letzte kann ich nur vermuten, aber es kann ja nicht alles falsch sein, was man im Film sieht, oder? Bei der nächsten Gelegenheit werde ich mir Rosemaries Baby *ausleihen.)*

Wie dem auch sei, die richtigen Leute wissen nun immer, wo Laura sich aufhält.

Das war auch der Grund, warum ich beinahe über ein Dutzend Leute gestolpert wäre, als ich vom Milcheinkauf nach Hause kam. Sie knieten vor Laura, die rot wie eine Tomate war. Eine dämonische Tomate. Sofort war ich besorgt um sie; sie war so feuermelderrot, dass ich fürchtete, sie würde einen Herzanfall bekommen, und beinahe hätte ich die Milch fallen gelassen.

Sie hatten Laura in eine Ecke der Küche gedrängt (nicht mit Absicht, dessen bin ich mir sicher) und stöhnten und beteten.

Ja, genau. Sie beteten. Sie beteten Laura an.

Ich weiß nicht, was ich mit dieser Information anfangen soll, mal abgesehen von dem, was danach passiert ist. Betsy hat im Moment genug Sorgen. Und es war ja nicht so, als hätte Laura jemanden umgebracht.

Eigentlich war ihre Reaktion sogar sehr lustig. Sie …

Moment. Sie ruft mich gerade. Später mehr, liebes Ich.

15

Als ich die Augen öffnete, war es laut der Großvateruhr, die am anderen Ende unserer Suite munter vor sich hin gongte, vier Uhr. Dank der schweren Vorhänge war unser Raum vollständig abgedunkelt. Ich rekelte mich und setzte mich auf, schwang die Beine aus dem Bett und dachte darüber nach, was ich jetzt tun sollte.

Neben mir schlief Sinclair immer noch – haha – wie ein Toter. Er lag auf der Seite, den Arm mit der Handfläche nach oben ausgestreckt. Sein normalerweise perfekt frisiertes Haar war verwuschelt; seine Lippen waren leicht geöffnet.

Lange beobachtete ich seine Brust … fast drei Minuten. Sie hob sich nur einmal. Aber er fühlte sich lebendig an und warm (vergleichsweise natürlich). Er war keine Leiche. Er war nicht tot. Aber er war auch nicht am Leben.

Untot.

Ein blödes Wort, das ich immer gehasst habe.

Dies war der Augenblick am Tag, an dem ich meinen Mann aus tiefstem Herzen bemitleidete. Doch das würde ich ihm niemals sagen. Sinclair brauchte viel von mir – aber nicht mein Mitleid. Er musste nicht den ganzen Tag schlafen, und er konnte wach bleiben, wenn die Sonne aufging (anders als meine Wenigkeit, die bei Sonnenaufgang sofort wie eine Marionette, der man die Schnüre durchtrennt hatte, in sich zusammensackte), aber er würde nie, nie in die Sonne gehen können.

Ich dagegen schon.

Also stand ich auf, sah nach Baby Jon, der im kleinen Empfangszimmer geschlafen hatte. Derjenige, der das Reisebettchen erfunden hat, war ein Genie, der Jonas Salk das Wasser reichen konnte.

Baby Jon lag in seinem Bettchen auf dem Rücken, die Ärmchen in einer „Polizei, Hände hoch"-Haltung. Wenn er als Erwachsener Ant nur ein bisschen ähnelte, dann konnte er diese Position gar nicht früh genug üben.

Ich konnte nicht anders, ich musste lächeln, als ich ihn betrachtete. Verstehen Sie mich nicht falsch, es war wirklich traurig, dass mein Vater und seine Frau tot waren. Aber jetzt gehörte Baby Jon mir.

Für immer.

Und das Beste war, dass er sich gerade an seinen neuen Schlafrhythmus gewöhnte. Ein Kind konnte ja nicht gut tagsüber, wenn ich schlief, allein herumlaufen. Nein, Baby Jon hatte offiziell die Friedhofsschicht übernommen, und das für eine lange Zeit.

Ich fragte mich, was ich ihm erzählen sollte, wenn er älter wurde. „Mom, warum ist da ein bewusstloser Mann im Schrank?"

„Mach dir keine Sorgen, mein Schatz. Mommy hatte nur Lust auf einen Snack."

Hm. Das sollte ich wohl besser noch einmal überdenken. Später. Da er mit uns groß werden würde, würde er es möglicherweise für normal halten, dass seine Eltern die ganze Nacht wach waren und nie feste Nahrung zu sich nahmen. Oder dass sie nie alterten. Oder nie aufs Klo gingen.

Mit diesem Problem würde ich mich später beschäftigen, also ging ich ins Badezimmer. Das war zwar mehr oder weniger unnötig, aber Sie wissen ja, wie das mit alten Gewohnheiten ist.

Irgendwann während unserer nächtlichen Plauderei mit den Wyndhams hatte ein Schlossangestellter unsere Kleidung ausgepackt und das Badezimmer bestückt. Mit den guten Aveda-Produkten.

Als ich das Badezimmer verließ, fühlte ich mich minzig frisch und zog braune Leggings und eine langärmlige blaue Flanellbluse an. Mir war kalt, und meine Tanktops hatte ich schon vor langer Zeit einer wohltätigen Organisation gespendet. Ich schlüpfte in meine Penny-Air-Slipper von Cole Haan und war bereit für den Tag. Wenigstens für das, was davon noch übrig war.

Als ich durch den Rest der Suite zur Tür ging, sah ich, dass die Zimmer auf der Westseite des Schlosses lagen. Okay, der Villa – einer wirklich riesigen, fantastischen Villa. Die in meinen Provinzleraugen sehr wie ein Schloss aussah.

Da war jemand sehr rücksichtsvoll gewesen. Man konnte nicht behaupten, Werwölfe wären keine aufmerksamen Gastgeber – um das festzustellen, musste ich mich nur in unserer Gästesuite umschauen. Aber um ganz sicherzugehen, zog ich alle Vorhänge zu. Ich wollte nicht das mindeste Risiko eingehen, dass Sinclair sich verbrennen könnte. Die Sonne wurde erst in vier Stunden untergehen.

Ich trat in den Flur, zog die Tür zu und wäre beinahe über Jessica gefallen, die vor der Tür der Suite direkt gegenüber von unserer herumstand, als hätte sie auf mich gewartet.

„Sie haben dir dieses Zimmer bestimmt gegeben", sagte ich, „damit du es auch benutzt, anstatt in fremden Fluren herumzuhängen."

„Mir ist so langweilig, mir fallen gleich die Titten ab."

„Können wir nicht einmal durch das ganze Land reisen, ohne über deine Titten zu sprechen?"

Ihre hübschen dunklen Augen wurden schmal, und sie strich sich mit einem kürbisorange lackierten langen Fingernagel über die Wange. Nach einer nachdenklichen Pause schüttelte sie den Kopf. „Ich wüsste nicht, wie."

„Das habe ich mir gedacht." Ich sah mich im Flur um und lauschte aufmerksam: Er war so leer, wie er aussah. „Machst du dich mit mir auf die Suche nach der Küche? Vielleicht können wir uns einen Smoothie mixen."

„Wenn ich diesen Monat noch einen einzigen Smoothie sehe, kotze ich dir auf deine Beverly Feldmans."

„Und sofort danach würdest du einen schrecklichen, qualvollen Tod erleiden." Als wir an der Haupttreppe ankamen, zeigte ich in Richtung Küche – oder was auch immer das für ein Raum war, der nach Gewürzen, Fleisch und frischem Gemüse roch.

„Wie kann dir mitten in einem Werwolfsrudel langweilig sein?"

„Ganz einfach. Sie sprechen nicht mit mir. Die, die ich zufällig treffe, sind ausgenommen höflich zu mir – das Badezimmer ist da drüben, der Ostflügel ist dort, eines der Hallenbäder ist durch die Tür dort, der Kraftraum ist hier drüben –, aber ich merke, ich bin eine persona non grata."

Jessica, die meinen verständnislosen Gesichtsausdruck richtig zu deuten wusste, erklärte: „Ich bin unerwünscht. Hier geht es nur um Vampire und Werwölfe, und ich bin keins von beidem, Gott sei Dank. Ist nicht persönlich gemeint."

„Wer könnte das schon persönlich nehmen?", murmelte ich und nahm die letzten vier Stufen mit einem Sprung. „Da lang. Dann rechts. Dann sind sie immerhin freundlich zu dir gewesen?"

„Klar."

„Gut. Hör mal, ich finde es wirklich gut, dass du hier bist …"

„Du bist die schlechteste Lügnerin in dieser Galaxie."

„Ach, halt den Mund. Wie dem auch sei ... Ich habe Baby Jon Sinclair irgendwie aufgezwungen ..."

„Das wusste ich bereits. Die ganze Straße weiß Bescheid", fügte sie freundlicherweise hinzu.

„... weil wir doch jetzt seine Eltern sind und wir lernen müssen, eine Familie zu sein ..."

„Hm, ja. Erzählst du noch etwas, das ich nicht weiß?"

„... aber solange ich hier bin, kann ich ihn nicht die ganze Zeit im Auge behalten."

„Es macht mir nichts aus, auf ihn aufzupassen ... nicht viel ... aber du weißt, dass er nur bei dir so süß und verschmust ist. Bei mir ..." Sie seufzte. „Bei jedem anderen hat er eine Kolik nach der anderen."

„Tut mir leid, Jess. Ich kann nichts dafür. Aber ich weiß es zu schätzen, dass du ihn übernimmst."

Sie winkte ab und schwenkte gehorsam nach links, als ich in diese Richtung zeigte. Jetzt befanden wir uns in einem schmaleren Flur, der mit Parkett, nicht mit Teppich, ausgelegt war. Hier war der Duft von Essen *sehr* stark.

„Wenigstens hast du den Jungen gut abgerichtet. Er schläft den halben Tag *und* die halbe Nacht."

„Er ist wirklich sehr lieb", bettelte ich.

Jessica schnaubte verächtlich und stieß mit ausgestreckten Armen die Schwingtür zur Küche auf.

Wie alles andere auch, ließ die Küche der Wyndhams meine eigene aussehen wie ein Esseckchen. Mindestens vier Tische – die Sorte, auf denen man alles schneiden konnte – mit hohen Beinen. Noch ein großer Tisch mit Marmorplatte, wahrscheinlich zum Backen. Drei Kühlschränke. Noch eine Tür, die in einen Gefrierschrank in Industriegröße führte. An jeder Seite befanden sich riesige Fenster, von denen eines den Blick auf einen Küchengarten freigab. Durch die Fenster an der gegenüberliegenden Seite sah man auf den Atlantik.

„Daran könnte ich mich gewöhnen", bemerkte Jessica.

„Dann kauf dir so etwas. Du hast doch sicher allein in deinen Sofakissen genug Geld versteckt, um eine Anzahlung zu machen."

Jessica zuckte die Achseln und ging zu einem der Kühlschränke, während ich mich auf einen Barhocker setzte. „Ich mag unser Haus in St. Paul."

Ich nickte. Vorher hatte sie in einem ganz normalen Haus am Stadtrand gelebt. Sie hatte nie so gewohnt, sich gekleidet, gegessen oder ausgesehen, als wäre sie reich. Das war eine der vielen Seiten an ihr, die sie so liebenswert machten.

„Bist du denn nicht … äh … hungrig?" Jessica hatte sich einen Apfel und eine Diätcola genommen. Na warte, wenn ich das Marc petzen würde! In seinen Augen war es von der Diätlimo zur Salzsäure nur ein kleiner Schritt.

„Nee. Sinclair und ich haben uns gestern Nacht aneinander bedient. Damit komme ich ein paar Tage aus."

„Gut zu wissen. Wenn du durchdrehst und aus Versehen an einem der Gastgeber knabberst …"

„Schon klar, ich habe verstanden. Als wenn ich nicht schon selber daran gedacht hätte. Für wie dumm hältst du mich eigentlich?"

Ihre Antwort ging in einem lauten Krachen unter, als sie in den Apfel biss … was wahrscheinlich auch besser so war.

„Also, diese Jeannie scheint nett zu sein." Jessica kaute langsam.

„Scht." Ich legte den Finger an die Lippen.

Jessica kaute und mampfte ihren McIntosh und knurrte

praktisch vor Vergnügen eine gute Minute lang, bis die Türen aufschwangen (Werwölfe wussten sicher, wenn sich jemand auf der anderen Seite befand; wahrscheinlich weil sie ihn riechen konnten), und herein kam Jeannie mit einem kleinen Kind im Arm und Lara im Schlepptau.

„Hallo", sagte Jeannie. Das Kleinkind, ein Junge mit den blonden Locken und blauen Augen seiner Mutter, winkte uns mit seinem pummeligen Händchen zu. „Hast du gut geschlafen?"

„Wie eine Tote", sagte ich gut gelaunt.

Jeannie rollte mit den Augen und imitierte Jessica dabei bemerkenswert gut. Sie setzte den Jungen vorsichtig in einen Hochstuhl, legte ihm den Gurt um und begann dann, in einem Schrank nach Kindernahrung zu wühlen.

„Mmmmph gmmmmmph mmmmm nughump mph", bemerkte Jessica. Winzige Apfelstückchen flogen wie Granatsplitter durch die Gegend.

„Sie hat nicht gewusst, dass du noch ein Kind hast." Oder vielleicht hatte sie es auch vergessen … Als die Wyndhams uns das letzte Mal einen Besuch abgestattet hatten, war sie nicht ganz sie selbst gewesen. Eine Chemotherapie ist nicht gerade förderlich für das Gedächtnis.

„Der hier? Das ist Sean. Und du erinnerst dich sicher an Lara, Betsy."

„Hallo", sagte die winzige Werwölfin, als sie die Kühlschranktür aufzog und eine Tupperwareschale herauszog. Sie öffnete den Deckel und …

„Wag es ja nicht!", sagte Jeannie ernst. Sie tat, als würde sie Jessicas leises Würgen nicht hören. „Entweder lässt du einen der Köche diesen Hamburger für dich zubereiten, oder du fragst mich."

„Aber er schmeckt besser, wenn er roh ist", quengelte Lara, das merkwürdige Kind.

„Du hast gehört, was ich gesagt habe." Jeannie knallte ihrem Sohn eine Fertig-Lunchbox für Kinder vor die Nase, der sie sorgfältig auspackte und aß.

„Ich *will* aber einen rohen Hamburger essen."

Jessica sah mich an und zog die Augenbrauen hoch. Lara legte ihre winzigen Hände auf ihre winzigen Hüften und sah mit bösem Blick hoch zu ihrer Mutter.

„Tja, Pech", erwiderte Jeannie mit bewundernswerter Gleichgültigkeit. „Und vielleicht beeindruckt es deinen Vater und die anderen, wenn du sie so anstarrst, aber mich lässt es kalt. Also: gebratener Hamburger? Oder kein Hamburger?"

„Kein Hamburger."

„Aha, du willst dich zu Tode hungern, um die Frau zu ärgern, die dich geboren hat." Jeannie lehnte sich gegen den Tresen und legte die Hand über die Augen. „Ah, ‚wie viel schärfer als ein Schlangenbiss es ist, ein undankbares Kind zu haben'."

„Mommy Shakes", sagte Sean, nahm vorsichtig eine Scheibe Salami aus der Box und steckte sie sich in den Mund.

„Ja, das stimmt. Mommy zitiert gerne Shakespeare."

Lara seufzte. „Wenn ich nichts zu essen bekomme, kann ich dann auf den Spielplatz gehen?"

„Lara, es tut mir leid, aber im Moment kann ich hier nicht weg. Dein Vater und ich haben etwas zu besprechen." Ihr Blick huschte zu mir, aber ich hatte den Eindruck, dass es unbewusst geschah.

„Ich kann mitgehen", schlug ich vor. „So käme ich ein bisschen aus dem Haus."

„Oh. Na gut. Das ist sehr nett von dir, Betsy, aber du kennst dich nicht gut mit Werwölfen aus und …"

„Ich kenne mich nicht aus? Hallo?! Ich habe mit einem zusammengewohnt!“

Jeannie sah mich lange zweifelnd an und winkte mich dann mit einem Finger zu sich. „Würdest du mal einen Augenblick herkommen, bitte?“

Jessica warf mir einen Blick zu, der mir zu verstehen gab, dass ich gut daran täte, ihr später alles haarklein zu erzählen, und sagte: „Ich habe ein Auge auf den Jungen, Jeannie.“

„Das ist gut, Jessica. Wenn er noch Hunger hat …“

„Und den hat er bestimmt“, funkte Lara dazwischen.

„… es liegt etwas für ihn im untersten Fach des Kühlschranks zu deiner Rechten.“

Dann machte sie auf dem Absatz kehrt und verschwand durch eine Tür, die ich erst wahrnahm, als Jeannie darauf zuging.

Wahrscheinlich würde ich jetzt durch das Kaninchenloch fallen. Ich und Alice.

16

„Ich werde dir meine Tochter anvertrauen“, begann Jeannie, sofort nachdem sie vier Waschmaschinen auf einmal angestellt hatte. Die geheimnisvolle Tür hatte in einen Waschsalon geführt. Die Wyndhams hatten ihren eigenen Waschsalon! Unglaublich.

Als sie die Maschinen anstellte, rätselte ich erst, warum. Dann aber verstand ich, dass sie nicht wollte, dass Lara unsere Unterhaltung mithörte. Oder irgendjemand anderes in unserer Nähe.

„Ich tue das“, fuhr sie fort, „weil ich weiß, dass du Antonia mochtest und ihren Tod nicht gewollt hast. Und weil Lara auf sich selbst aufpassen kann. Wenn du also versuchst, sie zu beißen oder ihr auf irgendeine Weise wehzutun, dann rechne besser damit, dass es dein Kopf ist, der wie ein Ball über den Spielplatz hüpft.“

„Wie, ähem … nett. Du musst sehr stolz auf sie sein.“

„Aber vergiss nicht: Ein Werwolfwelpe ist nicht wie ein Menschenkind. Sie sind anders.“

„Okay.“

„Schneller. Stärker. Sogar grausamer. In deinen Augen sieht sie wie ein kleines Mädchen aus, aber du musst immer daran denken, dass sie die Tochter ihres Vaters ist, des Mannes, der über fünfundzwanzig Werwölfe töten musste, um Rudelführer zu werden. Hast du mich verstanden?“

Ich starrte sie eine Weile lang an, während die Maschinen um uns herum *scht-dump, scht-dump, scht-dump* machten.

Eigentlich hatte ich erwartet, die übliche Ermahnung zu

hören: Wenn du mein Kind beißt, dann finde ich dich und erschieße dich.

Aber anscheinend lag die Sache ganz anders. Jeannie hatte keine Angst um Lara.

Sie hatte Angst um *mich*.

„So etwas Ähnliches habe ich dir schon mal gesagt, aber damals hattest du andere Probleme. Dieses Mal habe ich deine ungeteilte Aufmerksamkeit, nicht wahr?"

„Ja, absolut, worauf du dich verlassen kannst."

„Dann verstehen wir uns also."

„Ja, hundertprozentig", versicherte ich ihr.

„Dann ist ja gut."

„Jawohl."

17

Ihre Ermahnung noch im Ohr, folgte ich ihr zurück in die Küche. Zuvor hatte Jeannie noch einen der Trockner geöffnet, darin herumgewühlt und dann die Maschine wieder angestellt. „Ein Quilt“, erklärte sie, und ich nickte, als wäre es eine ganz gewöhnliche Woche, ein ganz normaler Tag und eine ebenso normale Unterhaltung.

Wir kamen gerade rechtzeitig zurück, um zu hören, wie Lara lachte und Jessica sagte: „Uff! Schon gut, schon gut, du schlimmes Kind, du hast die Wette gewonnen.“

Jessica, die offenbar im Armdrücken verloren hatte, war erleichtert, als sie mich sah. Sie rieb sich die schmerzende Schulter. „Ah, da seid ihr ja wieder. Was gibt's Neues?“

„Ich habe ihr nur den Weg zum Spielplatz erklärt“, log Jeannie seelenruhig. „Lara, du darfst gehen, aber du hörst auf Betsy genauso wie auf mich, verstanden?“

„Ja, Mom.“ Lara glitt von ihrem Barhocker und baute sich vor mir auf.

„Hallo noch mal“, sagte die zukünftige Rudelführerin.

„Hübsche Zöpfchen“, erwiderte ich.

18

Und so kam es, dass ich mit Lara – der ältesten Tochter von Michael und Jeannie – auf den Spielplatz ging, um ein bisschen unschuldigen Werwolfspaß zu haben.

Lara war wirklich ein süßes Mädchen, keine Frage. Sie hatte die Augen ihres Vaters, in diesem merkwürdigen Gelbgold, das ich bisher nur aus Naturdokumentationen kannte – wie Eulen- oder Falkenaugen. Sie war schlank und hielt sich aufrecht, das lockige dunkle Haar in zwei Zöpfchen gebunden. Sie trug Jeans und ein Hannah-Montana-T-Shirt. Wie alt mochte sie sein? Sechs Jahre?

„… dann hat Daddy gesagt, dass ihr Antonia zurückbringt, aber jetzt musst du mit dem Rat sprechen, und niemand weiß, wie es danach weitergehen wird, und Derik ist echt traurig, weil er Antonia liebt … geliebt hat, und …"

„Wo ist denn dieser verflixte Spielplatz?", murmelte ich. Seit acht Minuten hatte Lara kein einziges Mal Luft geholt. Wir hatten einen Pfad genommen, der vom Grundstück herunterführte, und gingen nun auf einem schmalen, mit Ziegelsteinen eingefassten Bürgersteig neben einem Fahrradweg. Lara hatte mir erklärt, dass der Spielplatz „ganz in der Nähe" war. Mittlerweile begann ich daran zu zweifeln.

„… hat vor den Rat treten müssen, seitdem Großvater das Rudel angeführt hat, also weiß niemand, was eigentlich passieren …"

„Es gibt überhaupt keinen Spielplatz", murmelte ich. „Das ist meine Theorie. Ich sitze in der Falle auf einem Bürgersteig, der kein Ende hat, genauso wie der Fahrradweg."

„... nach draußen gehen kannst?"

„Wie bitte?"

„Ich sagte, wie kommt es, dass du nach draußen gehen kannst? Es ist Tag."

„Ich kann es eben."

„Aber wie kommt das?"

Laut ausgesprochen hörte es sich dumm an, aber ich tat es trotzdem. „Weil ich die Königin bin. Sonnenlicht kann mir nichts anhaben. Das können nur Plagiate von Designerschuhen."

„Ich dachte, du müsstest in einem Sarg schlafen, aber meine Freundin sagte, ihr hättet eine der Gästesuiten, und da gibt es keine Särge, und ..."

Ich blieb stehen. Lara hielt neben mir an. Wir waren um eine baumgesäumte Straßenecke herumgegangen, und plötzlich lag der Park vor uns. Auf einem großen Schild am Eingang stand: Michael Wyndham Sr. Park.

„Sag nichts", sagte ich zu Lara. „Lass mich raten."

„Du musst nicht raten", sagte Lara, die mir einen Blick zuwarf, den ich nur allzu gut kannte und der bedeutete: Wie blöd bist du denn? „Da steht das Schild."

„Also hat dein Vater den Park hier angelegt?"

„Nein, Daddy ist der Dritte."

„Er ist was?"

„Michael Wyndham, der Dritte. Mein Urgroßvater war ..."

„Weißt du was? Ich glaube, ich will es gar nicht mehr wissen." Tradition. Ich hätte daran denken sollen, wo ich war. Dies war New England, nicht Minnesota. „Dann lauf."

Das tat sie auch und steuerte direkt das Klettergerüst an. Auf dem Parkplatz zu unserer Linken standen nicht viele Autos –

vielleicht sechs –, und ungefähr ebenso viele Kinder spielten auf dem Platz. Einige plaudernde Mütter saßen auf den Bänken auf der anderen Seite des Parks und warfen hin und wieder ein Auge auf die Kinder.

So blieb mir ein wenig Zeit, um nachzudenken. In was waren wir da nur hineingeraten? Was genau war der Rat? Würde es so schlimm werden, wie es sich anhörte? Weil ich nämlich ein bisschen den Eindruck bekam, als wäre es eine Gerichtsverhandlung, nur ohne eine Jury. Oder ohne eine unvoreingenommene Jury. Und was sollte ich ihnen berichten? Ich hatte Antonia nicht dazu gezwungen, die Kugeln für mich abzufangen. Ich hatte sie noch nicht einmal darum gebeten. Wir hatten den Raum betreten, der Typ hatte geschossen, und Antonia war gestorben. Ende.

Ich schlenderte um die Wippen herum und überlegte mir einen Plan. Aber für strategische Überlegungen hatte ich kein Talent – das überließ ich immer Tina und Sinclair –, und so fühlte ich mich nur noch hilfloser als gewöhnlich. Was machten wir eigentlich hier?

Mal angenommen, der Rat beschloss, dass die Vampire Mist gebaut hatten. Was dann? Sie würden uns wohl kaum bestrafen können. Oder doch? Würde das bedeuten, dass wir uns bekriegen würden? Das könnte ein Problem sein – ich wusste weder, wie viele Vampire es auf der Welt gab, noch hatte ich eine Möglichkeit, sie alle zu mobilisieren. Und ich wollte es auch gar nicht. Ich fand es absolut lächerlich, dass ich Erwachsene, die viel, viel älter waren als ich, kontrollieren sollte. Und sie dann auch noch auf Werwölfe hetzen? Also bitte!

Gereizt trat ich gegen ein Grasbüschel und sah dann hoch, als ich hörte, dass ein Kind in Tränen ausbrach. Ein kleines Mädchen – drei, vier? – lag schluchzend auf dem Kies, und ein größerer Junge – neun, zehn? – stand über ihr.

„Ich habe gesagt, du bist nicht an der Reihe", sagte der Bengel, der keineswegs Reue zeigte. Ich kannte ein paar Vampire, die genauso waren.

Wenn man kinderlos ist (ich fühlte mich immer noch so, weil Baby Jon erst seit kurzem bei mir war), ist man wie erstarrt, wenn Kinder sich schlecht benehmen. Auf der einen Seite weiß man, dass das Kind im Unrecht ist, und man will helfen. Auf der anderen Seite ist es nicht das *eigene* Kind, und daher sollte man sich vielleicht besser heraushalten.

Das kleine Mädchen weinte immer noch. Der größere Junge saß auf der Schaukel, auf der sie eben noch gewesen war.

Ich warf einen Blick zu den Müttern auf der Bank und sah, wie eine im Gespräch innehielt. Sie sagte in einem Ton, den ich ganz furchtbar hasste, weil er zwar streng klingen sollte, aber nur zeigte, wie stolz sie eigentlich auf ihren großen Jungen war: „Jaaaaason! Du weißt, du sollst warten, bis du dran bist, Süßer."

„Genau!", schluchzte das winzige Mädchen auf dem Kies. „Das hab ich auch gesagt! Mom! Mommy, Jason hat mich von der Schaukel …"

„Bist du auch lieb zu deiner kleinen Schwester, Jason Dunheim?", fragte Mom. Sie fragte. Sie sagte es ihm nicht. Oh, lieber Gott, verschone mich mit überverständnisvollen Volltrotteln, die sich zwar fortpflanzen wollen, aber dann ihre Elternpflichten nicht wahrnehmen. „Jason? Ja?"

Warum *fragte* sie? Ich hasse es, wenn Eltern fragen. Was ist, wenn die Kinder Nein sagen? Was sollen sie dann tun? Sich davonschleichen? Einen Wutanfall bekommen? Was?

„Mommy!"

„Halt die Klappe, Heulsuse."

„Jason? Du weißt, dass wir solche Ausdrücke nicht verwenden, Jason? Süßer?"

Ich seufzte. Na ja, die Kleine schien sich nicht wehgetan zu haben (ich konnte kein Blut an ihr riechen), und auch wenn mir diese Mutter missfiel, die so offensichtlich ein Kind dem anderen vorzog, gab es doch nicht viel, das ich tun …

„Entschuldige dich!"

Ich drehte den Kopf so schnell, dass ich mir fast ein Schleudertrauma eingefangen hätte. Lara hatte sich eingemischt (stöhn) und stemmte Jason am T-Shirt in die Höhe.

19

Lara hatte seinen dicken Hintern von der Schaukel gezerrt und stemmte ihn mit einem Arm in die Höhe. Ich hatte sie nicht kommen hören, dabei befand sich das Klettergerüst auf der anderen Seite des Spielplatzes, weit weg von den Schaukeln.

„Lass mich los!" Jason zappelte und trat um sich.

Lara schüttelte ihn unsanft, anscheinend so mühelos wie ich einen Salzstreuer. „Entschuldige dich!"

„He!" Wie durch ein Wunder war das Wesen, das Jason geboren hatte, aufgestanden und rannte nun auf die Schaukeln zu. „Lass meinen Sohn in Ruhe! Setz ihn sofort ab!"

Auch ich begann zu rennen. Aber meine Motive waren alles andere als altruistisch. Ich war ganz und gar nicht daran interessiert, Jasons verwöhnten kleinen Hintern zu retten.

Alles, woran ich denken konnte, während ich rannte, war: *Erst ist es meine Schuld, dass Antonia stirbt, und jetzt lasse ich es zu, dass Lara verprügelt wird … Oh, die Werwölfe werden eine Party für uns schmeißen, sie werden begeistert sein. Gut gemacht, Betsy. Dabei ist es noch nicht einmal fünf Uhr.*

Ich zwang mich, langsamer zu gehen. Viel langsamer. Wenn ich mich als Vampir outen würde, würde ich alles nur noch schlimmer machen. Menschen konnten nicht fünfundsechzig Stundenkilometer laufen. *Geh langsamer. Viel langsamer. Bring Lara von hier weg, bevor sie …*

„Sie ist kleiner als du." Erneutes Schütteln. „Und nicht so stark." Wieder schüttelte sie ihn – wie ein Terrier eine Ratte.

Jason hatte ihr Handgelenk mit beiden Händen gepackt und – wie ich aus seiner roten Gesichtsfarbe und seiner angespannten Miene schloss – versuchte angestrengt, ihren Griff zu lösen. „Du solltest eigentlich auf sie aufpassen", sagte Lara, die Schreckliche. „Du hast die Verantwortung für sie und hast ihr absichtlich wehgetan! Mach das nicht noch einmal!"

„Lass mich *runter*!"

„Okay." Ich hatte nicht einmal die Zeit, zu stöhnen und mir die Augen zuzuhalten. Lara zog Jason zu sich hin, trat einen Schritt zur Seite und warf ihn ungefähr zwei Meter weit. Er rutschte mit der Nase nach unten über den Kies, setzte sich auf und begann zu brüllen. Seine Nase blutete, und der satte, berauschende Duft stieg mir sofort zu Kopf.

Nun, dann würde ich jetzt zu allem Überfluss auch noch meine Fangzähne zeigen. So blieb man als Vampirkönigin nicht lange unbemerkt.

Nachdem ich einen großen Bogen um die Mutter gemacht hatte, die gleich an die Seite ihres Sohnes geeilt war, als die Ereignisse diese neue Wendung genommen hatten, erreichte ich Lara.

„Lara, dasss isst ssschrecklich! Warum tussst du dasss? Du kannssst nicht einfach alle, die andere ssikanieren, durch die Gegend werfen. Willssst du unbedingt, dasss ich bei lebendigem Leibe gefressssen werde? Dein Vater …"

Lara beachtete mich nicht. Es war, als existierte ich gar nicht. Sie war zu dem Mädchen gegangen, hatte ihr vom Boden aufgeholfen und klopfte sie ab. „Alles in Ordnung? Wir haben Pflaster bei mir zu Hause. Brauchst du eins?"

„Nee." Das kleine Mädchen rieb sich die Wangen mit ihren schmuddeligen Fäusten, wobei sich der Schmutz mit ihren Tränen vermischte. „Wie hast du das gemacht? Das war echt cool. Ich will das auch können. Kannst du ihn noch einmal werfen?"

„Besser nicht", murmelte Lara und warf mir einen vorsichtigen Blick zu. Nicht so, als hätte sie Angst vor mir. Eher so, als würde sie überlegen, ob ich im Moment eine Bedrohung für sie sein könnte.

Plötzlich fiel mir wieder ein, was mir ihre Mutter – ihre menschliche Mutter – gesagt hatte.

Ein Werwolfwelpe ist nicht wie ein Menschenkind. Und was hatte sie noch gesagt? Sie hatte dabei so einen merkwürdigen Blick gehabt. Eine Mischung aus Stolz und Kummer, die ich vorher noch nie gesehen hatte.

Sie sind schneller. Stärker … grausamer.

Jeannie hatte gewusst, wovon sie sprach. Lara war nicht menschlicher als ich. Auf Jason hatte sie nicht wie ein kleines Mädchen, das auf dem Klettergerüst spielen wollte, reagiert; sie hatte wie ein Alpha gehandelt, der Schwäche und Schmerz gesehen und sofort eingegriffen hatte. Sie hatte jemanden gesehen, der Schutz gebraucht hatte, und nicht gezögert – egal, wie die Folgen für sie oder mich nun aussahen.

Was sehr viel mehr war, als ich getan hatte.

Na toll. Vorgeführt von jemandem, der nicht mehr wog als eine Tüte Hundekuchen und der jetzt schon mehr ein Anführer war, als ich jemals sein würde.

„… weil du nämlich mit zu mir nach Hause kommen könntest und …"

„Du!" Super. Die Mutter des kleinen Schlägers war zu uns marschiert, ihren brüllenden Sohn im Schlepptau. „Denkst du, ich hätte nicht gesehen, was du getan hast? Ich habe alles gesehen, und du wirst …"

Okay, jetzt reichte es. Ich sah ihr fest in die Augen und sagte: „Sssetzen Sssie sich hin."

Alle Wut, alles Leben wichen aus ihrem Gesicht. Sie drehte

sich um und ging wie ein Roboter zu ihrer Bank zurück. Das gute alte Vampir-Mojo – manchmal war ich wirklich froh, dass ich es hatte.

„Was ist denn mit deiner Stimme los?", fragte Lara.

„Kümmere dich mal nicht um meine Ssstimme. Und jetssst nichtsss wie weg hier."

„He, deine Zähne sind ganz spitz! Aber ich glaube, du solltest ihn besser nicht beißen." Sie sah Jason an, der vor lauter Verblüffung über das, was in den letzten zwanzig Sekunden passiert war, aufgehört hatte zu weinen. Dann lächelte sie ihn an, mit dem falschen Lächeln einer Schaufensterpuppe. „Der schmeckt bestimmt gar nicht gut."

Jason wich zurück, während er sich das Blut mit dem Ärmel von der Nase wischte. Ich konnte es ihm kaum verübeln. Und je weiter er sich entfernte, desto weniger stieg mir der Geruch seines O-Positiv in die Nase.

„Deine Mutter hat eher noch untertrieben", murmelte ich.

„Was?"

„Schon gut. Los, wir gehen."

„Okay. Ich habe bekommen, was ich wollte."

Wir verließen den Spielplatz und gingen zurück zu Laras Haus. „Was? Du wolltest einen kleinen Tyrannen vier Meter weit werfen?"

„Das waren noch nicht einmal annähernd vier Meter. Junge, Junge, du übertreibst wirklich gerne, was?"

„Das ist eine meiner Schwächen", gab ich zu.

„Außerdem wollte ich dich besser kennenlernen."

Ich blieb so plötzlich stehen, dass sie noch ein paar Schritte machte, bevor sie bemerkte, dass sie alleine ging. „Du wolltest *was*?"

„Dich besser kennenlernen. Wenn du und mein Daddy Feinde werdet, bist du auch mein Feind. Möglicherweise muss ich dich irgendwann töten, um das Rudel zu schützen."

„Aber du und ich, wir kennen uns bereits."

„Ja", erklärte Lara geduldig, „aber jetzt bist du in meinem Territorium, nicht ich in deinem."

Sprachlos starrte ich sie an – und Sie können mir glauben, das passiert mir nicht oft. „Also, wenn ich dich richtig verstehe, wolltest du nicht, dass ich mit dir zum Spielplatz gehe. Du wolltest mich … mich …"

Ein Werwolfwelpe ist kein Menschenkind.

„… mich unter die Lupe nehmen?"

„Richtig." Ihre Miene hellte sich auf, als die Villa in Sichtweite kam. „Willst du Eiscreme? Ich hätte gerne Schokoladeneis."

Okay. Jetzt war mir wirklich unheimlich. Weil für sie die Sache offensichtlich erledigt war. Vorbei. Problem gelöst. Jetzt konnte sie sich anderen Dingen zuwenden.

Mit anderen Worten, sie verhielt sich genau so, wie man es ihr beigebracht hatte: Sie machte sich nur Gedanken um das Hier und Jetzt. Morgen war tausend Jahre entfernt. Gestern war sogar noch länger her.

Ich seufzte und gab mich geschlagen. „Ja, gut. Essen wir Eiscreme."

„He! Du redest jetzt gar nicht mehr so komisch."

„Man muss auch für kleine Freuden dankbar sein. Außerdem wäre es toll, wenn du den kleinen Zwischenfall deinen Eltern gegenüber nicht erwähnen würdest."

Lara lachte. „Du bist lustig."

„Ja ja." Ich folgte ihr die Auffahrt zur Villa hoch. „Ich bin wirklich ein lustiger Vogel."

20

Liebes Ich,

ich habe mir wirklich genau den richtigen Zeitpunkt ausgesucht, um ein Tagebuch zu führen. Die letzten Tage waren nämlich sehr interessant. Wer weiß? Vielleicht schreibe ich ja dieses Mal tatsächlich weiter.

Meinen letzten Eintrag musste ich abbrechen, weil Laura nach mir rief. Ich folgte ihr in die Küche, aber mir schwante bereits Böses, als ich die zahlreichen Stresssymptome an ihr feststellte. Da immer gerade dann, wenn sie wütend war oder Angst hatte, unschöne Dinge passierten, hatte ich mehr als nur ein flüchtiges Interesse an ihrem Geisteszustand.

Ich brachte sie dazu, sich an den Küchentisch zu setzen und einen Eistee zu trinken. Etwas Angenehmes und Alltägliches zu tun schien sie zu beruhigen. In dem Moment erkannte ich auch, dass sie eher gedemütigt als wütend war.

„Marc, es tut mir leid, dass du das mit ansehen musstest. Ich weiß gar nicht, was ich sagen soll."

„Laura, das ist nicht deine Schuld. He", scherzte ich, „was meinst du, wie ich mich fühlen würde, wenn mein alter Herr plötzlich auftauchen würde? Du solltest kein schlechtes Gewissen wegen etwas haben, das außerhalb deiner Macht liegt."

„Vielleicht liegt es gar nicht außerhalb meiner Macht."

Ich wusste nicht, ob mir diese Antwort gefiel. „Das ist schon in Ordnung, Laura, es macht mir nichts aus. Satanisten, die plötzlich in meiner Eingangshalle stehen, würzen meinen Alltag.

Niemand mag es, so überfallen zu werden. Und wie ich schon sagte, es ist nicht deine Schuld."

„Nein, es ist die Schuld meiner Mutter." Das letzte Wort spuckte sie beinahe aus. „Ich wollte dich um etwas bitten, und wegen ihr kann ich es jetzt nicht mehr."

„Um was wolltest du mich bitten? Trink deinen Eistee. So ist es gut. Und jetzt frag."

„Hm." Laura sah in ihr Glas, das zweifelsohne keine Antwort für sie enthielt. „Ich habe Betsy versprochen, dass ich auf dich und Tina aufpassen würde, während sie weg ist. Also habe ich gedacht, es wäre doch besser, hier einzuziehen, statt nur manchmal, wenn ich gerade Zeit habe, vorbeizukommen. Nur für eine kurze Zeit", fügte sie hinzu, meine Miene missdeutend. „Ich störe dich auch nicht, ich verspreche es."

„Wie könntest du mich stören? Das Haus hat zwanzig Schlafzimmer. Aber komm schon, Laura, hör auf, mir Unsinn zu erzählen."

„Ich erzähle dir keinen …"

„Betsy soll dich gebeten haben, auf Tina aufzupassen?"

„Na ja." Laura senkte für einen Moment den Blick. „Sie meinte vor allem dich, nehme ich an. Ich glaube, sie hatte ein schlechtes Gewissen, weil sie dich nicht mitgenommen hat."

Ich zuckte die Achseln. „Das wage ich zu bezweifeln. Ich hätte ohnehin keinen Urlaub bekommen. Tina musste ebenfalls bleiben – jemand muss ja in der Vampirzentrale sein und sich um das Tagesgeschäft der Untoten kümmern, solange sie fort sind. Damit bleiben nur noch du und ich. Und selbstverständlich kannst du einziehen. Herrje, du kannst dir einen ganzen Flügel für dich allein aussuchen."

„Nein, das geht nicht. Nicht jetzt." Die Knöchel ihrer Hand, die die Flasche umfasste, wurden weiß. „Nicht mit diesen …

diesen Leuten, die mich immer wieder finden und mich fragen …“

„Moment mal. Das ist dir schon einmal passiert?“

Laura sagte nichts. Das war auch nicht nötig. Das Glas zersprang in ihrer Hand, Tee spritzte, und Glassplitter flogen.

„Oh mein Gott! Es tut mir leid, Marc. Wie ungeschickt von mir. Ich hole ein Handtuch und …“

Sofort sprang ich auf, riss sie hoch und zerrte sie zum Waschbecken. „Laura, wenn du dich nicht entspannst, dann werfe ich dir heimlich ein paar Valium in deinen nächsten Frappuccino. Jetzt halt still und lass mich sehen.“

Ich untersuchte sorgfältig ihre Hand, wusch sie und untersuchte sie dann noch einmal. Sie hatte ein paar leichte Schnittwunden in den Ballen unter Ring- und Mittelfinger, das war alles. Nichts Arterielles und kein Schaden an den Sehnen, soweit ich feststellen konnte.

„Keine Gläser mehr für dich“, sagte ich, reichte ihr ein Küchenhandtuch und trat vorsichtig um die Scherben herum. „Von jetzt an gibt es nur noch Schnabeltassen.“

Ich ließ sie sauber machen, in der Hoffnung, sie würde sich dadurch besser fühlen. Laura war lieb ein bisschen zu lieb sogar. Ich hatte mich schon immer gefragt, wann sie wohl explodieren würde. Jetzt sah es so aus, als wäre es so weit.

„Du sagtest, das wäre dir schon einmal passiert?“

„Ja.“ Sie wischte die Scherben und den Eistee auf, wobei sie peinlich genau auf noch so kleine Splitter achtete. „Diese Leute. Sie finden mich immer. Immer.“

„Sie sind also auch zu deiner Wohnung gekommen?“

„Meine Wohnung. Das Haus meiner Eltern.“

„Ich wette, der Herr Pfarrer war begeistert“, sagte ich trocken und erntete ein zaghaftes Lächeln. „Was wollen sie von dir?“

„Mir dienen“, sagte sie knapp und wrang das Handtuch über dem Waschbecken aus (nachdem sie die Scherben in den Mülleimer geschüttet hatte).

„Dir dienen? Wie? Indem sie dir das Frühstück servieren?“

Dieses Mal bekam ich ein echtes Lächeln. „Nein, Dummkopf. Sie wollen das tun, was ich ihnen befehle.“

„Und was hast du in der Vergangenheit in dieser Situation getan?“

„Ich habe ihnen einfach gesagt, sie sollen weggehen.“

„Nein, nein, nein.“

Laura blinzelte überrascht. „Nein?“

„Das fängst du ganz falsch an.“

„Ach ja?“

„Es passiert doch sowieso, oder? Wegen dieses Sterns oder irgendwelchen anderen Vorboten … keine Ahnung … so ähnlich wie man sich jedes Jahr im Januar vornimmt abzunehmen.“

„Ja, wahrscheinlich.“ Laura sah zunehmend verwirrt aus. Immerhin war sie nicht mehr beschämt – ein großer Fortschritt. „Aber was könnte ich denn sonst tun?“

„Sehr viel.“

Dann sagte ich es ihr. Und bekam noch ein Lächeln zu sehen, noch schöner als das letzte. Dieses Mal war es ein Lächeln voller Freude.

21

Ich kam rechtzeitig zurück, um mich umzuziehen: ein schwarzes Kostüm, schwarze Strumpfhose und schwarze Pumps von Carolina Herrera. Sinclair war wach und arbeitete am Schreibtisch in unserer Suite; auch er war für den Gottesdienst gekleidet.

Meine erste Werwolf-Beerdigung.

Ich sah meinem Mann beim Arbeiten zu, bis er meinen Blick spürte und sich umdrehte. „Hast du etwas auf dem Herzen, meine Liebe?"

„So einiges", erwiderte ich und dachte an Lara, die psychopathische zukünftige Anführerin der Werwölfe. „Aber vor allem, wie unangenehm es gleich für uns sein wird. Alle Anwesenden werden Bescheid wissen. Sie wissen alle, dass Antonia gestorben ist, weil sie mich schützen wollte."

„Ja, das stimmt wohl." Er sah mich mit seinen dunklen Augen an, einen unergründlichen Ausdruck auf dem Gesicht.

„Als wenn ich Begräbnisse nicht schon genug hassen würde."

„Ja, natürlich", sagte er beschwichtigend. „Jeder wird verstehen, wie schwer es für *dich* ist."

„Ja, das ist … Mistkerl. Ich hasse dich."

„Nein, du betest den heiligen Boden an, auf dem ich wandle, so wie es jede gute Frau tun sollte." Er duckte sich, und mein linker Schuh segelte über seinen Kopf hinweg. Glücklicherweise traf er nicht das Fenster. Es hätte mir gar nicht gefallen, wenn mein neuer Pumps von Glasscherben zerkratzt worden wäre. „Meine Süße, ich wollte dich nur trösten in dieser schweren …"

„Weißt du eigentlich, wie viele Paar Schuhe ich eingepackt habe?“

„Äh … nein. Vielleicht sollten wir lieber das Thema wechseln. Wo ist Jessica?“

„In ihrer Suite. Sie passt auf Baby Jon auf. Zuerst wollte ich ja nicht, dass sie uns begleitet, aber jetzt bin ich doch froh. Ich möchte ihn nicht den Werwölfen anvertrauen. Irgendetwas Merkwürdiges geht hier vor.“

„Hmmm. Was hast du gemacht, bis die Sonne unterging?“

„Das würdest du mir nicht glauben.“

Seine Augen wurden schmal. „Dich hat doch keiner belästigt, oder?“

„Darum geht es nicht, Sinclair.“ Ich seufzte und setzte mich ihm gegenüber. „Dies ist ein komischer Ort. Ich fühle mich hier einfach nicht wohl. Und es macht mich nervös, dass ich vor dem Rat erscheinen soll. Ich vermisse unser Haus. Und Tina, Laura und Marc. Ich will nur noch nach Hause.“

„Endlich“, sagte er, „sind wir einer Meinung. Das Begräbnis ist Teil des Preises, den du zahlen musst, bevor du zurück nach Minnesota kannst. Vielleicht hilft es dir, wenn du es so siehst.“

„Oder ich sehe es als die Werwolfversion eines Spießrutenlaufs.“

„So oder so“, er warf einen Blick auf seine Armbanduhr, „wir müssen jetzt los. Je schneller wir es hinter uns bringen, desto schneller sind wir wieder daheim.“

„Mist. Keine Zeit für einen Quickie?“

Er lächelte und schüttelte den Kopf, aber ich wusste, dass es ihn Überwindung kostete.

„Nicht einmal ein ganz schneller Quickie?“

„Hör auf damit, du gemeine Verführerin. Und jetzt los. Man erwartet uns schon.“

Hmpf. Ich habe immer gedacht, dass es nicht in jedem Fall das Beste ist, etwas möglichst schnell hinter sich zu bringen.

Aber ich würde mich auch auf keinen Fall in einem fremden Zimmer verstecken, in einem Haus, in dem ich allen egal war. Nein, ich würde auf Antonias Beerdigung gehen, mit erhobenem Haupt. Wenn das der Pelzbrigade nicht gefiel, dann hatten sie Pech gehabt.

22

Ich klopfte, bevor ich den Kopf durch Jessicas Tür steckte, um zu sehen, wie es Baby Jon ging. Eine schicksalsergebene Jessica trug ihn hin und her, während er abwechselnd weinte und auf ihre Schulter spuckte.

„Und wieder einmal kann ich dir gar nicht genug danken."

„Und wieder einmal muss ich mir ein neues Oberteil kaufen." Sie müsste lauter sprechen, um das Geschrei des Babys zu übertönen. „Viel Spaß bei der Beerdigung. Das ist doch ein Klacks für dich, oder?"

„Ein Scherz ist das, nichts weiter." Ich streckte die Arme aus, und sie übergab mir Baby Jon erleichtert. Sofort wurde er still, abgesehen von einem gelegentlichen Schluckauf.

„An deiner Stelle würde ich das nicht zu laut sagen", warnte sie und kratzte an ihrer muffig riechenden linken Schulter.

„Trotzdem ist es die Wahrheit."

„Komm schon, Bets. Es ist schwer für sie. Aus dem, was ich gesehen habe, schließe ich, dass der Zusammenhalt zwischen ihnen sehr stark ist. Für sie ist es vielleicht, als hätten sie eine Nichte oder eine Schwester verloren."

„Blödsinn. Das Rudel hat Antonia nicht gemocht, erinnerst du dich? Sie waren froh, als sie ging."

Jessica schnippte mit den Fingern. „Du hast recht! Das hatte ich ganz vergessen. Es war ihnen unheimlich, dass sie sich nicht wandeln, dafür aber in die Zukunft sehen konnte. Sie brauchten sie, aber gleichzeitig hatten sie auch Angst vor ihr."

Ich nickte. Eines Abends vor ein paar Monaten hatte Antonia sich maßlos betrunken. (Haben Sie eine Ahnung, wie viel Alkohol ein Werwolf trinken muss, damit er etwas davon merkt?) Da hatte sie uns die ganze Geschichte erzählt.

Wie beinahe niemand mehr mit ihr geredet hatte.

Wie groß die Angst des Rudels vor ihr gewesen war, weil sie sich gefragt hatten, ob sie das, was sie vorhersah, verschweigen würde. Wenn sie in der Zukunft eines Rudelmitglieds etwas Schlimmes sah, würde sie es ihm sagen? Oder würde sie es für sich behalten?

Sie hatte uns auch erzählt, dass das Rudel erleichtert reagierte, als sie erfuhren, dass sie nicht zurückkommen würde. Sie hatten sie überhaupt nicht vermisst oder sich Sorgen um sie gemacht.

Nein, sie waren tatsächlich *erleichtert* gewesen.

Und jetzt wollten sie, dass ich mich rechtfertigte. Das machte mich wütend.

Jessica schüttelte den Kopf. „Ich möchte nicht in deiner Haut stecken, Bets. Aber deine Schuhe sind hübsch", fügte sie hinzu und beäugte meine Pumps.

„Von mir aus können sie mit mir machen, was sie wollen", murmelte ich. „Aber wenn sie mir die Schuhe verhunzen, dann wird meine Rache fürchterlich sein.

„Mensch." Ich küsste Baby Jon auf seinen süßen Kopf. „Jetzt fühle ich mich schon etwas sicherer."

23

Wyndham Manor, hatte ich gehört, war nicht nur das Hauptquartier der Werwölfe und ihr Machtsitz, hier wohnten auch rund ein Dutzend Rudelmitglieder. Und es war offenbar erbaut worden, um große Gruppen zu beherbergen, denn der Gottesdienst wurde in einem lagerhallengroßen Raum abgehalten, ohne dass sich jemand beengt fühlen musste. Ich vermutete, dass er als Ballsaal genutzt wurde – dann natürlich ohne Sarg.

Erst ergriff Michael kurz das Wort, dann sprach der Pfarrer (ein presbyterianischer Werwolfpfarrer!), und anschließend defilierten die Anwesenden an dem Sarg vorbei, zweifellos um Antonia die letzte Ehre zu erweisen.

Ich hatte sofort bemerkt, dass sie sie in einen sehr viel schöneren Sarg umgebettet hatten – schimmernd wie polierter Gagat und ebenso schwarz. Ein riesiger Strauß weißer Callas bedeckte fast den ganzen Deckel. Ich fragte mich, was sie wohl mit dem alten gemacht hatten, dem, den Derik zerstört hatte. Dann entschied ich, dass dies a) ein makabrer Gedanke war und es mich b) nichts anging.

Wenigstens war Jessica nicht hier. Mir war es recht so – wenn ich wusste, wo sie war, musste ich mir keine Sorgen um sie machen.

Baby Jon lag eng an meine Schulter geschmiegt, den Daumen fest im Mund, und sah sich mit leuchtenden Augen interessiert um. Ich versuchte so zu tun, als würde er nicht auf den Aufschlag meiner Ann-Taylor-Kostümjacke sabbern.

Komischerweise war es Sinclairs Idee gewesen, ihn zu Antonias Beerdigung mitzunehmen. Es war das erste Mal, dass mein Mann so etwas vorgeschlagen hatte. Nicht genug damit, dass ich immer noch um Antonia trauerte und zugleich um uns Angst hatte, zu allem Überfluss machte ich mir nun auch Gedanken über die Motive meines Gatten.

Als die Anwesenden sich erhoben, stand ich nicht auf. Ich hatte ihr bereits die letzte Ehre erwiesen. Ich hatte sie beweint, ihr Rudel angerufen, ihnen das Undenkbare mitgeteilt und sie nach Hause geflogen. Das war mehr, als ich für meinen eigenen Vater getan hatte.

„Hallo? Du bist Betsy, richtig?"

Ich sah auf und hätte beinahe nach Luft geschnappt. Eine der umwerfendsten Frauen, die ich je gesehen hatte, stand vor mir – mit einem enormen Babybauch.

„Äh, ja." Ich legte den einen Arm fester um Baby John und streckte den anderen aus. „Betsy Taylor."

„Die berüchtigte Königin der Toten." Aber ihre blauen Augen guckten freundlich, und sie lächelte. Ihr Haar lag wie eine rotbraune Wolke um ihren Kopf. „Ich bin Sara, Deriks Frau."

„Königin der Untoten", korrigierte ich sie. „Und ja, das bin ich. War Antonia eine Freundin von dir? Muss sie wohl. Sie und dein Mann standen sich sehr nahe, das habe ich zumindest gehört. Was ihr passiert ist, tut mir sehr leid."

„Danke." Sara schob sich auf den Stuhl neben mir und massierte sich den unteren Rücken. „Aber wir waren nicht befreundet. Ich konnte sie nicht ausstehen."

Ich starrte sie an. Lange. Ich verspürte zu gleichen Teilen Bewunderung und Entsetzen. Sara traute sich was, ausgerechnet hier schlecht von der Toten zu sprechen. Aber sie sagte die Wahrheit, und das bewunderte ich sehr.

„Sie war schon ganz schön grantig", gab ich zu. „Du bist, äh … kein Werwolf. Oder?"

„Nein, nein."

„Dann ist Jeannie also nicht der einzige Mensch im Rudel?"

„Nein, ist sie nicht. Obwohl ich genau genommen kein Mensch bin", sagte sie.

„Oh."

„Ich bin die Reinkarnation der Zauberin Morgan Le Fay."

Oh. Na toll. Eine Verrückte – eine *schwangere* Verrückte – saß weniger als einen halben Meter von mir entfernt. Das wurde ja immer besser!

Sara lachte, als sie meine Miene richtig deutete. „Schon gut, du musst mir nicht glauben, und ich muss dich nicht überzeugen. Obwohl ich dich warnen sollte. Wenn du versuchst, mir etwas anzutun, ist es sehr wahrscheinlich, dass dir etwas Schreckliches zustoßen wird."

„Ich habe dich doch gerade erst kennengelernt. Warum sollte ich dir etwas antun wollen?"

„Wer weiß. Es kann auch keiner genau vorhersagen, was du und dein Mann in der Zukunft tun werden. Trinkst du das noch?"

Ich gab ihr meine Cherry Coke – jetzt, da der Gottesdienst vorbei war, wurden Getränke gereicht. „Vorhersagen … wovon sprichst du, verdammt noch mal?"

Sara deutete in den Raum hinein. Ich guckte mich um, traf aber überall nur auf feindliche Blicke. „Du machst sie einfach ungeheuer nervös, das ist alles."

„Was? Ich? Aber das ist …"

„Du riechst nicht", unterbrach sie mich freundlich. „Deswegen wissen sie nicht, was du fühlst. Das macht sie – alle – sehr nervös."

Natürlich! Beinahe hätte ich mir mit der flachen Hand gegen

die Stirn geschlagen. Ich hatte komplett vergessen, wie unheimlich wir Antonia gewesen waren, als sie zu uns gezogen war. Das war auch der Grund gewesen, warum es Wochen gedauert hatte, bis sie sich an uns gewöhnt hatte.

„Wie kommt es dann, dass du auf dieser Seite des Raumes bist und mit mir sprichst?"

Sara zuckte die Achseln. „Mich machst du nicht nervös. Du bist immer noch unser Gast, trotz der Umstände. Und du wirst mir nichts antun können."

Womit wir wieder beim Thema waren. „Bist du etwa eine schwangere Superninja-Kämpferin oder so?"

„Nein, nein, nichts dergleichen."

Stille.

„Und? Also echt, mach's doch nicht so spannend."

„Aber du würdest mir sowieso nicht glauben, warum soll ich mir also die Mühe machen?"

„Lass es doch einfach drauf ankommen."

Sie zuckte die Achseln. „Ich setze die Gesetze der Wahrscheinlichkeit außer Kraft. Wenn jemand versucht, mich zu erschießen, blockiert die Waffe. Oder ein kleines Aneurysma, das er schon sein ganzes Leben lang hatte, reißt genau in diesem Augenblick. Oder er schießt daneben, und die Kugel prallt ab und trifft ihn ins Gehirn."

Sara seufzte. „Ich wusste, dass du das sagen würdest."

„Ich habe doch noch gar keine Gelegenheit gehabt, etwas zu sagen, du ..." Du arme Irre, hatte ich eigentlich sagen wollen, was unter diesen Umständen nicht sehr nett von mir wäre. „Wenn du also ... äh ... die ... die ..."

„Die Gesetze der Wahrscheinlichkeit außer Kraft setzt."

„Musst du da nicht die ganze Zeit unheimlich viele Berechnungen anstellen?"

„Oh nein. Meine Kraft wirkt unbewusst. Ich habe keine Kontrolle darüber. Als ich das vierte Mal in der Lotterie gewonnen hatte, habe ich es aufgegeben, könnte man sagen." Sie tätschelte ihren Bauch. „Zumal es Wichtigeres gibt als Lotterietickets."

„Ja, das stimmt wohl."

„Außerdem macht es keinen Spaß mehr, wenn man weiß, dass man gewinnt."

„Klar, das verstehe ich." Komplett verrückt.

„Ist das dein Sohn?" Sara lächelte und streckte die Arme aus. Baby Jon lächelte zurück und schmiegte sich enger an meine Schulter.

„Es liegt nicht an dir", versicherte ich der verrückten Schwangeren hastig. „Er mag eigentlich nur mich. Er ist aber nicht mein Sohn, sondern mein Halbbruder."

„Er ist süß", sagte Sara bewundernd. „Was für hübsche Augen!"

„Danke." Das Kompliment munterte mich ein wenig auf. „Er ist wirklich ein liebes Baby. Er weint fast nie und schläft den ganzen Tag …"

„Das kann ich mir vorstellen. Wenn die große Schwester ein Vampir ist."

„Ja, zuerst mussten wir alle unseren Zeitplan etwas umstellen", gab ich zu.

„Hattest du keine Angst, ihn hierher zu bringen, nach allem, was passiert ist?"

„Ich bin noch nicht lange sein Vormund. Mein Mann und ich müssen uns erst daran gewöhnen, wie Eltern und nicht wie blutrünstige Herrscher über die Untoten zu denken."

Sara brach in Gelächter aus. Sie hielt sich den Bauch und klammerte sich am Tisch fest, um nicht vornüber zu fallen. Das munterte mich noch mehr auf. Wenigstens eine auf dieser

Beerdigung schien mich nicht dafür verantwortlich zu machen, dass Antonia sich für mich geopfert hatte. Ich spürte die missbilligenden Blicke, aber Sara lachte und lachte.

Endlich beruhigte sie sich und wischte sich die Tränen aus den Augen. „Die Hormone", erklärte sie. „Sorry."

„Ach, ich bin nicht beleidigt. Ich finde es schön, dass jemand …" Fröhlich ist, hatte ich sagen wollen, was aber sehr uncool gewesen wäre.

„Also! Ich habe noch nie einen Vampir getroffen."

„Na ja, ich habe noch nie eine Zauberin getroffen." Ich versuchte mir in Erinnerung zu rufen, was ich von Morgan Le Fay wusste, aber Geschichte war nie meine Stärke gewesen. Meines Wissens war sie eine Hexe zu König Artus' Zeiten gewesen und, dessen war ich mir ziemlich sicher, keine von den Guten. Nun ja, ich konnte immer noch Sinclair danach fragen.

„Jetzt können wir das nicht mehr behaupten, was?"

„Nein, wohl nicht." Ich warf einen Blick zurück über meine Schulter und sah, dass Derik auf uns zugestampft kam, das sonst so freundliche Gesicht in böse Falten gelegt. „Ähem … Wütender Gatte auf sechs Uhr."

Sara seufzte. „Es ist furchtbar mit ihm. Ich bin sicher, du weißt, was ich meine. Eigentlich weiß er, dass du Antonia nicht in den Kugelhagel gestoßen hast. Aber es ist schwer für ihn. Verstehst du?"

Ich verstand. Derik schob mir die Schuld in die Schuhe, denn andernfalls müsste er der Tatsache ins Auge sehen, dass Antonia nur fortgegangen war, weil das Rudel sie nicht gemocht oder Angst vor ihr gehabt hatte. Ich verstand ihn, auch wenn ich es nicht gutheißen konnte. Als sie damals entschieden hatte, die Stadt zu verlassen und nie wieder zurückzukehren, hatte es sie alle einen feuchten Kehricht interessiert.

Und da war er auch schon. Drohend baute er sich vor unserem Tisch auf. „Geh weg von meiner Frau, bitte“, stieß er zwischen zusammengebissenen Zähnen hervor. „Ich will nicht … Argggg!“

Zuerst dachte ich, er wäre ausgerutscht. Dann begriff ich, dass er Baby Jon gesehen hatte und so heftig und schnell zurückgezuckt war, dass er das Gleichgewicht verloren hatte.

„*Das* schon wieder! Nimm das Baby weg von meiner Frau!“

Kennen Sie das, wenn man auf einer Party besonders laut spricht, um verstanden zu werden, und gerade in diesem Moment alle anderen still werden, sodass dann jeder mitkriegt, was man sagt?

Ja, genau so war es jetzt auch.

24

Liebes Ich,

es dauerte nicht lange, bis Lara die Gelegenheit hatte, die „Operation Ablenkung“ in die Tat umzusetzen, weil nämlich wieder eine Gruppe von Teufelsanbetern auftauchte. Aber dieses Mal war sie (waren wir, um genau zu sein) vorbereitet.

„Oh, gnädigste und höchstgebietende Herrin“, verkündete ihr Anführer und fiel vor ihr auf die Knie. Die anderen Lemminge folgten seinem Beispiel, was bedeutete, dass sich nun sechzehn religiöse Extremisten in unserem Salon befanden. „Wir leben nur, um Euch nach Eurem Willen zu dienen. Zeigt uns nur Eure Feinde, und wir werden in Eurem Namen Rache üben. Im Namen Eures Vaters, Luzifer Morgenstern.“

Das war recht interessant, denn wir wussten, dass Lauras Mutter vom Teufel besessen gewesen war. Und der Teufel erschien Laura immer in Gestalt einer Frau. (Man kann sich leicht vorstellen, was für eine Laune sie nach diesen spaßigen Besuchen hatte.)

Ich nehme an, der Fürst/die Fürstin der Lüge kann jede Gestalt annehmen, die ihm/ihr gefällt.

„Wie lauten Eure Befehle?“, rief er Lauras Füßen zu, da sie ja alle vor ihr auf den Knien kauerten. So sah keiner von ihnen, wie sie angeekelt den Kopf schüttelte und mit den Augen rollte. „Oh, höchstgebietende Herrscherin, Euer Kommen wurde vorhergesagt, und endlich ist es so weit!“

„Ja, ja“, erwiderte sie ungeduldig. „Schon gut. Und jetzt hört mir alle zu.“

Alle Köpfe ruckten auf einmal hoch, wie Otter im Zoo, die ihre Köpfe aus dem Wasser steckten.

„Ich heiße euch alle hinauszugehen in die Suppenküche an der Ecke Lake und Fourth in Minneapolis. Arbeitet dort ehrenamtlich mindestens fünfzig Stunden die Woche."

Das Dachshundgesicht des Anführers wurde noch länger. „Aber … aber … ich möchte …"

„Willst du dich mir widersetzen?", donnerte Laura in einer ziemlich guten Imitation eines wütenden Halbgottes in einem pinkfarbenen Pullover. „Du wagst es anzuzweifeln, wie ich eure Loyalität auf die Probe stelle?"

Jetzt wollte jeder der Erste sein, ihr zu versichern, dass sie nichts anzweifelten.

„Dann geht und tut, wie ich euch geheißen habe, in Schwester Sues Suppenküche. Wenn ihr bereit seid, werde ich es wissen."

Sie alle galoppierten hinaus, und einige von ihnen blieben vor lauter Eifer, Lauras völlig unteuflischem Befehl Folge zu leisten, in der Tür stecken.

Sobald sie draußen waren, warf Laura sich so schwungvoll in meine Arme, dass ich zurücktaumelte. „Es hat geklappt! Oh, Marc, ich kann dir gar nicht genug danken für deine wundervolle Idee!"

„Fünfzig Stunden die Woche sollten sie für eine Weile aus dem Verkehr ziehen", stimmte ich ihr zu und tätschelte ihren Rücken.

„Oh, ich weiß gar nicht, warum mir das nicht selbst eingefallen ist."

Nun, Süße, wann immer du mit etwas konfrontiert wirst, das mit deiner Mutter zu tun hat, wirst du nervös und verschließt dich. Wenn man so wütend, so verärgert oder so traurig ist, kann man nicht logisch denken.

(Das behielt ich wohlweislich für mich.)

„Ich weiß gar nicht, wie ich es geschafft habe, ernst zu bleiben", prustete Laura. „Ich habe dich angesehen und hätte um ein Haar vor dieser Bande von dummen Schafen die Beherrschung verloren."

In aller Bescheidenheit musste ich zugeben, dass meine Idee genial war. Lass sie für dich arbeiten, hatte ich gesagt. In Obdachlosenheimen, Suppenküchen oder auf Kirchenbasaren. Auf diese Weise sind sie glücklich, weil sie glauben, sie werden auf die Probe gestellt, und du bist glücklich, weil sie dich nicht nur in Ruhe lassen, sondern auch noch dem Allgemeinwohl dienen.

Das Beste hatte ich mir für den Schluss aufgehoben: Teufelsanbetern gute Taten zu befehlen war eine wunderbare Art, ihre Mutter zu ärgern. Wenn überhaupt noch etwas nötig gewesen war, um sie zu überzeugen, so war damit die Sache besiegelt.

„Marc, wenn ich irgendwann mal etwas für dich tun kann, sag es mir."

„Machst du Witze? Ich hatte gerade zehn Minuten kostenlose Unterhaltung. Wir sind quitt, Süße."

Laura wandte sich für einen Moment ab, auf einmal nachdenklich. „Vielleicht habe ich es die ganze Zeit falsch angefasst. Wenn sie alles tun, was ich ihnen sage – wenn sie für mich Dinge tun, die sie niemals für einen anderen tun würden –, dann frage ich mich, wozu ich sie noch bringen kann?"

„Das kannst du leicht herausfinden", sagte ich, ohne eine Ahnung zu haben, dass ich Laura unabsichtlich und mit den besten Intentionen dazu brachte, nicht mehr auf ihr Gewissen und ihre Vernunft zu hören.

Für die nun folgenden Ereignisse, über die ich so schnell und genau berichten werde, wie ich kann, übernehme ich die volle Verantwortung.

25

„Derik, entschuldige dich auf der Stelle", zischte Sara. „Ich weiß, das alles nimmt dich mit, aber das ist jetzt lächerlich. Es ist doch nur ein Baby."

„Ich habe keine Ahnung, was, zum Teufel, dieses Ding ist", gab Derik zurück, „aber es ist kein Baby."

„Du tust ja so, als hättest du einen Ghul oder so was gesehen", sagte Jeannie.

„Welches Baby?"

Jeannie wandte sich an ihren Mann. „Welches Baby? Das, mit dem sie aus dem Flugzeug gestiegen ist. Was meinst du damit, *was für ein Baby*?"

Oh toll, nun hatten sich auch Michael und Jeannie Wyndham zu uns gesellt. Sinclair war direkt hinter ihnen.

„Jetzt beruhigen wir uns alle erst mal wieder", sagte ich, doch Derik fiel mir ins Wort zeigte mit dem Finger auf Baby Jon.

„Dieses Baby."

Michael runzelte die Stirn. „Aber du hast doch kein Kind."

Jeannie starrte ihn an. „Was ist denn mit dir los?" Sie nickte zu Derik. „Den verstehe ich ja noch. Er sucht nur einen Schuldigen. Aber du …"

Ich war baff. Schon gestern Nacht hatte ich den Verdacht, dass er Baby Jon ignorierte, aber ihn ignorieren oder nicht erwähnen war eine Sache. Eine andere war es, dass Michael meinen Bruder tatsächlich gar nicht *sah*.

„Nun, er ist nicht mein Kind." Ich versuchte mich von meiner

Überraschung zu erholen. „Das heißt, jetzt ist er es. Er ist mein Bruder."

Michael starrte Baby Jon mit ausdruckslosen gelben Augen an. „Wo ist er denn auf einmal hergekommen?"

„Äh, Michael." Ich hüstelte. „Ähem … er ist mit uns gekommen. Im Flugzeug, wie Jeannie sagte. Gestern Nacht saß er mit uns in der Limousine. Und in deinem Büro."

„Oh, na gut. In Ordnung."

„In Ordnung ist das wohl kaum", begann Jeannie, aber Michael hatte sich bereits abgewandt und berührte sanft Jeannies Ellbogen.

„Liebes, würdest du bitte der Küche Bescheid sagen, sie sollen noch etwas von dem …"

„Moment."

Sinclair war vielleicht kein Rudelmitglied, aber er verschaffte sich dennoch mühelos Gehör. Alle verstummten und blickten ihn an.

„Michael", fragte Sinclair ruhig, fast sanft, „wo ist das Baby?"

Michael runzelte die Stirn und legte den Kopf schief, als würde er einer weit entfernten Stimme lauschen. „Welches Baby?"

„Das reicht", sagte Jeannie entschieden. „Ich bringe dich zum Arzt. Sofort."

„Ich glaube nicht, dass er etwas hat, was ein Arzt in Ordnung bringen kann", sagte ich. In meinem Kopf drehte sich alles. Ich brauchte dringend eine kurze Pause.

Sobald Michael uns den Rücken zugedreht hatte, hatte er Baby Jon schon wieder vergessen. Derik weigerte sich, in die Nähe des Kindes zu gehen. Und die anderen Werwölfe schienen sich von Deriks extremem Stress anstecken zu lassen. Nur Sara war durch nichts aus der Ruhe zu bringen.

„Vielleicht sollten wir besser gehen", murmelte Sinclair, der die Lehne meines Stuhls fest umklammert hielt.

Vielleicht sollten wir besser das örtliche Irrenhaus anrufen. „Äh, okay", sagte ich und stand langsam auf. Baby Jon, den das alles völlig ungerührt ließ, gähnte, den Mund an meinen Hals gedrückt. „Danke für die äh … Snacks. Ich glaube, wir werden dann mal …"

„Wir lassen sie doch nicht so einfach davonkommen, oder?" Eine kleine dunkelhaarige Frau mit raspelkurzem Stoppelschnitt stand am Rande unserer kleinen Gruppe. Sie trug eine schwarze Jeans und ein schwarzes Button-down-Hemd. Erst nach einer Sekunde erkannte ich sie wieder.

Es war Cain – einer der Werwölfe, die damals zu uns nach Hause gekommen waren, um nach Antonia zu suchen.

„Erst wird Antonia wegen ihr getötet, dann bringt sie irgendein verhextes Baby zu uns – wenn es überhaupt ein Baby ist –, und wir lassen sie einfach so gehen?"

„Cain."

„Lassen wir sie gehen?", rief sie, drehte sich um und sah einen Mann an, der sie um einiges überragte. Auch er war dunkelhaarig und sehr dünn. Auch er sah beunruhigt aus, aber auch ein bisschen verlegen. Ob wegen ihr oder wegen mir, konnte ich nicht sagen. Aber Haus und Hof hätte ich nicht darauf verwettet, dass ich der Grund war.

„Es ist Aufgabe des Rates, das zu entscheiden", sagte der ruhige dunkelhaarige Mann. „Nicht unsere. Und nicht hier."

„Aber es ist ihre Schuld, dass Antonia tot ist! Und es scheint ihr noch nicht einmal etwas auszumachen!"

Jetzt reichte es mir. „Es ist nicht meine Schuld, dass Antonia tot ist", sagte ich und konnte beinahe fühlen, wie sich überall im Raum die Ohren aufstellten. „Sondern eure."

Sinclair kniff sich in den Nasenrücken und schüttelte den Kopf.

„Und dann hat sie … *was*?" Cain fiel der Kiefer herunter. Sie wandte sich mir zu, um mich anzusehen. „Was hast du gerade gesagt?"

„Was ist los? Soll ich ein Megafon holen? Verstehst du unsere Sprache nicht?" Lächelnd winkte ich sie näher, und als sie sich vorbeugte, sagte ich laut: „Es ist nicht meine Schuld, dass Antonia tot ist. Sondern eure."

Cain zuckte zurück und rieb sich das Ohr. Ein paar Werwölfe schoben sich näher heran. Sinclair schüttelte immer noch den Kopf und machte ein Gesicht, als hätte er sehr starke Kopfschmerzen.

„Ich habe genug von diesem Unsinn", sagte ich, wohlwissend, dass meine Stimme gut zu hören war und dass mich jeder Einzelne im Raum gut verstand. Aber das kümmerte mich nicht. „Ich nehme an, keinem von euch ist der Gedanke gekommen, sich zu fragen, warum Antonia überhaupt mit Vampiren zusammenlebte. Oh, nein! Da ist es doch viel einfacher, uns die Schuld zu geben. So muss man nicht der Tatsache ins Auge sehen, dass sie gar nicht schnell genug von hier wegkommen konnte."

„Und jetzt", seufzte Sinclair, „gibt es wohl mal wieder eine Schlägerei."

„Hier", sagte ich und hielt Sara Baby Jon entgegen, die ihn nahm und ein paar Schritte zurücktrat. Baby Jon stieß einen wütenden Schrei aus und ignorierte Saras Versuche, ihn zu beruhigen.

„So leicht kommst du nicht davon", gab Cain zurück. „Du warst ihre Anführerin. Du warst für sie verantwortlich."

„Sie war eine erwachsene Frau, du Dumpfbacke! Du tust ja gerade so, als wäre ich ihre Kindergärtnerin gewesen."

„Du drückst dich immer noch vor der Verantwortung", sagte jemand anders, ein Werwolf, den ich nicht kannte.

„Und ihr wollt einfach nicht einsehen, dass ihr sie nicht nur praktisch vor meiner Haustür abgesetzt habt, sondern dass auch keiner von euch Arschlöchern sie in der ganzen Zeit besuchen gekommen ist."

„Sie war für sich selbst verantwortlich", sagte derselbe Werwolf wie eben.

„Na ja, was denn jetzt, Blödmann? Entweder ist sie eine erwachsene Frau, die auf sich selbst aufpassen kann, oder sie brauchte meinen Schutz. Beides geht nicht."

„Wir kommen ein wenig vom Thema ab", begann Sinclair, aber ich redete einfach weiter.

„In der ganzen Zeit, die sie bei uns gewohnt hat, hat sie nicht einen einzigen Anruf bekommen. Erst als sie einmal ihren wöchentlichen Check-in verpasst hatte, was auch immer das war, hat sich einer die Mühe gemacht, nach ihr zu sehen. Als sie euch nicht mehr mit Infos über uns Vampire versorgt hat, *da* seid ihr gekommen."

Wütende Stimmen wurden laut und lauter, und ich musste schreien, um den Lärm zu übertönen. „Ganz zu schweigen davon, *ganz zu schweigen davon*, dass ihr ganz offensichtlich mit ihr nichts zu tun haben wolltet, als sie noch am Leben war. Deswegen ist diese aufgesetzte Trauer ja so unerträglich. Ihr macht euch doch lächerlich, wenn ihr jetzt moralisch empört tut, dabei hat sie *wegen euch* in meinem Haus gewohnt."

Das Stimmengewirr wurde lauter, aber aus dem Getöse konnte ich eine Bemerkung heraushören: „Letzten Endes ist sie in deinen Diensten gestorben. Also ist es deine Verantwortung."

„Wenn sie uns überhaupt die Wahrheit über ihren Tod erzählen", sagte jemand anders. „Woher sollen wir das wissen? Sie und ihr Gefährte riechen nicht. Sie könnten sich irgendeine Geschichte ausdenken, und wir würden es niemals herausfinden."

„Oh, wirklich? Okay. Dann hör dir mal diese Geschichte an, Arschgesicht. Es war einmal eine Werwölfin, die konnte die Zukunft voraussehen. Sie lebte auf Cape Cod. Und alle ihre angeblichen Freunde mieden sie, weil sie nicht gerade Miss Charming war." Ich musste es wissen; ich war früher mal eine gewesen. „Und eines Tages zog sie fort und kam nie zurück, was allen im Rudel scheißegal war. Ende."

Wieder erhoben sich Stimmen. Der Lärm wurde immer lauter. Schreie. Drohungen. Michael, der sich bemühte, sie zu beruhigen. Sinclair, der sich den Nasenrücken rieb. Sara, die aussah wie ein zunehmend nervöser werdender Zuschauer eines Tennismatches. Baby Jon, der weinte.

Eigentlich war es dumm. Dumm zu vergessen, wie schnell sie waren. Dumm, in einem Raum voller Werwölfe Streit anzufangen. Ich hörte, wie ein Stuhl zerbarst, und als ich mich umdrehte, wurde mir ein Stuhlbein ins Herz gerammt.

Dann verlor ich das Bewusstsein.

26

Liebes Ich,

ich schwöre, ich habe es nur gut gemeint. Aber ich hatte Lauras Verfassung überschätzt und die Schnelligkeit, mit der sich die Lage verschlechtern konnte, unterschätzt. Und als Tina Schwierigkeiten hatte, E-Mails zu schicken und zu empfangen, habe ich die Verbindung erst hergestellt, als es schon zu spät war.

Aber ich greife vor.

Als immer mehr Satanisten auftauchten, versteckte Laura sich weder vor ihnen, noch waren sie ihr peinlich, sondern sie begann eilig, ihnen Befehle zu geben. Sie verbrachte viel Zeit im Internet mit der Suche nach Wohltätigkeitsorganisationen, und bald schwärmten die Satanisten über das gesamte Stadtgebiet aus und sammelten freudig für die Obdachlosen oder arbeiteten für Essen auf Rädern.

Ich gebe zu, liebes Ich, dass ich stolz auf mich war. Ich bin nicht wegen des Geldes Arzt geworden, das versteht sich von selbst. Deswegen versetzt es mich immer in gute Laune, wenn ich Menschen helfen kann. Und Laura brauchte mich genauso wie ein Patient. Wirklich schade, dass ich so damit beschäftigt war, mich selbst zu beglückwünschen, dass ich nicht bemerkte, was tatsächlich vor sich ging.

Tina kam und ging, immer nach ihrem eigenen Zeitplan, und ich war nicht so dumm, sie auszufragen. Weil es mich nichts anging und weil sie ebenso verschlossen war wie ich, was ihre Arbeit anging.

In dieser Nacht hatte es einen schlimmen Unfall auf der I-35 gegeben – ohne Todesopfer, Gott sei Dank –, deswegen kam ich erst gegen zwei Uhr dreißig nachts nach Hause. Ich ging schnurstracks in die Küche. (Da ich endlich eingekauft hatte, fand sich echtes Essen im Kühlschrank.) Tina saß mit ihrem Laptop am Tresen und murmelte vor sich hin.

„Hallo."

„Guten Morgen", sagte sie, ohne aufzusehen.

„Alles in Ordnung?"

„Hmmm." Dann, nachdenklich: „Du hattest viel zu tun diese Nacht, wie ich sehe."

Ah, richtig. Ich hatte mich vorsichtshalber umgezogen, bevor ich nach Hause gegangen war – oder besser, bevor ich das Krankenhaus verlassen hatte. Ganz egal, ob das Blut zehn Minuten oder zehn Stunden alt war, sie konnten es immer an mir riechen.

„Autounfall."

„Hmmm."

Ich begann, mir ein Thunfischsandwich zu machen, während Tina weiter auf ihren Laptop einhackte. Irgendwie war sie nicht wie sonst – verärgert vielleicht oder abgelenkt.

„Ist alles in Ordnung?"

„Hmmm?" Sie sah sich um, als würde sie mich erst jetzt bemerken. „Oh ja, alles bestens. Ich habe nur eine schwache Verbindung. Meine E-Mails an Ihre Majestät kommen immer wieder zurück."

„Dann ruf sie an."

„Das habe ich schon."

„Oh. Du glaubst doch nicht, dass ihnen irgendetwas passiert ist, oder?"

„Ich bin sicher, es geht ihnen gut."

Ich glaubte ihr. Aber ich wusste auch, was ihr Sorgen be-

reitete. Tina lebte für Betsy und Sinclair wie andere Leute für Rennwagen und Marathonlaufen. Wenn sie nichts von sich hören ließen, wurde sie unruhig. Ein bisschen wie ein Drogenabhängiger auf Entzug.

„Betsy hat auf meine Mail geantwortet", versuchte ich sie aufzumuntern. Sie war im typischen Betsy-Stil verfasst gewesen: zickig und schrill. Sie hasste E-Mail-Akronyme. Die Frau sollte wirklich endlich im 21. Jahrhundert ankommen. „Ich bin sicher, sie hat die Werwölfe bereits im Sturm erobert, und sie machen alle zusammen Party."

Tina klappte den Laptop zu und lächelte mich an. „Du hast bestimmt recht. Wenn du mich jetzt entschuldigen würdest. Ich habe noch etwas zu erledigen."

Jagen. Blut saugen. Sie war zu höflich, um es zu sagen. Aber ich würde sie ganz sicher nicht aufhalten. Ein grantiger Vampir ist ein mordlustiger Vampir. Hungrige Vampire waren sogar noch schlimmer.

„Wart's nur ab", rief ich ihr nach. „Wahrscheinlich hat man auf Cape Cod diesen Tag schon zu Betsys Gedenktag erklärt. Du weißt doch, wenn sie will, kann sie jeden für sich gewinnen."

Ja, liebes Ich, ich weiß. Im Nachhinein war das mehr als dämlich. Aber woher sollte ich denn wissen, dass sie sie umbringen würden?

27

Ich schlug die Augen auf und blickte in einen Ring aus besorgten Gesichtern. Zu Anfang war ich immer sehr erschrocken gewesen, wenn ich getötet wurde und wieder aufwachte, aber mittlerweile hatte ich mich daran gewöhnt.

„Aua“, sagte ich und setzte mich auf. Ein ziemlich großes Loch prangte in meiner Bluse und in meiner Kostümjacke. Ein bisschen abseits saß ein bewusstloser Werwolf. Und Baby Jon schrie immer noch. „Gib ihn mir besser.“

Mit großen Augen kniete Sara neben mir nieder und tat wie ihr geheißen. Sofort war Baby Jon still, und ich konnte mich in Ruhe umsehen.

„Oh Mann“, sagte ich und beäugte den Werwolf, der mir das Stuhlbein ins Herz gerammt hatte, wie ich annahm. „Sinclair, was hast du mit ihm gemacht?“

„Ich habe ihn nur einmal geschlagen“, erwiderte mein Ehemann in einem gespielt beiläufigen Ton, den ich ihm nicht eine Sekunde abkaufte.

„Wo sind denn all die anderen?“

Abgesehen von Sara, Sinclair, Jeannie, Michael, Baby Jon und Derik war der Raum leer. Oh, und nicht zu vergessen der Werwolf, der mich getötet hatte.

„Nach dem Angriff auf dich hat Michael den Saal räumen lassen. Äh … es geht mich ja nichts an“, fuhr Sara fort, „aber warum bist du nicht zu Staub zerfallen?“

„Weil ich die Königin der Untoten bin“, sagte ich und versuchte aufzustehen. Sinclair packte einen Arm, Michael den anderen, und gemeinsam zogen sie mich in die Höhe. Ich sah an meinem ruinierten Kostüm herunter und seufzte.

„Ich muss mich für das Rudel entschuldigen", sagte Michael steif. Er wirkte ruhig, aber ich spürte, dass er verärgert war.

Und Jeannie war *sauer*. „Dafür gibt es keine Entschuldigung. Gar keine." Sie wandte sich an Sinclair. „Du hättest ihm den verdammten Kopf abreißen sollen."

„Vielleicht nächstes Mal", erwiderte mein Gatte.

„Noch einmal: Ich bitte um Verzeihung." Michael zeigte mit dem Kopf auf den tief schlafenden Werwolf. „Um den werden wir uns kümmern; du hast mein Wort."

„Nein, tut das nicht."

„Wie bitte?"

„Vergesst es einfach."

„Elizabeth", sagte mein Mann warnend.

„Lasst uns die Sache nicht noch schlimmer machen. Mir ist ja schließlich nichts passiert. Er kann mir ein neues Kostüm kaufen, dann sind wir quitt."

„Inakzeptabel", sagte Sinclair kategorisch und, Wunder über Wunder, Michael nickte zustimmend. Endlich hatten sie etwas gemeinsam: Mein Wille wurde ignoriert.

Aber zur Abwechslung hatte ich einmal die Gelegenheit, ein besserer Mensch zu sein (sozusagen …), und die würde ich mir nicht entgehen lassen. Vielleicht lernte ich auf meine alten Tage doch noch, politisch zu denken. „Ich meine es ernst. Lasst es gut sein. Die Situation war für uns alle nicht einfach. Ich habe ihn ja auch provoziert. Vergessen wir die Sache. Was ist jetzt eigentlich mit dem Rat? Wann sollen wir mit ihm reden?"

„Morgen", sagte Michael, der mich mit einem Blick ansah, den ich noch nie an ihm gesehen hatte. Widerstrebende Bewunderung? Zweifel an meiner Zurechnungsfähigkeit? Vielleicht musste er auch einfach nur dringend auf die Toilette. „Um Mitternacht."

Ah ja. Um Mitternacht. Wie kitschig. Aber das behielt ich für mich – für einen Abend hatte ich meine Klappe schon weit genug aufgerissen.

„Wir werden kommen. Aber lasst uns für heute Schluss machen. Ich weiß ja nicht, wie es euch geht, aber ich hatte genug Aufregung für einen Tag. Eine Nacht. Was auch immer."

Sara lachte. Sie war die Einzige. Aber wenigstens schienen die anderen mir stillschweigend zuzustimmen, denn sie zogen sich zurück und ließen Sinclair, Baby Jon und mich allein in unsere Suite gehen.

„Geht es dir gut?", murmelte ich aus dem Mundwinkel, während ich Baby Jon den Hintern tätschelte. Hoho! Der Junge brauchte dringend eine frische Windel.

„Ich bereue es zutiefst, dass ich deinem Angreifer nicht meine Faust in den Schädel gerammt habe", erwiderte Sinclair mit unbewegtem Gesicht.

„Keine Sorge. Morgen ist auch noch ein Tag."

Sinclair schnaubte, doch diese Aussicht schien ihn aufzumuntern. Ich war erleichtert. Sicher waren die Werwölfe alles harte Typen, aber keiner von ihnen käme gegen meinen Mann an, der nicht nur a) der König der Vampire war und b) alt und schlau, sondern es auch c) nicht tolerierte, wenn sich jemand mit mir anlegte.

Wenn sie das nach heute Nacht nicht gelernt hatten, gab es für sie keine Hoffnung und auch keine Hoffnung auf Versöhnung. Und was wäre dann?

Krieg vielleicht. Krieg zwischen Vampiren und Werwölfen.

Na toll.

28

Mein König,

hier läuft alles erwartungsgemäß gut. Ich habe den Vierteljahresbericht der Holding in Los Angeles geprüft, und es scheint, als würde das neue Sicherheitssystem für den Webserver des Unternehmens einwandfrei funktionieren.

Laura empfängt in eurer Abwesenheit anscheinend viele Gäste; immer sind irgendwelche Fremden im Haus. Weder Marc noch Laura sagen mir, wer sie sind, also respektiere ich ihre Privatsphäre. Wahrscheinlich füllen sie die Leere aus, die du und die Königin hinterlassen haben.

Ich hoffe, dir und Ihrer Majestät geht es gut. Wenn ich irgendetwas für dich tun soll, dann kontaktiere mich bitte sofort. Bis dahin schicke ich dir mit FedEx Kopien der Kaufverträge für die kürzlich erworbenen Immobilien. Bitte prüfe sie, wenn du die Zeit hast, unterzeichne, wenn alles zu deiner Zufriedenheit ist, und schicke sie an mich zurück. Ich werde dann die nächsten Schritte einleiten.

In Liebe und Treue für euch beide,

Tina.

„Siehst du?“, jammerte ich. „Warum kann ich nicht solche E-Mails bekommen? Klar und deutlich und in einer allgemein verständlichen Sprache!“

„Meine Liebste, wovon um alles in der Welt sprichst du?“

„Guck!“ Ich zeigte mit dem Finger auf Marcs letzte Ergüsse.

Hallo Süße, vermisse dich ganz dolle. hier ist die Lage eher so lala, aber ich habe alles im Griff. laura sagt Hi und will, dass du WNHK ASAP. sag deinem unglaublich leckeren ehemann dass er tinas mails beantworten soll. das mädel DSD! bis denne, marc

„Ich habe keine Ahnung, was er mir damit sagen will", murmelte ich. „Das könnte auch genauso gut in Französisch geschrieben sein."

„Was ist *DSD*?", fragte Sinclair, der den Ausdruck der Mail studierte.

„Sag ich doch! Woher soll ich das wissen? Wenn ich eine E-Mail versende, dann schreibe ich die Wörter auch aus. Und benutze Zeichensetzung."

„Licht meines Lebens, obwohl ich mit Freuden der nie endenden Litanei deiner Beschwerden lausche, haben wir doch Dringenderes zu besprechen. Zum Beispiel den versuchten Mord an dir. Und dein Erscheinen vor dem Rat."

„Ja, ja. Aber über das Thema E-Mail sprechen wir noch."

Zurück in unserer Suite hatte Sinclair mir als Erstes das ruinierte Kostüm ausgezogen und mich sorgfältig von Kopf bis Fuß untersucht – was reine Zeitverschwendung war. Mir ging es gut. Aber manchmal war mit dem Dickkopf, den ich geheiratet hatte, einfach nicht zu reden.

„Na, dann schieß mal los." Ich hatte Baby Jon für ein Mitternachtsschläfchen hingelegt und lag nun in unserem Bett. Heimlich tastete ich hin und wieder meine Brust ab – nein, es waren tatsächlich keine Löcher zu spüren. „Was ist passiert, nachdem ich gepfählt worden bin?"

„Oh, das Übliche. Tumult. Gewalt. Geschrei. Noch mehr Gewalt."

„Du bist wirklich kein guter Erzähler."

Er senkte den Kopf. Ich wusste, ich redete in den Wind. Sinclair würde niemals zugeben, wie groß seine Angst um mich gewesen war. Lieber gab er sich cool, selbst mir gegenüber.

„Natürlich kann dieser versuchte Mord uns nur helfen."

„Na, vielen Dank auch. Schön, dass ich nützlich sein konnte." Ich setzte mich auf und trat mit dem rechten Fuß nach seinem Schienbein, aber er wich mir im letzten Augenblick aus.

„Elizabeth, du weißt ganz genau, was ich damit sagen will."

„Michael ist gedemütigt und beschämt, und das wird der Rat bemerken? So etwa in der Art?"

„Ja. In der Art."

„Sie waren bestimmt ganz schön überrascht, als ich wieder aufgestanden bin."

Er grinste. „In der Tat. Als ich das Stuhlbein aus deinem Brustbein herausgezogen habe, bist du sofort aufgewacht – und die Wunde heilte ebenso schnell."

„Schön, dass ich helfen konnte. Diese Sara war nett. Sie war fast die Einzige, die nett war."

Er zuckte die Achseln und schlüpfte aus seiner Jacke. „Lass ihnen Zeit. Dein ganz besonderer Charme wird seine Wirkung auf sie nicht verfehlen."

„Diese Heuchler. Irre ich mich oder hat in der Zeit, in der Antonia bei uns wohnte, wirklich keiner von den Typen sie jemals angerufen oder besucht?"

„Du irrst dich nicht. Aber tröste dich mit dem Gedanken, dass Antonia in ihrem letzten Lebensjahr Liebe und Glück bei uns gefunden hat. Etwas, das sie hier anscheinend nicht bekommen konnte."

Das war traurig. Diese Blödmänner waren doch ihre Familie. Aber allen war sie egal gewesen – bis sie gestorben war. Sie hatten ja noch nicht einmal gewusst, dass sie eine feste Beziehung mit einem Vampir gehabt hatte – Garrett, der sich, nur vier Sekunden nachdem er begriffen hatte, dass die Liebe seines Lebens tot war, umgebracht hatte.

Ich wollte nicht mehr daran denken; es war einfach zu furchtbar. Für einen Moment beneidete ich Jessica, die in ihrem dunklen Schlafzimmer lag und diesen ganzen schlimmen Schlamassel verschlief.

Aber so konnte es nicht weitergehen. In der Vergangenheit zu leben war keine Lösung. Das Leben ging weiter – auch wenn es bedeutete, dass ein paar Leute auf der Strecke blieben.

29

Liebes Ich,

es fällt mir wirklich schwer, dies niederzuschreiben. Ich schäme mich und bin wütend auf mich selber. Aber ich muss es einfach loswerden.

Ich kann genau den Moment festmachen, an dem ich begriff, dass die Kacke echt am Dampfen war. Das war am nächsten Morgen, lange nachdem sich Tina zurückgezogen hatte. Ich schlang, nichts Böses ahnend, eine Schale Special K hinunter und las den neuesten Roman von John Sandford, als Laura hereingetänzelt kam.

Sie war besser gelaunt als gewöhnlich, was eine nette Abwechslung war, weil sie schrecklich angespannt gewesen war, seitdem Betsy und Sinclair fort waren. Gekleidet in einen butterblumengelben Pullover und ausgewaschene Jeans, das blonde Haar in den ewigen Pferdeschwanz zurückgebunden, die großen Augen strahlend und funkelnd, sah sie sogar noch hübscher aus als sonst – und Laura war wirklich ein hübsches Mädchen.

„Guten Morgen!", flötete sie und setzte sich mir gegenüber. „Hat jemand für mich angerufen?"

„Nein? Erwartest du einen Anruf?"

„Ja. Ich hatte eine tolle Idee, und dafür muss ich mich bei dir bedanken. Heute erfahre ich hoffentlich, ob es geklappt hat."

Liebes Ich, schon da hätte ich misstrauisch werden sollen. Aber nein, ich dachte, sie würde an irgendeinem Kirchending arbeiten oder an einem Projekt für die Uni. Ich bin Notfallme-

diziner, kein Psychiater. Woher sollte ich wissen, dass sie den Verstand verloren hatte?

Ja, ich weiß. Das sind alles blöde Entschuldigungen. Lange Rede, kurzer Sinn: Ich hätte aufmerksamer sein sollen.

„Das wird eine Menge Probleme lösen", fuhr Laura fort, und ich gebe zu, dass ich nur mit halbem Ohr hinhörte. „Ich hatte solche Angst um Betsy, seitdem sie beinahe gestorben ist, als Antonia erschossen wurde."

„Betsy stirbt immer beinahe." Ich war ein wenig zuversichtlicher als sie, was die Zähigkeit von Vampiren anging; seit Betsy mich vor ein paar Jahren davon abgehalten hatte, mich selbst zu töten, hatte ich viel Merkwürdiges erlebt. „Sie ist wie Kenny."

„Kenny?"

„Aus South Park. *Oh, Popkultur-Referenz. Tut mir leid." Laura sah sich vor allem Nachrichten und Kochsendungen an. Schon eine einzige Episode von* South Park *würde sie wahrscheinlich schockieren und abstoßen. Mich selber entsetzte die Serie auch manchmal, aber ich war trotzdem süchtig danach. Niemand ist perfekt.*

„Wo ist Tina?"

„Schlummert tief und fest in ihrem Zimmer. Du kennst sie doch. Sie lässt sich erst wieder blicken, wenn die Sonne untergegangen ist."

„Ich habe etwas für sie", sagte Laura unbestimmt. „Und ein paar Leute würden sie gerne sprechen."

„Super." Ich gähnte. Immer wieder kamen neue Vampire in der Villa vorbei, um ihre Aufwartung zu machen. „Gott sei Dank habe ich heute frei. Ich brauche mal eine Pause von kranken Leuten."

Laura kicherte. „Hört sich komisch an, wenn ein Arzt das sagt."

„Süße, alle Ärzte sagen das. Nur nicht vor den Patienten."

„Ich bin sicher, dass …"

Das Telefon klingelte. Laura sprang auf und sprintete los, um abzunehmen, bevor es noch einmal klingeln konnte. Ich rollte die Augen; wahrscheinlich war es irgendeine Kirche, die wollte, dass sie Spenden sammelte, oder etwas in der Art. Oder PBS organisierte wieder mal eine Spendenaktion.

„Ja? Hallo?" Sie schwieg und lauschte. „Okay, super! Das ist super … hm … hm … wirklich? Oh nein, das haben Sie nicht getan!" Sie lachte und schwieg dann wieder. „Hm. Hm. … Echt? Wunderbar. Dann sehe ich Sie gleich. Vielen Dank." Sie legte auf.

„Gute Nachrichten?" Ich gähnte.

„Die besten. Okay, ich muss jetzt gehen. Bis bald."

„Bye", sagte ich und war wieder in mein Buch vertieft, bevor sie das Haus verlassen hatte.

Ich war so furchtbar leichtsinnig. Um nicht zu sagen: dumm. Es lässt sich leicht sagen: Woher sollte ich denn das wissen?, dabei hatte ich doch die Wirkung gesehen, die die Teufelsanbeter auf Laura hatten. Als sie sich plötzlich um 180 Grad wandelte, hätte ich misstrauisch werden sollen, statt mich mit meinen eigenen Problemen zu beschäftigen.

Aber ich war nicht misstrauisch.

Und auch wenn ich es da noch nicht wusste, es war bereits zu spät.

30

„Dich hat schon wieder jemand getötet? Und ich habe es verpasst?“ Jessica stöhnte und schlug die Hände vor das Gesicht. „Mist! Ich habe mir die Kotze von den Klamotten gewaschen, während du ermordet wurdest … Mist!“

„Du hast nicht viel verpasst“, beruhigte ich sie. „Ich habe lediglich mit ein paar Werwölfen Streit angefangen und bin gepfählt worden. Dann hat Sinclair sich den Angreifer zur Brust genommen, mich aufgeweckt, und anschließend sind alle ihrer Wege gegangen.“

„Na klar. Hört sich wirklich tödlich langweilig an. Und was passiert jetzt?“

„Wir sollen heute Abend vor dem Rat erscheinen.“

„Warum?“

Ich zuckte die Achseln. Ganz klar war es mir selber immer noch nicht.

Es war später Nachmittag, und Jessica und ich saßen in meiner Suite. Weil es gerade mal fünf Uhr war, schlief Baby Jon immer noch – genau wie Sinclair.

Dazu machte ich mir meine eigenen Gedanken, behielt sie aber für mich. Sinclair war ja durchaus in der Lage, tagsüber wach zu bleiben; er konnte nur nicht nach draußen gehen. Wenn er den Ball flach hielt, hieß das für mich, dass er seine Kräfte schonte für etwas höchst Unangenehmes, das uns möglicherweise erwartete. Und es war typisch für Sinclair, dass er seine Sorgen nicht mit mir teilte.

„Und jetzt?" Jessica blies auf ihre heiße Schokolade. „Was werden sie wohl tun, wenn du ihnen erzählst, was passiert ist?"

„Ich habe keine Ahnung."

„Du solltest überhaupt nicht mit ihnen reden."

„Was?"

Jessica nippte an ihrer Tasse. Einmal, zweimal. „Du hast getan, was du tun musstest. So wie Antonia. Warum solltest du dich vor einem Haufen Fremder rechtfertigen müssen, die offenbar keinen Gedanken an das arme Mädchen verschwendet haben, nachdem sie die Stadt verlassen hatte?"

„Deswegen bin ich schließlich hierhergekommen", sagte ich. „Wir wussten, dass es nicht leicht werden würde."

„Mir gefällt das nicht. Hat mir von Anfang an nicht gefallen. Du solltest dich nicht verteidigen müssen."

Ich zuckte die Achseln. „Ich lasse es auf mich zukommen. Gestern Abend haben ein paar Hundert Leute mit angesehen, dass ich nicht so leicht umzubringen bin. Und … du lieber Gott, ich habe ganz vergessen, dir von Baby Jon zu erzählen."

Ich brachte Jessica auf den neuesten Stand, und sie war verblüfft. „Unglaublich. Michael hat vergessen, dass du ein Baby bei dir hattest?"

„Komplett vergessen."

„Das ist seltsam."

„Du sagst es! Und Derik ist wieder ausgeflippt."

„Da haben wir die ganze Zeit gedacht, es wären Silberkugeln, die Werwölfen gefährlich werden könnten, dabei haben sie in Wahrheit Angst vor schmutzigen Windeln."

Ich prustete los und hätte beinahe meinen Kakao verschüttet. „Oh, und ich habe diese wirklich nette Frau getroffen …"

„Lass mich raten: Sie ist kein Werwolf."

„Nein, aber mit einem verheiratet. Sie war echt nett für eine Verrückte."

„Das hört man ja oft über solche Menschen."

Ich schüttelte den Kopf. Jessica schaffte es immer wieder mich aufzumuntern. Sie rückte die Dinge immer wieder in die richtige Perspektive. Ich war zwar dagegen gewesen, dass sie mitkam, aber jetzt war ich froh, dass sie da war.

„Diese ganze Sache hat mich nachdenklich gemacht."

„Ich rufe die Zeitungen an", erwiderte sie. „Vielleicht können wir ein Foto von dir machen, wie du nachdenkst, und es ins Internet stellen. Mist! Mein Handy ist im Flugzeug bei Cooper."

„Ich bin sicher, dass es hier Telefone gibt, wenn du jemanden anrufen musst."

„Jetzt nicht. Normalerweise rufe ich dich an – keine Ahnung warum –, und du bist ja direkt im Zimmer gegenüber. Die Wände sind übrigens nicht schalldicht. Meinst du, du könntest etwas leiser sein, wenn du mit Sinclair Sex hast?"

„Lass mich in Ruhe, blöde Kuh. Ich habe darüber nachgedacht, dass Michael und ich zwei sehr verschiedene Typen von Anführer sind."

„Na ja, du magst keine Anführerin sein. Du hast von Anfang an gesagt, dass die Vampire sich selbst kontrollieren sollten."

„Richtig. Aber Michael weiß, wie viele Werwölfe es in seinem Rudel gibt, verstehst du? Er weiß, wo sie wohnen und wer sie sind. Ganz anders als ich. Ich habe keinen blassen Schimmer, wie viele Vampire es gibt. Und selbst wenn, wüsste ich nicht, wie ich in Kontakt mit ihnen treten sollte. Wenn, was Gott verhüten möge, ein Krieg zwischen Vampiren und Werwölfen ausbräche, sähen wir alt aus, denn Werwölfe sind eine eigene Spezies. Sie werden als Werwölfe geboren und wissen, wer sie sind. Sie haben ein gemeinsames Ziel. Aber Vampire werden gemacht.

Gewaltsam gemacht. Warum also sollten sie sich anderen Vampiren gegenüber verpflichtet fühlen? Ich zumindest tue das nicht. Ich meine, ich bin Tina und Sinclair gegenüber loyal, aber sie sind wie eine Familie für mich. Die anderen Vampire nicht."

„Da hast du's."

„Was?"

„Jetzt weißt du, was du zu tun hast."

„Toll. Würdest du mich freundlicherweise an deinem Wissen teilhaben lassen?"

„Du musst einen Krieg verhindern. Um jeden Preis. Für mich hört es sich nämlich so an, als würdet ihr ganz sicher eine Niederlage erleiden, und zwar eine vernichtende." Zur Abwechslung machte Jessica einmal keine Scherze. Sie sah sehr ernst aus und hielt ihre Tasse so fest umklammert, dass ihre Hände zitterten. „Das Risiko darfst du nicht eingehen, Betsy. Auch wegen uns."

„Sie wissen nicht, dass ich die Tochter des Teufels auf meiner Seite habe."

„Willst du Laura da wirklich mit reinziehen? Bei dem Mädchen weiß man doch jetzt schon nicht, ob sie noch zu gut für diese Welt oder schon total durchgeknallt ist."

„Du hast recht. Das sollte ich nicht tun." Aber ich nahm mir vor, es im Kopf zu behalten. Wenn es hart auf hart kam, würden wir uns dem Kampf stellen müssen. Und wenn es noch härter kam, hatte ich immer noch des Teufels Tochter als Geheimwaffe.

Ich denke, das macht einen Anführer aus. Andere Leute für seine eigenen Zwecke zu benutzen, auch wenn man weiß, dass es eine schlechte Idee ist.

Na, großartig.

31

Jessica war zurück in ihr Zimmer gegangen, um sich für die Ratsversammlung umzuziehen, und Sinclair tippte auf seinem Laptop vor sich hin. Ich beschloss, ein wenig frische Luft zu schnappen. Ich spazierte gerade den Strand hinunter, als ich einen Geist sah. Sie winkte mir vorsichtig zu, und ich winkte zurück.

Dass ich wie der Junge in *The Sixth Sense* tote Menschen sehen konnte, war für mich beinahe so schwer zu akzeptieren gewesen wie die Tatsache, dass ich Blut trinken musste, um zu überleben. Und genau wie dem Jungen im Film jagten sie mir eine Heidenangst ein. Manchmal kam es mir fast wie eine Ironie des Schicksals vor, dass ich nun selbst ein Monster war, genau wie die Geister und Zombies, die mich so erschreckten. Da hatte sich das Leben (oder der Tod) einen schlechten Scherz mit mir erlaubt.

Unglücklicherweise war es keine Lösung, den Geist einfach zu ignorieren … Wenn sie nämlich sahen, dass ich mich nicht gerade beeilte, um ihre jenseitigen Befehle auszuführen, wurden sie aggressiv. Dann lungerten sie die ganze Zeit in meiner Nähe herum und erschienen wie aus dem Nichts, wenn man gerade, sagen wir mal, Sex mit seinem Ehemann hatte.

Mein Lieblingsgeist – Cathy, ein Opfer des Serienkillers, den Laura getötet hatte – kam und ging, wie es ihm gerade passte, genauso wie der Geist, den ich am wenigsten mochte: der meiner Stiefmutter Ant. Cathy hatte ich seit einem Jahr nicht mehr zu Gesicht bekommen. Darüber war ich ein wenig traurig, aber immer wenn ich an sie dachte, hoffte ich, dass es ihr dort, wo sie nun war, besser erging.

Was Ant betraf, war ich froh, dass sie verschwunden und nie wieder aufgetaucht war. Bis jetzt.

Also ging ich, obwohl es mir nicht besonders behagte, auf den Geist zu und sagte Hallo.

„Entschuldigen Sie bitte“, sagte sie höflich und unterbrach mich mitten im Satz, als ich mich vorstellen wollte. „Aber warum können Sie mich sehen?“

„Ich bin ein Vampir.“

„Aber es gibt keine Vampire. Und es ist noch Tag.“

„Doch, es gibt Vampire. Und ja, es ist Tag. Aber das ist eine lange Geschichte, also warum bringen wir es nicht einfach hinter uns, und Sie erzählen mir, warum Sie hier am Strand herumspuken?“

Der Geist, eine blasse Brünette mit einem Haarknoten, schien kurz zu überlegen. Das arme Ding trug Kleidung aus den Sechzigerjahren (wie furchtbar, gerade in diesem Jahrzehnt festzustecken – modisch gesehen!) und eine Katzenaugenbrille. Wir waren am Strand so nah zum Wasser hinuntergegangen, dass meine Füße nass wurden, aber durch die Schuhe des Geistes gingen die Wellen einfach hindurch. Glücklicherweise trug ich Sandalen aus der letzten Saison.

„Würde es Ihnen etwas ausmachen, meinem Sohn eine Nachricht zu übermitteln?“

„Wenn ich ihn finden kann, gerne.“

„Würden Sie ihm sagen, dass ich es bevorzugen würde, wenn er sein Kind nicht nach mir benennen würde?“

„Ehrlich? Das ist alles? Probleme wie diese sind es, die einen Geist nicht ruhen lassen?“

„Mein Name ist Theodocia“, sagte sie.

„Oh.“ Wie schrecklich! „Jesses. Das tut mir wirklich leid. In diesem Falle übermittle ich die Nachricht natürlich gerne.“

„Vielen herzlichen Dank.“

32

Liebes Ich,

später am Abend begann die Kacke ganz offiziell zu dampfen. Ich war online und chattete mit einem früheren Freund aus Oregon, als ich unten im Haus Lärm hörte. Ich loggte mich aus und sah nach, wo das Problem lag.

Das Problem war Laura, umringt von Menschen, die sie so ehrerbietig ansahen, dass ich sie sofort als Teufelsanbeter erkannte.

„Du hast es getan?“, fragte Laura. „Du hast es wirklich getan?“

„Es war ganz einfach, höchstgebietende Herrin! Zwei von uns haben den Köder gespielt, und schon waren wir umringt und konnten es ohne jede Mühe töten.“

„Was töten?“, fragte ich, als ich die Treppe halb herunter war.

Laura sah zu mir hoch, und das Lächeln verschwand aus ihrem Gesicht. „Nichts, Marc. Tut mir leid, dass wir dich gestört haben.“

„Was geht hier vor?“

„Samaels Tochter hat es dir bereits gesagt: nichts. Und nun fort mit dir, oder du wirst am eigenen Leib herausfinden, was wir getötet haben“, blaffte einer der sechs mich an.

Laura legte ihm die Hand auf die Schulter. „Rede nicht so mit ihm“, sagte sie ruhig. „Er ist der Freund meiner Schwester.“

Und deiner, Süße.

Der Mann, der fast dreißig Zentimeter größer war als Laura und mindestens fünfzehn Kilo schwerer, fügte sich sofort und beugte sogar unterwürfig den Kopf. Guter Hund, lieber Hund, wuff wuff wuff.

„Laura, was, zum Teufel, ist hier los?“

„Komm mit in die Küche, dann erkläre ich es dir.“ Sie wandte sich an das Grüppchen. „Ihr wisst alle, was ihr zu tun habt. Kommt morgen zurück und berichtet mir, wie es gelaufen ist.“

Ein Chorus von „Ja, Herrin!“ und „Sofort, Herrin!“ erscholl, und dann galoppierten sie alle durch die Haustür.

Ich folgte Laura in die Küche. Als sie sich umdrehte, zeigte sie mir ein Lächeln, das ein wenig zu strahlend war.

„Ich helfe Betsy“, sagte sie in vertraulichem Ton.

„Aha. Und wie?“

„Na ja.“ Laura goss sich ein Glas Milch ein, kippte die Hälfte davon hinunter und fuhr fort: „Du weißt, dass ich mir Sorgen um sie gemacht habe, seitdem diese schreckliche Sache in Arizona passiert ist.“

„Ja“, sagte ich, immer noch ahnungslos.

„Ich habe mir geschworen, dass ich alles, was in meiner Macht steht, tun werde, um sie zu beschützen. Weil sie meine einzige Schwester ist und sie nichts dafür kann, dass sie eine Sünderin ist. Keiner von uns kann etwas dafür!“

Oh Gott, ich hasste es, wenn sie mit ihrem pseudo-religiösen Geschwafel von der Erbsünde anfing. Aber ich guckte weiter freundlich-neutral. „Und?“

„Okay. Also habe ich überlegt, was ich tun könnte. Da sie und Sinclair jetzt nach Cape Cod gefahren sind, ist es der perfekte Zeitpunkt, nicht wahr?“

„Warum?“

„Weil sie immer auf ihn hört“, sagte sie ungeduldig. „Ich habe sie davor gewarnt, ihn zu heiraten, aber sie wollte ja nicht

hören. Aber da er nun fort ist, muss ich mir nur noch um Tina Gedanken machen."

Meine Nackenhaare wollten sich aufstellen. Ein Glück, dass es mir gelang, dank jahrelanger Praxis als Arzt, mir nichts anmerken zu lassen. „Wo ist Tina, Laura?"

Sie winkte ab. „Keine Sorge. Das Wichtigste, das Wundervollste ist, dass die Sünder zu mir kommen – sie helfen mir, Betsy zu retten! Ich wäre nie darauf gekommen, wenn du nicht gewesen wärst, Marc."

Oh Mist. „Vielleicht solltest du mir den Verdienst nicht anrechnen, bevor du mir nicht genau erzählt hast, was du mit der Satansbrigade ausgeheckt hast."

„Wir töten Vampire!", sagte Laura strahlend, einen Milchbart über der Lippe.

„Ihr tötet Vampire."

„Natürlich. Sie kommen immer wieder hierher, um ihre Aufwartung zu machen, und wir haben schon beinahe ein halbes Dutzend von ihnen direkt zu meiner Mutter schicken können. Direkt in die Hölle", fügte sie hinzu, ohne die finstere Zufriedenheit in ihrer Stimme verhehlen zu können.

„Oh mein Gott", sagte ich entsetzt. „Das hast du nicht getan. Sag mir, dass du es nicht getan hast."

„Doch. Nicht ich, wir haben es getan. Du hattest ja so recht, Marc. Man muss die Teufelsanbeter Gutes tun lassen. Und das habe ich getan."

Ich spürte, wie mir das Herz in die Hose rutschte. Unvorstellbar, was für einen Ärger Laura uns da eingebrockt hatte ... für Betsy, Sinclair, mich und auch für sich selber. Und selbst wenn es keine Konsequenzen hätte, wenn man Vampire um die Ecke brachte (ha!), dann war es doch offensichtlich, dass Laura den Verstand verloren hatte.

Irgendetwas stimmte mit ihrer Körpersprache nicht. Sie lächelte, lachte, war glücklich. Aber ihre Augen hatten einen matten Schimmer, der mir nicht gefiel. Außerdem hatte sie sich große Mühe gegeben, ihr Treiben vor mir zu verbergen – bis ich das Thema direkt angesprochen hatte.

War auch ich ein Sünder?

Abkömmlich? Fundamentalisten waren nicht gerade für ihre Toleranz gegenüber Homosexuellen bekannt. Das Gegenteil war der Fall. Wahrscheinlich war es nur eine Frage der Zeit, bis Laura entschied, Betsy müsse auch vor mir „gerettet" werden.

Wer waren die Vampire gewesen? Was hatten sie gewollt? Und was würde passieren, wenn herauskäme, dass die Schwester der Königin Vampire tötete?

Bürgerkrieg? Oder Schlimmeres?

„Wo ist Tina?", fragte ich und bemühte mich um einen ruhigen und ausgeglichenen Ton.

„Darum musst du dir keine Gedanken machen, Marc."

„Aber das tue ich, Laura. Sie wohnt hier auch. Sie ist Betsys Freundin, genauso wie ich."

„Oh nein!" Der Gedanke allein schien Laura zu entsetzen. „Sie ist ganz und gar nicht wie du, Marc. Und du musst verstehen, dass ich Betsy erst helfen konnte, nachdem ich Tina aus dem Weg geräumt hatte."

Oh mein Gott. Sie hatte sie getötet. Irgendwo lag Tina als ein Häufchen Staub.

Und es war alles meine Schuld.

Ich zog mein Handy heraus, aber Laura schüttelte nur den Kopf und lächelte. „Ich habe unseren Vertrag gekündigt."

Das würde die Tatsache erklären, dass ich statt eines Handys ein wertloses Ding aus Metall und Plastik in der Hand hielt.

„Oh, Laura." Ich ließ den Kopf in die Hände sinken.

33

Betsy!

OMG du musst sofort zurückkommen weil DKIAD! pack die anderen ein und KSZ! sofort!

„Siehst du, was ich meine?“, schimpfte ich, als ich Jessica Marcs letzte, von Akronymen strotzende Mail zeigte. „Wie soll ich denn daraus schlau werden? Vielleicht bittet er mich, einen Massagetermin zu vereinbaren. Woher soll ich das wissen?“

Jessica zuckte die Achseln. „Ich kann dir auch nicht weiterhelfen. Mir tut schon allein vom Draufgucken der Kopf weh. Hast du nicht außerdem wichtigere Sorgen?“

„Ganz recht. Ich musste mir Sinclairs Gemecker anhören, als er sein Handy nicht zum Laufen bekam. Armes Baby, man könnte glatt glauben, das Ding wäre an seinem Kopf festgewachsen. Ich habe vorgeschlagen, dass er das Festnetz benutzt, aber da meldet sich seine blöde Paranoia. Das wollte er nicht. Er ist überzeugt, die Telefone würden abgehört. Vermutlich hat er sogar recht. Wusstest du, dass morgen Vollmond ist?“

„Natürlich.“

„Kannst du … Moment mal. Echt, das weißt du?“

Jessica sah mich vorwurfsvoll an. „Ich hab’s überprüft, bevor wir ins Flugzeug gestiegen sind. Schließlich sind wir ja in die Höhle des Löwen geflogen.“

„Tja, ich hatte in letzter Zeit so viel um die Ohren, dass ich solche Sachen wie Mondphasen nicht nachgeschlagen habe.“

„Ja, klar, wie zum Beispiel: Gibt es heute einen Schuhausverkauf bei Macy's?"

„Ich hasse dich."

Jessica schüttelte den Kopf und lächelte mich an. „Netter Versuch, aber ich weiß, du betest mich an."

„Anbeten", begann ich, „ist vielleicht nicht das Wort, das ich …"

Sinclair trat in die kleine Sitzecke, bevor wir richtig loslegen konnten, hervorragend gekleidet in einen dunklen Anzug und Schuhe von Kenneth Cole.

„Du hast dich aber fein zurechtgemacht", bemerkte Jessica, und er neigte zum Dank den Kopf.

„Geht es dir gut, Schatz? Du siehst ein bisschen besorgt aus. Funktioniert dein Handy wieder?"

„Nein. Sie behaupten, jemand habe unseren Vertrag gekündigt und dass es ein paar Stunden dauern würde, bis die Handys wieder Empfang haben. Und Tina antwortet nicht auf meine Mails."

Der Mann suchte sich die unmöglichsten Dinge aus, um sich Sorgen zu machen. „Wahrscheinlich liegt es nur am schwachen Empfang oder so. Findest du nicht, dass wir dringendere Probleme haben?"

„Ohne Zweifel, meine Liebe. Ich schlage vor, wir versöhnen uns heute mit dem Rat, damit wir es morgen Abend nicht mit mehreren Hundert wütenden Werwölfen zu tun haben."

„Das kannst du laut sagen", stimmte ich ihm zu, insgeheim stöhnend. Mannomann, mir war aber auch keine Minute Ruhe vergönnt. Ich beneidete wirklich Marc, der daheim in St. Paul keine anderen Sorgen hatte als die, ob er vor seiner Schicht noch genug Zeit hatte einzukaufen.

Der Glückspilz.

34

Wir waren wieder zurück im Ballsaal, aber dieses Mal war er beinahe wie ein Gerichtssaal eingerichtet. Vorne stand ein langer Tisch, und Hunderte von Stühlen waren überall im Raum verteilt.

Weil wir nicht genau wussten, was die Werwölfe gegen Baby Jon hatten, hatte ich Jessica dazu überredet, während der Ratssitzung auf ihn aufzupassen.

Sie hatte protestiert – so laut, dass meine Ohren immer noch dröhnten –, aber schließlich hatte sie eingewilligt. Ein Glück, denn nach dem, was gestern Abend passiert war, wollte ich ihn niemand anderem anvertrauen, außer vielleicht Sara. Und jemanden, den ich gerade erst kennengelernt hatte, wollte ich nicht sofort um einen Gefallen bitten.

Ich hatte mich, genau wie Sinclair, dem Anlass entsprechend gekleidet: knielanges schwarzes Kleid mit einer einfachen Perlenkette, die mir meine Mutter zu meinem sechzehnten Geburtstag geschenkt hatte. Manolo-Pumps in sattem Lila – sie passten fast zu allem, vor allem aber zu Schwarz – machten das Bild der kultivierten Vampirkönigin perfekt (ha!).

„Vielleicht sollten wir uns einen Plan zurechtlegen, falls der Abend nicht in unserem Sinne verläuft", murmelte Sinclair, die Hand auf meinem Rücken, als wir den Raum betraten.

„Davonrennen, so schnell wir können?", schlug ich vor, und er grinste, so flüchtig, dass ich die Bewegung seiner Mundwinkel beinahe nicht gesehen hätte.

Michael kam uns entgegen, um uns zu begrüßen, Jeannie wie immer an seiner Seite. „Hallo, Betsy. Hallo, Eric. Danke, dass ihr gekommen seid."

Na klar. Als ob wir eine Wahl gehabt hätten.

„Zuerst werde ich euch dem Rat vorstellen. Anschließend stellen sie euch einige Fragen über die Nacht, in der Antonia getötet wurde."

„Ganz, wie du wünschst", sagte Sinclair höflich.

„Viel Glück", sagte eine Stimme, die mir bekannt vorkam, und als ich mich umdrehte, sah ich Sara, die aussah, als würde sie gleich explodieren. Hochschwangere Frauen machten mich nervös. Mir war immer so, als würde ich neben einer tickenden Zeitbombe stehen. „Ihr macht das schon. Wo ist das Baby?"

Ich wollte gerade antworten, als Michael sagte: „Welches Baby?"

Wirklich? Er hatte Baby Jon schon wieder vergessen? Jetzt reichte es. Wenn diese Angelegenheit vor dem Rat geregelt war, würde ich herausfinden, was dahintersteckte. Die Sache war mir einfach scheißunheimlich.

„Schon gut", sagte ich eilig, bevor Sinclair, der verständnislos dreinschaute, antworten konnte. „Können wir bitte einfach anfangen?"

„Selbstverständlich." Michael deutete auf zwei Stühle, drehte sich dann auf dem Absatz um und ging nach vorne. Derik tauchte plötzlich aus der Menge auf, und ohne zu einem von uns beiden ein Wort zu sagen, packte er Saras Hand und zog sie mit sich fort.

Um ehrlich zu sein, tat er mir leid. Die Trauer setzte ihm hart zu – er war nicht mehr der lockere blonde Typ, den ich einmal gekannt hatte.

Ich wusste, dass diese Art von Trauer auch zur Hälfte Schuldgefühl war. Er würde es sich niemals verzeihen können, dass er nicht da gewesen war, um sie zu retten. Dass er ihr nicht das Gefühl gegeben hatte, dass sie *hier* willkommen war, weswegen sie ja schließlich weggezogen war.

„Ich bitte um eure Aufmerksamkeit." Michael brauchte kein Mikrofon. Seine Stimme war kräftig und brachte das Gemurmel auf der Stelle zum Verstummen. „Wir sind heute Abend hier zusammengekommen, um die Umstände des Todes von Antonia Wolfton zu diskutieren, die unser Territorium wegen einer Mission im Mittleren Westen verließ und nicht zurückgekehrt ist."

Tja, wenn man es so ausdrückte, klang es natürlich nicht gut.

„Heute Abend werden Eric Sinclair und Elizabeth Taylor aussagen." Ich stöhnte insgeheim auf, als er meinen vollen Namen sagte, und versuchte, das Kichern der Anwesenden zu überhören. Leise verfluchte ich zum x-ten Mal meine Mutter.

„Sie regieren die Nation der Vampire", fuhr Michael fort, „und haben sich bereit erklärt, der Einladung des Rates zu folgen."

Dann stellte uns Michael ein Ratsmitglied nach dem anderen vor. Ich war ein wenig überrascht, dass es außer Michael alles Frauen waren. Lebten Werwölfe in einer eher – wie nannte man das? – matriarchalischen Gesellschaft?

Die Frauen – einige im mittleren Alter, andere auch älter und alle von unterschiedlicher Größe und Figur – nahmen ihre Plätze an dem großen Tisch ein, und die Fragestunde begann.

35

Liebes Ich!!!

Ich habe das ganze Haus abgesucht. Jedes Zimmer, jeden Schrank, jeden Zentimeter im Keller und auf dem Dachboden. Die Garage. Das ganze Grundstück.

Ich kann Tina nirgendwo finden.

Ich weiß nicht, was ich machen soll.

Die Polizei kann ich nicht anrufen, aus einer Reihe von sehr offensichtlichen Gründen. „Tja, Officer, des Teufels Tochter hat den Verstand verloren und tötet Menschen, die bereits tot sind. Das tut sie, weil sie ihre Schwester, die Königin der Vampire, beschützen will. Oh, ihre Schwester ist zurzeit nicht hier, sondern auf Cape Cod, wo sie einem Haufen Werwölfe erklärt, warum eine von ihnen in ihrem Haus erschossen worden ist. Tut mir leid, wir sind nie dazu gekommen, eine Anzeige zu erstatten. Könnten Sie sich bitte gleich um die Sache kümmern?“

Auch Betsy oder Sinclair oder Jess kann ich nicht anrufen … die Handys haben keinen Empfang.

Als ich mich wegschleichen wollte, um eine Prepaid-Karte zu kaufen, bin ich von drei – drei! *– Teufelsanbetern abgefangen worden, die mich höflich, aber bestimmt zurück ins Haus begleitet haben.*

Ich hatte gar nicht gemerkt, dass sie mich bewachen ließ. Und, liebes Ich, lass dir gesagt sein, sie hat ihre Leute überall. Selbst bei der Telefongesellschaft – derjenige kümmerte sich darum, dass unsere Handys abgemeldet wurden und es auch blieben.

Es bringt nichts, mit Laura zu sprechen. Sie lächelt mich nur freundlich an und versichert mir, dass alles, was sie tut, nur zu Betsys Bestem ist und dass ich vielleicht mehr Schlaf brauche, weil ich in der letzten Zeit doch recht übellaunig wäre.

Ich kann niemand zu Hilfe rufen – Sinclair hat alle Kontaktdaten an Tina gegeben.

Und niemand beantwortet meine E-Mails.

Und da ich nicht einfach ein Flugzeug chartern kann, bliebe mir nur noch die Möglichkeit, einen Wagen zu mieten und nach Cape Cod zu fahren, in der Hoffnung, dort zufällig auf Betsy, Sinclair und/oder einen Werwolf zu treffen. Mehr fällt mir jetzt nicht mehr ein.

Ich habe sogar daran gedacht, Laura mit einem Beruhigungsmittel auszuschalten, aber dann würden ihre teufelsanbetenden Anhänger mich wahrscheinlich schlachten wie eine Ziege.

Und als ob das nicht schon schlimm genug wäre, beginnt sich meine zugegebenermaßen merkwürdige häusliche Situation auf meine Arbeitsleistung auszuwirken … Gestern Abend habe ich versucht, eine Fünfjährige auf die geriatrische Station einzuweisen. Von der armen Frau, die um die Pille danach bat, gar nicht zu reden … Ich gab ihr ein Mittel gegen Sodbrennen.

Ich kann kaum glauben, dass die Lage sich so schnell verschlechtert hat.

Ich bin ratlos.

36

Ich saß im vorderen Teil des Raumes auf etwas, das man wohl Zeugenstuhl genannt hätte, wenn dies hier ein Gerichtssaal gewesen wäre.

Der Raum war brechend voll. Nur einmal hatte ich so viele Menschen auf einem Haufen gesehen, und das war, als Marc und ich das Jim-Gaffigan-Konzert besucht hatten.

Keiner machte einen Mucks. Ich spürte beinahe körperlich, wie angestrengt sie alle zuhörten. Es war, als würden hinten in meinem Kopf Fliegen herumspazieren.

Glücklicherweise begegnete mein Blick Saras, und sie lächelte mir zu und nickte. Wenn sie eine von *ihnen* gewesen wäre, hätte mich das vielleicht ein wenig beruhigt. Na ja, wenigstens befanden sich zwei Personen im Raum, die es nicht gern gesehen hätten, wenn ich auf der Stelle tot umgefallen wäre.

„Und was ist dann passiert, Mrs. Sinclair?"

Oh Gott, an das Schlimmste hatte ich ja gar nicht gedacht. Sie nannten mich Mrs. Sink Lair! Würde der Horror denn nie ein Ende haben?

„Nun ja", sagte ich und ignorierte das Grinsen meines Mannes, „wir wussten nicht, dass der Sohn des Verdächtigen hinter allem steckte. Als wir nach Hause kamen, wartete er auf uns. Keiner von uns hat ihn rechtzeitig bemerkt. Er … äh …"

Ich starrte auf meine Hände herunter. „Er war ein Polizeibeamter. Und er hatte natürlich eine Waffe. Ich glaube, es war ein Kaliber 357."

„Kennen Sie sich mit Schusswaffen aus, Mrs. Sinclair?"

„Ja. Meine Mutter hat mich mit auf die Jagd genommen, seitdem ich zwölf Jahre alt war."

„Gut. Fahren Sie fort."

„Nun, wie ich bereits sagte, hat ihn niemand rechtzeitig bemerkt. Aber dann hat Antonia mich geschubst, sehr fest. Ich habe nicht gesehen … nicht gesehen, wie der Schuss sie traf. Ich habe nur die Schüsse gehört. Ich glaube, er hat sein Magazin geleert. Es waren sicher mindestens fünf Kugeln. Und sie … Antonia, meine ich … sie … äh …"

Ich schlug die Hände vor die Augen und sagte mir, dass ich auf keinenkeinen*keinen* Fall vor diesen Fremden weinen wollte, egal, was passierte.

Also brach ich in Tränen aus und sagte: „Ich wusste noch nicht einmal, wer getroffen worden war, bis ich sie umdrehte. Ich dachte … sie war doch ein Werwolf, und ich dachte, man bräuchte S-Silberkugeln oder s-so. Aber sie war einfach tot. Überall war Blut, und es roch nach Schießpulver, und wir saßen alle im Flur fest – wir konnten nirgendwo h-hin."

„Das reicht wohl." Sinclair hatte sich erhoben. Seine Stimme zischte durch den Saal wie ein Peitschenhieb. „Meine Frau ist dem Rat oder irgendeinem der hier Anwesenden keine Rechenschaft schuldig. Ebenso wenig wie ich. Wir sind aus reiner Höflichkeit gekommen."

„Schon in Ordnung, Sinclair", sagte ich, was eine dicke, fette Lüge war. Nichts war in Ordnung. Aber es war fast vorbei. „Es gibt nicht mehr viel zu erzählen."

„Was ist mit dem Mann geschehen, der auf Sie geschossen hat?"

„Er hat sich umgebracht. Hat die Waffe unter sein Kinn gehalten und den Abzug gedrückt." Auf einmal erinnerte ich mich an ein Detail, das ich erfolgreich verdrängt hatte. „Er hat ein Kaliber 22 benutzt."

Der Rat guckte verständnislos. „Diese spezielle Munition hat meistens einen Steckschuss zur Folge und tritt nicht wieder aus, sodass im Körper maximaler Schaden verursacht wird. Aber die Kugeln gehen nicht durch Wände. Das reduziert die Opferquote der unbeteiligten Zuschauer."

„Wie nett", murmelte eines der Ratsmitglieder.

„Und was ist dann passiert?" Die Vorsitzende – die die meisten Fragen stellte – schien ganz nett zu sein. Sie hatte etwas Mütterliches. Graue Locken, große braune Augen. Lachfältchen. Und eine Brille mit Bifokalgläsern! Ich hatte nicht gewusst, dass auch Werwölfe Brillen brauchten.

„Dann ist nichts passiert. Antonia war tot. Der Böse war tot. Also habe ich Michael angerufen und … und den Rest kennen Sie."

„Warum haben Sie Antonia in Ihre Vampirpolitik hineingezogen?"

„Hineingezogen?", fragte ich verdutzt. „Hineingezogen?" Bevor ich es unterdrücken konnte, entschlüpfte mir ein schrilles Kichern. „Sie haben Antonia wohl nie persönlich kennengelernt, was?"

Aus der Menge kam ein amüsiertes Rascheln, aber bei dem Rat kam ich mit meiner Frage nicht gut an. Sie runzelten missbilligend die Stirn.

„Ich wollte damit nur sagen, dass Antonia machte, was sie wollte. Sie hatte vor nichts Angst, und sie ließ sich nichts gefallen. Vor allem, nachdem sie Wolfsgestalt annehmen konnte, wenn …"

„*Was?*", rief der Rat einstimmig (unheimlich!), und aus der Menge kam aufgeregtes Gemurmel.

Die Vorsitzende räusperte sich, und die Menge verstummte. „Mrs. Sinclair …“

„Bitte nennen Sie mich Betsy.“

„Mrs. Sinclair, Antonia war ein Hybrid.“

„Okay“, sagte ich.

„Das bedeutet, dass sie sich nicht in einen Wolf wandeln konnte. Sie hatte andere Gaben.“

„Ja, ich weiß, sie konnte die Zukunft vorhersagen. Aber vor einiger Zeit wurde sie von einer mordlustigen Bibliothekarin gekidnappt, und als ich sie und meinen Mann befreite – der damals noch nicht mein Mann war –, habe ich diesen Fehler aus Versehen behoben, sodass sie sich wandeln konnte.“

Totenstille.

„Äh … kann ich jetzt gehen?“

„Sie haben ‚diesen Fehler behoben, sodass sie sich wandeln konnte‘?“, fragte die entgeisterte Vorsitzende. „Was wollen Sie damit sagen?“

„Ich … na ja, dass ich den Fehler behoben habe.“ Wie sollte ich etwas erklären, das ich selbst nicht verstand? Manchmal war mir, als würde ich jeden zweiten Monat eine neue wundersame Fähigkeit entdecken.

Ich hörte, wie sich jemand räusperte, und dann stand Michael auf. „Mrs. Sinclair hat recht. Antonia und ich haben oft telefoniert, und sie hat mir erklärt, dass sie in der Lage sei, sich zu wandeln, dank des Eingreifens der Vampirkönigin. Tatsächlich war Antonia in ihrem Leben nie glücklicher als während der letzten Monate, die sie bei den Sinclairs verbracht hat.“

Als sich lautes Stimmengewirr erhob, packte ich die Lehnen des Stuhls fester. War das nun gut oder schlecht für mich? Ich warf Sinclair einen Blick zu, der mich nur ansah und die Augenbrauen hob. Der war mir also keine Hilfe.

„Michael, warum hast du uns das nicht gesagt, als sie noch am Leben war?“

„Warum?“, fuhr ich auf. „Damit ihr sie wieder aufnehmen konntet, als sie kein Freak mehr war?“

„Mrs. Sinclair, mit Ihnen spricht im Moment niemand.“

„Tja, Pech. Ihr könnt keinem etwas vormachen. Ihr alle habt ihr zu verstehen gegeben, dass ihr sie nicht haben wolltet. Deshalb ist sie gegangen. Jetzt ist sie tot, und ihr wollt mir und meinem Mann die Schuld geben … irgendjemandem, egal wem, nur nicht dem Rudel. Und während ihr uns den Schwarzen Peter zuschiebt, verrottet Antonia in ihrem Grab. Und warum? Damit ihr euch nicht schuldig fühlt? Damit *ich* mich schuldig fühle? Glaubt mir, nichts, was heute hier gesagt wird, kann mich so sehr verletzen, wie ich mich selbst verletzt habe. Ihr könnt mich nicht noch mehr bestrafen, als ich es selbst bereits getan habe.“

Sinclair nickte feierlich, als hätte ich etwas Weises und Wunderbares gesagt, aber er versteckte sein Lächeln hinter vorgehaltener Hand.

Wieder spürte ich die Fliegen in meinem Kopf. Erst nach einem Moment verstand ich, was nicht stimmte. Vorher hatte das Rudel mich als ein Ärgernis angesehen, eine Vollidiotin, die schuld daran war, dass jemand aus ihrer Familie umgekommen war. Jetzt sahen sie mich als eine Bedrohung … die den Tod eines der ihren verschuldet hatte.

War das gut oder schlecht für mich?

Bei meinem Glück? Sehr, sehr schlecht.

37

Betsy, du musst unbedingt sofort nach hause kommen! Laura HDVV! schluss mit dem urlaub am cape. KSNH!

„Du hast recht“, sagte Jessica, nachdem sie einen kurzen Blick auf Marcs neuestes Gefasel geworfen hatte. „Das ist völlig unverständlich.“

„Ich antworte ihm erst, wenn er wie ein erwachsener Mann schreibt statt wie ein dreizehnjähriges Mädchen. Er weiß ganz genau, was ich von diesem E-Mail-Quatsch und der angeblichen Netiquette halte. Und, hallo?! Ich habe ungefähr fünfzig andere Sorgen, die alle ein *bisschen* größer sind.“

„Ja, ich weiß. Jetzt erzähl endlich weiter! Du hast also dem Rat gesagt, dass du Antonia, zusätzlich zu ihren eigenen, noch mehr Superkräfte gegeben hast. Und was ist dann passiert?“

„Dann haben sie beschlossen, erst mal Schluss zu machen. Später soll ich noch mehr Fragen beantworten.“

„Später? Wann denn? Heute Nacht ist Vollmond.“

„Ich weiß. Vielleicht morgen Abend. Oder … Moment. Ist nicht immer zwei Tage lang Vollmond?“

Jessica, die neben mir am Strand entlangspaziert war, blieb stehen und starrte mich an. Ich umfasste Baby Jon mit dem anderen Arm und machte mich auf das Schlimmste gefasst: „Was? Liegt dir etwas auf dem Herzen? Raus damit.“

„Da stimmt doch was nicht, Betsy“, sagte sie erstaunlich sanft. „Du hast alles getan, was sie verlangt haben. Für die arme Antonia hast du alles getan, was du konntest, und noch mehr. Aber weil sie jetzt herausgefunden haben, dass du viel stärker bist, als sie gedacht haben, verlangen sie von dir, dass du einfach wartest, bis sie entscheiden, wie es weitergeht? Blödsinn."

„Was schlägst du vor? Dass wir abfahren, bevor sie zufriedengestellt sind? Was soll das bringen?"

„Ich weiß nicht, aber mir gefällt es ganz und gar nicht, wie du dich von ihnen herumschubsen lässt."

„Na ja, sie sind mit siebzigtausend zu eins in der Überzahl."

„Das gilt nur weltweit. Hier auf dem Cape sind es nicht mehr als dreitausend."

„Das hört sich natürlich viel besser an", sagte ich düster.

„Hör mal, das ist unter anderem der Grund, warum ich mit Nick Schluss machen musste …"

Ich stöhnte und legte die Hand über die Augen. „Noch eine Sache, wegen der ich mich hasse."

„Oh, hör schon auf", schimpfte sie. „Ich werfe dir nichts vor – selbst wenn er es tut –, und er hat seine Wahl getroffen."

„Ja, aber … vermisst du ihn denn gar nicht?"

„Jeden Tag", sagte sie leise. „Aber wenn er in meinem Leben geblieben wäre, hätte mich das einen zu hohen Preis gekostet. Selbst für meine finanziellen Verhältnisse."

„Ich wünschte …" Ich verstummte. „Ich weiß auch nicht. Ich wünschte mir so viel, glaube ich."

„Du kannst mir nicht weismachen, dass Sinclair mit der Situation zufrieden ist."

„Nein, er ist sauer. Ich meine, er wurde während der Befragung sauer. Den Rest fand er dann wieder lustig."

„Dein Ehemann ist durchgeknallt."

„Wem sagst du das? Aber das ist im Moment nicht einmal mein größtes Problem."

„Spliss?“

„Halt die Klappe.“

„Das erinnert mich daran, dass ich heute kein Mittagessen bekommen habe.“

„Würdest du bitte nicht ständig das Thema wechseln?“

„Tut mir leid, ich vergaß – nur für eine Minute –, dass sich immer alles um dich drehen muss.“

„Hatte ich bereits erwähnt, wie sehr ich dich hasse?“

„Heute schon zweimal.“

„Ich würde gerne wissen, was eigentlich mit meinem Bruder los ist.“ Ich tätschelte Baby Jon den windelgepolsterten Po. In einer halben Stunde würde die Sonne untergehen. „Derik tut so, als würde Baby Jons Kopf sich einmal um sich selber drehen können, und Michael vergisst immer wieder, dass ich überhaupt ein Baby dabeihabe! Etwas ist faul im Staate Hallmark.“

„Dänemark.“

„Richtig.“

„Nimm es mir nicht übel, Betsy, ich weiß du liebst ihn, aber er ist nun einmal ein Ableger von Ant und deinem Dad. Wer weiß schon, was da in seiner DNA zusammengekommen ist?“

„Da hast du auch wieder recht“, gab ich zu. Langsam gingen wir vom Strand zurück zur Villa. „Vor allem, wenn man sich Ants anderes Kind ansieht.“

„An Laura ist nichts verkehrt, was Sex nicht in Ordnung bringen könnte.“

Ich begann so heftig zu lachen, dass ich beinahe Baby Jon fallen gelassen hätte. „Red nicht so über meine Geschwister“, sagte ich und bemühte mich (erfolglos) um einen strengen Ton.

„Jemand muss ja dafür sorgen, dass du auf dem Teppich bleibst.“

Wir nahmen die Haupteingangstür und traten in die große

Empfangshalle. Ich hatte mich immer noch nicht an die Größe von Wyndham Manor gewöhnt. Dagegen wirkte unser Haus in St. Paul wie ein Wohnmobil. Gerade wollte ich diese Erkenntnis an Jessica weitergeben, als ich sah, dass ein paar Leute auf uns zugerannt kamen.

Instinktiv drückte ich das Baby an mich. Um Himmels willen, was war denn nun schon wieder los? Dann aber sah ich, dass sie an uns vorbeiliefen.

„Betsy, oh, mein Gott! Sieh doch nur!"

Ich wirbelte herum. Ein Junge – zwölf, dreizehn? – fiel, oh mein Gott, er fiel tatsächlich von dem Treppenabsatz im dritten Stock herunter auf den Marmorboden. Ich drückte Jessica Baby Jon in die Arme, aber es war zu spät. Das arme Kind kam mit einem furchtbaren nassen Klatschen auf dem Boden auf.

38

„Ruf einen Notarzt!", schrie ich, während einige Erwachsene den Jungen umringten. „Er ist … was, zum Teufel?"

Er knurrte. Mindestens drei der Erwachsenen taumelten zurück, und ich sah ein verschwommenes Gesicht, viele weiße Zähne und Fell.

Und die Geräusche, Herr im Himmel, die *Geräusche*! Wie aus einem Schlachthaus. Oder als ob eine Katze in ein Rudel wilder Hunde geworfen worden wäre. Durchdringend. Entsetzlich.

Auf einmal war Jeannie da und riss mich und Jessica am Ellbogen zurück. „Ihr müsst gehen", sagte sie bestimmt. „Jetzt sofort." Sie trug uns beinahe; unsere Absätze schliffen über den Boden. „Sofort."

„Was … was geht denn hier vor?", fragte Jessica, die versuchte, den Jungen anzustarren und sich aus Jessicas Griff zu befreien, ohne das Gleichgewicht zu verlieren.

„Er ist erst elf. Das ist sein erster Wandel. Ihr müsst sofort gehen. Er wird sich nicht …"

Noch mehr der Umstehenden wichen zurück. Einer torkelte gegen Jessica, und sie … oh mein Gott, sie …

Sie ließ meinen Bruder fallen. Direkt in den Weg eines frisch gewandelten Werwolfs.

Der rasende Jugendliche (gab es auch andere Jugendliche?) stürzte sich auf meinen Bruder und biss ihn. Ich schrie, hoch und schrill …

(Elizabeth? Was ist los?)

… und rief nach meinem Bruder, der jetzt sicher tot war, weil dieser …

Er lachte.

Baby Jon lachte.

Der frischgebackene Werwolf suchte mit eingezogenem Schwanz das Weite, mindestens drei Erwachsene liefen ihm nach, und plötzlich kam mir der Marmorboden entgegen und traf mich ins Gesicht.

39

„… vielleicht sollte sie …“

„… hätte sie nicht …“

„… ihr eine Minute …“

„… nur der Schock …“.

Ich öffnete die Augen und sah Jeannie, Michael, Sinclair und Jessica, die auf mich herunterstarrten.

„He, da bist du ja“, sagte Jess. Sie hatte, Gott sei Dank, Baby Jon im Arm, der zappelte und jammerte, weil er zu mir wollte. „Du bist umgekippt.“

„Ich kippe nicht um. Vampire kippen nicht um.“

„Ich kenne mindestens eine, die das tut“, grinste Sinclair.

„Was ist denn passiert?“ Ich setzte mich auf.

„Wir hatten gehofft, *du* könntest uns das sagen“, sagte Michael.

„He, in der einen Minute ahne ich noch nichts Böses, und in der anderen stürzt sich irgendein armer Junge zu Tode – außer dass er nicht gestorben ist – und versucht anschließend, meinen Bruder zu fressen. Der anscheinend aber nicht gefressen worden ist.“

Baby Jon sah tatsächlich völlig unversehrt aus. Was unmöglich war. Ich streckte die Hand aus und nahm ihn von Jessica entgegen, untersuchte ihn und fand nichts als ein bisschen Speichel. Keine Bisswunde. Kein Blut. Unglaublich.

„… erleben ihren ersten Wandel normalerweise nicht, bevor sie dreizehn, vierzehn sind“, sagte Michael gerade. „Aaron ist erst elf; niemand hat erwartet, dass es in diesem Alter schon losgeht."

„Ist das der Grund, warum er es bei Tageslicht getan hat?", fragte Jessica.

Niemand antwortete ihr, was ganz einfach unhöflich war. Zweifellos handelte es sich um supergeheimes Werwolfswissen. Und was das Tageslicht anging … davon war nicht mehr viel übrig. Wahrscheinlich würde Michael sich bald einen Pelz zulegen. Was bedeutete … ach Mist.

„Sinclair!", rief ich. „Dieses Schloss besteht praktisch nur aus Fenstern, warum zum Teufel bist du nicht in unserem Zimmer?"

Er sah mich an, als wäre mir plötzlich ein zweiter Kopf gewachsen. „Du hast geschrien", sagte er einfach. „In meinem Kopf. Ich musste kommen."

„Er ist die Treppe aus dem dritten Stock heruntergesprungen", ergänzte Jessica. „Eigentlich müssten seine Oberschenkelknochen jetzt in seiner Lunge stecken."

„Eklig", war mein einziger Kommentar.

„Ich verstehe gar nichts", sagte Michael. „Du sagtest, Aaron hat das Baby gebissen? Du musst dich täuschen. Er hat nicht einen einzigen Kratzer. Und wessen Baby ist das überhaupt?"

Oh Himmel Herrgott und …

„Moment mal." Jessica dachte angestrengt nach. Noch angestrengter. Ihre Augen wurden ganz klein und schmal. Ihre Lippen zuckten. Michael und Jeannie sahen beunruhigt aus, aber ich kannte diesen Gesichtsausdruck. Er bedeutete, dass ihr irgendetwas auf der Zunge lag.

Dann sagte sie: „Beiß ihn."

„Wie bitte?"

„Beiß das Baby."

„Niemand beißt irgendjemandes Baby", protestierte ich. „Und ganz bestimmt nicht dieses hier."

„Ich beiße ihn", bot Jeannie an.

Jessica schüttelte den Kopf. „Es muss ein Vampir sein."

„Ah", sagte Sinclair, „ich verstehe, worauf du hinauswillst."

„Wie schön", meckerte ich, „würde mich vielleicht mal jemand aufklären?"

„Möglicherweise ist Baby Jon gegen Gefahren immun, die für andere schlimme Folgen hätten, vielleicht sogar tödlich wären."

„Er ist nicht immun", protestierte ich. „Er war schon erkältet. Der Kinderarzt hat ihn geimpft. Er … lass das!"

Mit einer unheimlichen Geschwindigkeit, die mich auch nach all der Zeit immer noch erschreckte, senkte Sinclair den Kopf und schnappte nach Baby Jon. Gegen ihn war eine Klapperschlange eine lahme Schnecke.

Bevor ich wusste, was ich tat, boxte ich ihn ins Auge. Dann, als ich wusste, was ich tat, schlug ich ihn auf die Schulter. Für die anderen sah es wahrscheinlich so aus, als würde ich versuchen, ihn zu löschen, als stünde er in Flammen. „Was … tust … du da?"

„Ich beweise – aua! – Jessicas Theorie." Er rieb sein Auge. „Sieh doch."

„Sieh was, du Irrer?"

„Sieh dir das Baby an."

Baby Jon gähnte, ungerührt von entweder a) dem Werwolfangriff oder b) dem Vampirbiss.

„Man sieht gar nichts!", sagte Jeannie begeistert. „Das ist das Erstaunlichste, was ich je gesehen habe!"

„Was? Willst du damit sagen, er ist … unverwundbar?" Ich schüttelte den Kopf und hatte das Gefühl, völlig auf dem

Schlauch zu stehen. „Aber das ist er nicht. Das wisst ihr auch. Er hat sich beim Krabbeln das Knie aufgeschürft, er …“

„Unverwundbar gegenüber Paranormalem“, sagte Sinclair, und Jessica nickte.

„Jetzt mal langsam“, sagte Michael. „Ist das etwa *dein* Kind?“

„Sieh mal einer an, bei wem gerade der Groschen gefallen ist. Ehrlich? Ihr glaubt wirklich, er ist unverwundbar?“

„Ich habe gesehen, wie Aaron versucht hat, ihn zu beißen“, sagte Jeannie ruhig. „Ein normales Kind hätte das nicht überlebt.“

„Wann hast du denn ein Kind bekommen?“, fragte Michael, aber ich beachtete ihn und seine dummen Fragen gar nicht.

„Deswegen hat sich Derik in seiner Nähe so komisch benommen. Er hat irgendetwas gespürt, wusste aber nicht, was es war. Und … Jeannie, wie würde ein Rudelführer mit jemandem umgehen, dem er niemals etwas anhaben könnte?“

„Warum … Ich nehme an, er würde versuchen, ihn auf irgendeine Weise zu dominieren“, erwiderte Jeannie langsam. „Das liegt in ihrer Natur. Das ist …“

„Das ist der Grund, warum Michael immer wieder vergisst, dass es Baby Jon überhaupt gibt. Jemanden, den er immer wieder vergisst, kann er nicht dominieren.“

„Wie lange ist denn dieses Baby schon hier?“, wollte Michael wissen, der Arme. Er klang immer verwirrter … und die Sonne sank mit jeder Sekunde tiefer. Die Erklärungen mussten warten.

„Wir erzählen dir alles“, versprach Jeannie. „Später.“

„Wenn du deinen Pelz wieder abgelegt hast“, fügte ich hinzu.

„Dann kann ihn also ein Vampir beißen, ohne dass er verletzt wird. Oder ein Werwolf. Und eine Fee könnte ihn mit ihrem Zauberstab antippen – und nichts würde geschehen.“ Jessica machte eine Pause, tief in Gedanken versunken. „Beeindruckend.“

„Aber warum?", fragte Jeannie. „Warum ist dieses Baby etwas Besonderes?"

„Das ist eine lange Geschichte", sagte ich. „Die wir dir wahrscheinlich nie erzählen werden."

Jeannie lachte. „Na schön."

40

Liebes Ich,

nicht nur Tina ist verschwunden, sondern auch ihr Laptop. Damit zerschlug sich auch meine Hoffnung, über ihre E-Mail-Adresse eher Betsys und Sinclairs Aufmerksamkeit zu gewinnen.

Im Krankenhaus war ich so unkonzentriert, dass ich Angst hatte, ich könnte Fehler machen. Deswegen habe ich unbezahlten Urlaub genommen und denke jetzt darüber nach, was ich tun soll.

Es gelang mir, Laura nach Tinas Sachen zu fragen, ohne ihren Verdacht zu erregen, aber ich erntete trotzdem nur wieder einmal ein mattes Lächeln und das Versprechen, dass ich mir keine Sorgen zu machen brauchte.

Sehr lustig. Im Moment tue ich eigentlich nichts anderes, als mir Sorgen zu machen. Und jedes Mal wenn Laura mir versichert, sie hätte nicht den Verstand verloren, klingt sie noch ein bisschen verrückter.

„Marc, Vampire sind – mit Ausnahme vielleicht meiner Schwester – von Natur aus böse. Betsys Leben wäre so viel einfacher, wenn sie nicht so viel Zeit damit verbringen müsste, auf Monster aufzupassen. Und", fuhr sie mit der Inbrunst eines Wanderpredigers fort, „ich helfe nicht nur Betsy, ich sorge auch für Ruhe in Minneapolis, indem ich die Teufelsanbeter Gottes Werk tun lasse. Alles ist gut, so wie es ist."

„Mich auf Schritt und Tritt überwachen zu lassen ist Gottes Werk?"

Sie hatte immerhin den Anstand zu erröten. Vielleicht war sie doch noch kein hoffnungsloser Fall. „Marc, du weißt es nicht besser. Du bringst Betsy auf falsche Ideen. Ich will ebenfalls, dass sie nach Hause kommt. Aber erst muss ich mit der Überraschung fertig werden.“

„Die Überraschung*? Du meinst, es kommt noch mehr?“ Ich versuchte mir mein Entsetzen nicht anmerken zu lassen.*

„Natürlich! Viel mehr. Du wirst schon sehen, Marc. Außerdem sind sie zu deinem Schutz da. Wir wollen doch nicht, dass dir etwas passiert, oder?“

„Würdest du wenigstens in Erwägung ziehen, dass du psychisch gestört bist?“, fragte ich.

Sie lachte leise, weil sie gedacht hatte, ich würde einen Witz machen. „Du machst dir zu viele Sorgen.“

„Was wirst du Betsy und Sinclair sagen, wenn sie nach Hause kommen?“

„Dass ich mich für sie um alles gekümmert habe“, sagte sie prompt.

Dass du übergeschnappt bist, dachte ich, behielt das aber vorsichtshalber für mich.

Ich versuchte noch weitere zehn Minuten, sie zur Vernunft zu bringen, bekam aber immer nur ein süßes Lächeln zur Antwort. Liebes Ich, nach einer Weile wollte ich ihr eine knallen, damit ihr das blöde Grinsen verginge.

Wenigstens hatten wir immer noch Internet, obwohl mein Wissen darüber so umfangreich ist, dass es in eine Nierenschale passt. E-Mails sind so ziemlich das Einzige, womit ich mich auskenne. Natürlich hätte ich mich an einen Experten wenden können, so einen Technik-Freak … aber mir klebten ja Satans Diener ständig an den Fersen.

So wartete ich in meiner Verzweiflung darauf, dass Laura und die Teufelsanbeter zu einer ihrer Vampirvernichtungsmissionen aufbrachen, und schrieb dann eine schnelle E-Mail an Betsy. Und schickte sie los. Und noch einmal. Und noch einmal. Immer wieder.

41

„Ah, da ist er ja, mein Junge!"

Jessica und ich sahen erst uns an, dann Sinclair. Es war ungefähr zwei Uhr morgens, und es wimmelte überall nur so von Werwölfen. Neugierig, wie ich war, wäre ich gern nach draußen gegangen, aber verständlicherweise hatte Jessica Angst und sich deswegen in der Bibliothek im Erdgeschoss verschanzt.

Und was für eine Bibliothek! Mindestens halb so groß wie die New York City Public Library! Deckenhohe Bücherregale, Mahagonimöbel, ein langer Tisch voller Computer … das Einzige, was fehlte, waren steinerne Löwen.

Vielleicht kam sie mir so groß vor, weil sie bis auf Jessica, mich und das Baby leer war. Überhaupt war die Villa praktisch verlassen. Aber gelegentlich hörten wir von draußen schwach das Heulen eines Wolfes.

Und jetzt kam Sinclair hereingeeilt und streckte Baby Jon die Arme entgegen, der noch vor kurzem sein Rivale Nummer eins um meine Zuneigung gewesen war.

„Dein Junge?", fragte ich, und Jessica zog die Augenbrauen hoch.

„Es ist nie zu früh", sagte Sinclair, der mir und dem Kleinen nicht von der Seite wich, „seine Erziehung zu planen."

„Er kann ja nicht mal laufen", gab Jessica zu bedenken.

„Oh, jetzt verstehe ich! Weil paranormale Kräfte Baby Jon nichts anhaben können, interessierst du dich auf einmal für sein Wohlergehen."

„Elizabeth, das missverstehst du.“ Sinclair hatte doch tatsächlich die Frechheit, verletzt zu tun. „Als dein Ehemann und sein Vormund ist es meine Pflicht, mich um diesen Jungen zu kümmern.“

„Ja, klar.“ Ich legte ihm Baby Jon in die Arme, und Sinclair war so überrascht, dass er ein paar Sekunden mit dem Kleinen jonglierte, bevor er ihn mit ausgestrecktem Arm von sich weghielt. „Okay, Erziehungsberechtigter. Er braucht frische Windeln.“

„Äh …“

„Versuch gar nicht erst, dich zu drücken“, warnte ich ihn. „Ich muss mich unbedingt mal draußen umsehen. Meint ihr, ihr beiden kommt eine halbe Stunde alleine mit dem Kleinen klar?“

„Eine von uns sicher“, sagte Jessica mit einem verschmitzten Lächeln.

„Irgendetwas riecht hier ganz scheußlich“, stöhnte Sinclair. Ich verließ die Bibliothek im Sprint, damit er mich nicht lachen hörte.

42

Es war eine wunderschöne Nacht – kalt und sternenklar. Der Mond hing riesig und weiß über Wyndham Manor. Es war keine Wolke am Himmel, und die Sterne waren so hell und nah wie noch nie.

Ich ging denselben Pfad hinunter, den Lara und ich auf unserem Weg zum Spielplatz genommen hatten … Dank meiner Vampirsinne konnte ich überall um mich herum die Werwölfe gehen, laufen und es miteinander treiben hören. Zwei kreuzten meinen Weg, die offenbar Fangen spielten, aber sie bewegten sich so schnell, dass ich nur verschwommen dunkles Fell und sehr viele Zähne sehen konnte.

Ich muss verrückt geworden sein.

Nun, das war gut möglich. Aber einmal wollte ich von der Tatsache profitieren, dass auch ich schnell und stark war. Wenn ein paar Hundert von ihnen sich gegen mich verbündeten, würde es vermutlich schwer für mich, aber Jeannie hatte mir gesagt, dass Werwölfe während des Vollmonds nicht ganz verwilderten. Sie behielten ihre menschlichen Eigenschaften und empfanden nur alles intensiver. Aus Traurigkeit wurde Depression, aus Ärger Wut, aus Glück Ekstase. Aber ganz egal, wie stark ihre Gefühle waren, unschuldige Zuschauer wurden nicht gefressen.

Nicht dass ich unschuldig gewesen wäre, aber ich glaube, Sie verstehen, was ich meine. Außerdem lag es ja auf der Hand: Seit Jahrtausenden hatten Werwölfe mit den Menschen koexistiert.

Da wäre es schnell aufgefallen, wenn nach dem Vollmond ständig verstümmelte Leichen herumgelegen hätten.

Als ich um eine Kurve kam, sah ich, wie der größte Wolf, den ich je gesehen hatte, unter den Bäumen hervortrat und mir den Weg versperrte. Er war riesig, hatte sehr helles Fell – beinahe weiß – und große grüne Augen. Kräftig und muskulös saß er mitten auf dem Pfad und starrte mich an wie eine lebende Statue.

„Äh, hallo."

Keine Antwort. Selbstverständlich nicht – was hatte ich erwartet?

Dann begriff ich, dass ich diese Augen kannte – Derik.

Na toll. Ein Werwolf, der böse auf mich war, weil ich den Tod seiner Freundin verschuldet hatte, versperrte mir den Weg. Was für eine Woche!

Auf einmal war ich unerträglich durstig, verstand aber schnell, dass das Vampiradrenalin war. Der „Fight-or-Flight"-Reflex. Ihn zu beißen war keine Option. Das wäre eine ganz neue Methode, sich die Eingeweide entfernen zu lassen.

„Guter Hund", sagte ich und wünschte, ich hätte an Hundekuchen gedacht. Oder besser noch eine ganze Schachtel davon. „Äh … ich wünschte, Antonia wäre jetzt gerade bei dir. Sie war sehr glücklich, als sie sich endlich wandeln konnte."

Derik legte den Kopf schief, ohne einmal zu blinzeln, und dann – schluck! – kam er langsam auf mich zu. Lebe wohl, grausame Welt.

Zu meinen Füßen blieb er stehen und sah zu mir hoch. Sein Kopf war größer als eine Bowling-Kugel, seine Pfoten breiter als meine Hand mit gespreizten Fingern.

Wird er mich umbringen?

Tja, wahrscheinlich schon.

Aber er tat es nicht. Er saß einfach da und starrte mich an.

Und ganz plötzlich hatte ich keine Angst mehr und begann, mich in seine Lage zu versetzen. Seine Freundin war gestorben, weit entfernt von ihm, und er hatte sie nicht retten können. Genauso wenig wie ich.

Ich kniete mich auf den Boden. Wir waren uns jetzt so nah, dass wir uns nur aus ein paar Zentimeter Entfernung in die Augen sahen.

„Was mit Antonia passiert ist, tut mir leid", sagte ich. „Es tut mir leid, dass ich ihren Tod nicht verhindern konnte. Aber sei ruhig weiter wütend auf mich, Derik. Es ist meine Schuld, dass sie tot ist. Wenn ich die Zeit zurückdrehen könnte, würde ich mich in die Schusslinie werfen."

Derik warf den Kopf zurück und heulte – *schrie* – den Mond an. Ich dachte, mir würde der Kopf zerspringen. Ich dachte, mein Herz würde zerspringen.

Als ich es nicht länger aushalten konnte, warf ich die Arme um seinen dicken, haarigen Nacken. Und tat das, was ich geschworen hatte, diese Woche nicht mehr zu tun.

Ich weinte und weinte.

Immer mehr Wölfe trotteten unter den Bäumen, die den Weg säumten, hervor, darunter auch einer mit Michaels schwarzem Fell und seinen unverwechselbaren goldenen Augen. Sie bildeten einen Kreis um uns, und die Luft wurde wieder und wieder erfüllt von ihrem silberhellen, schwermütigen Heulen.

43

Kurz vor Sonnenaufgang war ich zurück in unserer Suite. Als ich durch die Räume ging, sah ich nach Baby Jon, der tief und fest schlief. Gott sei Dank war er nicht verletzt – würde er nie verletzt werden können, zumindest nicht von Werwölfen und Vampiren. Er gehörte *mir*. Ich wünschte, er würde ewig leben.

Sinclair wartete bereits auf mich, wie gewöhnlich, als wenn er es geahnt hätte (oder vielleicht weil er mich so gut kannte). Ich ging ohne ein Wort zu ihm und vergrub mein Gesicht in seinem Hemd.

„Elizabeth, mein Schatz, meine Liebe. Schscht."

„Alles geht schief", weinte ich. „Und ich weiß nicht, wie ich es wieder in Ordnung bringen soll."

Er versuchte mir ein Lächeln zu entlocken. „Das ziemt sich aber nicht für die toughe Königin, die ich geheiratet habe."

„Aber ich will es so gerne wiedergutmachen!"

„Du bist noch jung, Liebes."

Ich schniefte und sah hoch in seine schwarzen Augen. „Und?"

„Manche Dinge kann man nicht wiedergutmachen. Diese Leute müssen sich damit zufriedengeben, dass es dir leidtut. Mehr kannst du ihnen nicht geben."

„Nein, aber dir kann ich mehr geben."

Ich reckte mich auf die Zehenspitzen, um ihn zu küssen. Seine Lippen pressten sich auf meine, seine Zunge drängte und liebkoste meine. Während seine Finger sich an den Knöpfen meiner Bluse zu schaffen machten, streifte ich die Anzugjacke von seinen Schultern.

Kurz darauf waren wir nackt und fielen aufs Bett. Ich hielt ihn fest umklammert, küsste ihn leidenschaftlich, biss zu und trank sein Blut sogar noch, als er schon seinerseits an mir saugte.

Als er seine Zähne in meinen Hals schlug, glitt auch der andere Teil von ihm in mich hinein. Ich verschränkte die Beine auf seinem Rücken und erwiderte jeden Stoß, jeden Biss, jeden Kuss.

Ich nahm alles. Und gab so viel ich konnte zurück.

Manchmal, dachte ich, war das alles, was man tun konnte, selbst wenn man die Königin der Vampire war.

Nachher hielt er mich sehr lange fest.

44

Es war spät am nächsten Nachmittag – beinahe fünf Uhr. Sinclair arbeitete an seinem Laptop (die Vorhänge waren natürlich zugezogen). Ich blies Trübsal und fragte mich, was die Werwölfe noch von mir wollten und wie lange ich in Cape Cod bleiben musste, um einen paranormalen Krieg zu verhindern.

„Das ist merkwürdig", sagte Sinclair.

„Was ist denn jetzt schon wieder?"

„Du hast mehrere E-Mails von Marc. Äh … mindestens dreißig. Und mein verdammtes Handy funktioniert immer noch nicht", fügte er murmelnd hinzu.

„Will er mich mit noch mehr schlechter Grammatik und Akronymen foltern?", brummte ich. Dafür war ich wirklich nicht in der Stimmung.

Wir hörten ein höfliches Klopfen an der Tür, und als ich öffnete, standen Derik und Michael vor mir.

„Dürfen wir reinkommen?", fragte Derik, der wieder mehr wie er selbst aussah.

„Frag ihn." Ich deutete mit dem Kopf auf Michael. „Das ist sein Haus."

„Ja." Michael lächelte mich an. „Wir dürfen reinkommen."

Sinclair betrat das Wohnzimmer, nickte uns höflich zu und, als würde er wissen, was jetzt kommen würde, entschuldigte sich, um uns das Gefühl zu geben, ungestört reden zu können. (Sein Gehör war so gut, dass unser Gespräch nicht unter uns bleiben würde. Nicht wenn er nur sechs Meter entfernt war.)

„Ich, äh … wollte mich entschuldigen“, sagte Derik steif.

„Das ist nicht nötig.“

„Doch, das ist nötig, und das nicht zuletzt, weil ich sonst Ärger mit meiner Frau bekomme.“

Ich lachte. „Wann kommt denn das Baby?“

„Jede Minute kann es so weit sein.“

„Jesses.“ Ich hatte doch bereits erwähnt, dass mich Hochschwangere nervös machten, oder? „Tja, ich drücke die Daumen, dass alles gut geht.“

„Ich wollte dir sagen, dass der Rat mit deiner Aussage zufrieden war und dir für deine Mitarbeit dankt.“

Ich schwieg. Ich war vielleicht nicht die Cleverste, aber selbst ich wusste, dass Derik dahintersteckte. Als er heute mit zwei Beinen statt mit vier wieder aufgewacht war, hatte er mit dem Rat gesprochen.

„Danke“, sagte ich. „Ich bin froh, dass du … dass der Rat zufrieden ist.“

„Und persönlich möchte ich anmerken“, sagte Michael, der mir das freundlichste Lächeln schenkte, das ich je gesehen hatte, „dass mein Heim dir und deinem Ehemann immer offen steht. Ich hoffe, dass ihr uns bald wieder besuchen kommt.“

„Oh. Danke.“ Ein einfaches „Danke“ war ganz und gar nicht die angemessene Antwort, aber etwas Besseres fiel mir beim besten Willen nicht ein.

Puff! Und so waren unsere Probleme auf einen Schlag gelöst, einfach so. Ich konnte kaum glauben, dass wir nun tatsächlich unsere Sachen packen und gehen konnten.

Sinclair klopfte höflich an der Tür, betrat dann den Raum und gab mir einen Ausdruck von einer von Marcs E-Mails, die so unverständlich war, dass mir der Kopf vom Lesen wehtat.

Betsy!

KSZ! Laura HDVV und IWNWITS!!! du musst sofort NHK! ich LOLe nicht also bitte bitte komm!

„Der Text ist immer der gleiche."

Ich rollte mit den Augen. „Wer soll denn daraus schlau werden? Vielleicht sollten wir ihn anrufen."

„Das habe ich bereits. Niemand nimmt ab … und Tina kann ich nicht erreichen."

Hm. Das war seltsam. Für Sinclair war Tina immer erreichbar.

Derik warf einen Blick über meine Schulter. „Heilige Scheiße. Ihr solltet euch besser beeilen."

„Was?" Ich sah auf das Kauderwelsch. „Du meinst, du verstehst den Unsinn tatsächlich?"

„Du nicht? ‚Komm sofort zurück! Laura hat den Verstand verloren, und ich weiß nicht, was ich tun soll!!! Du musst sofort nach Hause kommen! Ich lache nicht, also bitte bitte komm!'"

Es folgte eine kurze Stille, als Sinclair und ich uns ansahen. Er sah genauso entsetzt aus, wie ich mich fühlte.

„Oh mein Gott. Oh mein … hol Jessica. Hol den Kleinen. Wir müssen sofort los … Oh mein Gott, was hat sie getan? Ist sie durchgedreht und hat Tina getötet?"

„Ihr habt Ärger zu Hause", sagte Michael, der keine Zeit mit dummen Fragen verschwendete. „Können wir etwas tun?"

„Ich komme mit euch, wenn ihr wollt", bot Derik an.

„Nein, nein, schon gut. Ich meine, danke und alles, aber bleib du lieber hier bei deiner Frau. Sinclair, Jessica soll Cooper anrufen, damit er das Flugzeug startklar macht." Ich sauste im Zimmer hin und her, raffte Kleidungsstücke zusammen und warf sie dorthin, wo ich unsere Koffer vermutete.

„Ich habe ein paar Leute am Flughafen“, sagte Michael. „Ich rufe an und sorge dafür, dass ihr nicht unnötig aufgehalten werdet.“

„Gut. Sehr gut. Okay, dann … Mist! Das hätte ich beinahe vergessen.“

„Was?“

„Deine Mutter sagt, du sollst deine Tochter nicht nach ihr benennen.“

„Meine … *wie* bitte?“

„Deine Mutter.“

„Meine Mutter ist seit zwanzig Jahren tot.“

„Ich weiß. Aber das ändert nichts an der Tatsache, dass sie keine zweite Theodocia auf der Welt herumspazieren sehen will.“

Und so ließen wir Antonias besten Freund und den Rudelführer verblüfft hinter uns herstarrend zurück.

45

Wie Cooper es fertiggebracht hatte, die Flugzeit um fünfunddreißig Minuten zu verkürzen, war mir ein Rätsel – das ich auch lieber gar nicht lösen wollte. Auf der Landebahn wartete bereits Sinclairs Wagen auf uns, und wir vier drängten uns hinein und fuhren los.

Sinclair drückte aufs Gaspedal und brachte uns in Rekordzeit nach Hause. Noch bevor wir vor der Haustür angekommen waren, wurde sie aufgerissen, und Marc stand im Türrahmen.

„Das wurde aber auch Zeit!"

„Wenn du deine Mails in einer verständlichen Sprache schreiben würdest, wären wir schon vor drei Tagen hier gewesen. Wo ist Laura? Und Tina? Was ist hier los?"

„Tina habe ich seit Tagen nicht mehr gesehen. Ich glaube, Laura hat damit zu tun."

Wir folgten ihm durch das Haus. „Was hat sie getan?"

„Das seht ihr euch besser selbst an. Ich kann es immer noch nicht glauben, und ich habe es mit eigenen Augen gesehen."

Er stieß die Tür zum Empfangszimmer mit ausgestrecktem Arm auf.

Sinclair, Jessica und ich starrten auf das Bild, das sich uns bot.

Er hatte recht. Ich traute meinen Augen nicht.

46

Das Empfangszimmer war gerammelt voll mit Leuten in dunklen Kapuzenmänteln. Vor ihnen stand Laura, ein Klemmbrett in den Händen.

„Okay, wenn ihr euch um die beiden Vampire, die euch letzte Nacht entwischt sind, gekümmert habt, brauche ich ein paar von euch wieder hier im Haus. Ich konnte einen Anruf abfangen – möglicherweise kommen ein paar Vampire aus Maine, um ihre Aufwartung zu machen.“ Laura schüttelte den Kopf. „Blasphemie. Dann werden wir ...“

„Was treibst du hier, verdammt noch mal?“

Laura hob erschrocken den Blick, doch sie sah weder beschämt noch verängstigt oder traurig aus. Sie sah entzückt aus. „Betsy! Gott sei Dank bist du zurück. Ich muss dir so viel erzählen.“

„Warum“, wollte ich wissen, „triffst du dich mitten in der Nacht mit Mönchen in unserem Haus?“

„Das sind keine Mönche“, seufzte Marc. „Das sind Teufelsanbeter.“

„Teufels...“ Auf einmal verstand ich. Sie verwechselten Laura mit ihrer Mutter. Aber warum sollte Laura sich mit Satanisten einlassen?

„Laura“, sagte Sinclair in ruhigem Ton, von dem ich genau wusste, dass er nicht echt war. „Wo ist Tina?“

„Oh, sie musste ich aus dem Weg schaffen“, sagte Laura, so ernsthaft wie Bambi. „Sie hätte versucht, mich aufzuhalten.

Aber … wie unhöflich von mir! Leute, dies sind meine Schwester Betsy und ihr Mann Sin…"

„Schluss damit", fuhr ich sie an. „Wir müssen wissen, wo Tina ist." *Und ob du verrückt geworden bist.*

„Ich bin gerade in einem Meeting", schalt sie mich keifend. „Ich habe keine Zeit, um …"

Ich riss einen der Idioten im Kapuzenmantel hoch und schubste ihn weg. Er prallte von der Wand ab wie ein Gummiball und hielt sich dann die Hände vor das Gesicht und seine bluttriefende Nase.

„Rausss ausss meinem Hausss! Alle!"

„Schützt die Tochter des Morgensterns!", schrie einer der Kapuzentypen, und auf einmal hatte ich alle Hände voll zu tun.

47

Liebes Ich,

dem Herrn sei Dank, endlich ist Betsy nach Hause gekommen. Und sie hat die Kavallerie mitgebracht. Ich wusste nicht, ob ich sie erwürgen sollte, weil sie sich so lange Zeit gelassen hatte, oder umarmen, weil ich so erleichtert war.

Und es kam noch besser: Sie ertappten Laura praktisch auf frischer Tat, und damit sparten wir alle viel Zeit.

Leider zeigte sich Laura nicht reumütig. Sie hatte noch nicht einmal ein schlechtes Gewissen, sondern schien stolz und glücklich zu sein, einen Weg gefunden zu haben, um Betsy „zu helfen". Je mehr sie davon erzählte, wie viele Vampire sie und ihre Handlanger getötet hatten, desto böser wurden Betsy und Sinclair.

Ich habe eigentlich nie wirklich Angst vor Betsy gehabt, aber bei Sinclair ist das etwas anderes. Selbst wenn er freundlich ist, kann er einem ganz schön Angst einjagen. Und jetzt war er alles andere als freundlich.

Ich schaffte es gerade noch, Jessica zur Seite zu ziehen, und befahl ihr, sich und das Baby so schnell wie möglich in Sicherheit zu bringen. Etwas ziemlich Schreckliches würde passieren, und ich wollte nicht, dass ihnen etwas geschah.

Anscheinend war ich recht überzeugend, denn Jessica protestierte nicht im Geringsten. Sie nahm einfach die Windeltasche und den Autositz mit dem Kleinen darin und ging.

Als Laura, die Teufelsanbeter, ich, Betsy und Sinclair dann unter uns waren, wurde es ein wenig gewalttätig.

Als Betsy einen der Satanisten schubste, holte der sich eine blutige Nase, weshalb ihre Fangzähne wuchsen. (Man weiß immer, wenn es so weit ist, weil sie anfängt zu lispeln, was unter normalen Umständen echt witzig ist.) Und natürlich fühlte Laura sich verpflichtet, ihrem Speichellecker zu helfen. Und dann stürzten sich die anderen auf uns.

Ich konnte immer noch nicht glauben, wie schnell die ganze Situation außer Kontrolle geraten war. Niemals hätte ich Laura den Vorschlag machen sollen, die fehlgeleiteten Idioten vor unserer Haustür für sich arbeiten zu lassen.

Es war alles meine Schuld.

48

Mir blieb gerade noch Zeit, Marc am Kragen zu packen, seinen Aufschrei des Protestes ignorierend, und ihn in den nächsten Wandschrank zu stopfen. Der Arme sah schrecklich aus – bleich, mit dunklen Ringen unter den Augen und einem Dreitagebart. Offenbar hatte er während unseres kleinen Trips nach Cape Cod unter starkem Stress gestanden. Kein Wunder, wenn die Tochter des Teufels direkt vor seiner Nase durchgedreht war.

Wie gewöhnlich passierte alles so schnell, dass ich Mühe hatte zu folgen. Selbst als sich ein Haufen Mistkerle in Kapuzenmänteln auf mich stürzte, war Sinclair sofort da und schlug, schubste und boxte sie aus dem Weg.

Was mir die Gelegenheit gab …

„Laura!"

Ihre großen blauen Augen wurden noch größer, als ich mich gegen ihre Oberschenkel warf. Durch den Stoß taumelte sie einen guten Meter zurück und schlug mit dem Rücken gegen die Wand am anderen Ende des Raumes.

„Betsy, bist du verrückt geworden?" Das fragte die Richtige! „Lass mich los!"

„Was hast du mit Tina gemacht?"

„Oh, na wunderbar! Nach allem, was ich für dich getan habe, hätte ich wohl ein bisschen mehr Dankbarkeit erwartet."

„Dankbarkeit?" Ich würgte beinahe an dem Wort. „Weil du verrückt geworden bist? Weil du unsere Untertanen umgebracht hast und vielleicht sogar unsere Freundin? Am liebsten würde ich deinen Scheißkopf durch diese Wand rammen."

„So?", fragte sie strahlend, und dann wand sie sich schnell wie eine Katze aus meinem Griff, packte ein Büschel meiner Haare und schleuderte mich mit dem Gesicht voran in die Wand.

Mein Gesicht explodierte. Zumindest fühlte es sich so an. Meine Nase tropfte schon, und ich war mir ziemlich sicher, dass in einem Auge ein Stück Tapete steckte.

Reiß dich zusammen. Du bist untot, sie nicht. Du bist stärker und schneller.

Während ich mir die natürlichen Gegebenheiten in Erinnerung rief, hatte Laura mich aufgehoben wie ein Wolf sein Junges und mich so heftig weggeschleudert, dass ich die Wand durchschlug und im angrenzenden Zimmer landete.

Ich schüttelte den Staub aus meinem Haar, wischte mir das Blut aus dem Gesicht und überdachte meine Situation noch einmal. Offenbar hatte Laura mir etwas verschwiegen. Oder sie hatte nicht gewusst, wie sie mir auf taktvolle Art beibringen sollte, dass sie übernatürliche Kräfte besaß.

Aber ich hätte es wissen müssen. Schließlich war sie der Antichrist.

Ihren Zusammenbruch hatte ich sogar kommen sehen und ihn nur, weil es bequemer gewesen war, immer wieder verdrängt. Immer war etwas anderes wichtiger gewesen, das meine ganze Aufmerksamkeit gefordert hatte: den alten Vampirkönig zu töten, meine Hochzeit, Serienkiller zu fangen, meine Hochzeit, einen korrupten Cop zu fangen, meine Hochzeit … und jetzt bezahlte ich dafür.

Und was noch schlimmer war: Ich bezahlte nicht allein.

„Nach allem, was ich für dich getan habe", sagte Laura vorwurfsvoll und klopfte sich Mauerstückchen vom Pullover, „haben die Untoten anscheinend immer noch einen sehr schlechten Einfluss auf dich."

„Und deine Mutter anscheinend auf dich."

Kaum hatte ich es ausgesprochen, wünschte ich auch schon, ich hätte es nicht getan. Ich sah, wie Lauras Mund zu einem dünnen, harten Strich wurde und ihr Haar sich rot färbte.

Kein gutes Zeichen.

49

Liebes Ich,

Betsy hat mich so schnell und geschickt in den Wandschrank gestopft, dass mir kaum Zeit blieb zu protestieren. Dabei wollte ich ihnen doch helfen – so gut es mir eben möglich war. Ich trat gegen die Tür, aber sie musste einen Stuhl unter den Türknauf geklemmt haben.

Na toll. Drei Meter von mir entfernt kämpften meine Freunde um Leben und Tod, und ich konnte nichts tun. Wie auch schon die ganze Woche lang. Egal, was ich tat oder versuchte, ich machte immer alles nur noch schlimmer.

Ich war so froh gewesen, Betsy und Sinclair zu sehen. Jetzt wünschte ich, ich hätte meinen Mund gehalten und sie weit genug von hier ferngehalten.

50

„Siehst du denn nicht, was du tust, Laura?"

„Ich habe dir gesagt, du sollst in meiner Gegenwart nicht von ihr sprechen." Sie kam mit großen Schritten auf mich zu, und ich wich zurück – versuchte dabei aber, mir einzureden, ich würde *nicht* zurückweichen. Lauras Haar färbte sich rot, wie immer wenn tödliche Wut sie packte. Meine kleine Schwester hatte eindeutig eine dunkle Seite.

„Können wir nicht darüber reden – ooooh!"

Dieses Mal krachte ich in den Kamin, mit dem Rücken zuerst. Ein Glück, dass es ein alter, großer Kamin war, kein kleiner, wie man sie in den modernen Häusern findet. Das Ding war so groß, dass man ein Schaf hätte grillen können. Oder einen Vampir.

„Okay, genug ist genug, verdammt noch mal." Ich krabbelte Ruß hustend aus dem Kamin. „Schluss mit lustig. Ich habe die Nase voll von …" Weiter kam ich nicht, dann musste ich mich ducken. Lauras Faust zischte über meinen Kopf hinweg und bohrte sich in die Wand.

Sie fauchte vor Schmerz, riss die Hand zurück, fuhr schnell herum, und bevor ich wusste, wie mir geschah, versetzte sie mir eine schallende Ohrfeige.

„Findest du das nicht ein klitzekleines bisschen psychotisch?", fragte ich. Schade, dass Laura nicht blutete. Jetzt hätte ich meine Fangzähne gut brauchen können.

„Du bist die, die psychotisch ist. Vampire zu retten, statt sie zu töten, das ist widersinnig."

„Ein paar Vampire habe ich auch getötet“, jammerte ich.

„Ich habe versucht, deine Seele zu retten.“

Vorsichtig umkreisten wir einander, ohne uns gegenseitig auch nur eine Sekunde aus den Augen zu lassen. „Meiner Seele geht es prima. Aber *du* musst zum Psychiater.“

Aus dem anderen Raum hörte ich lautes Poltern – Sinclair, der sich ganz allein die ungefähr dreißig Satanisten vorknöpfte. Ich konnte ihm nicht helfen, nur beten, dass er nicht allzu schwer verletzt würde.

„Ich zerstöre das Böse, deswegen muss ich zum Psychiater?“

„Du hast dich selbst zum Richter, zur Jury und zum Henker ernannt.“

„Es sind Vampire!“

„So wie ich. Willst du mich auch töten?“

„Nein“, sagte sie beleidigt, „glaube ich wenigstens.“

„Laura, was ist denn nur los mit dir? Was ist passiert, als wir fort waren?“

„Dank Marc hatte ich eine Erleuchtung.“

„Was soll das heißen? Hat er dir einen Stromschlag verpasst?“

Sie rollte die Augen. „Er hat ein schwieriges Problem für mich gelöst. Er hat mir das Licht gezeigt.“

„Ich zeige dir gleich das Licht.“ Ich packte sie am Haar (Catfight!), riss sie heftig zu mir herunter und zog das Knie gegen ihre Nase, die mit einem leisen Knirschen brach.

Laura schrie. Meine Schwester schrie. Und blutete. Und endlich wuchsen auch meine Fangzähne – leider zum unpassendsten Zeitpunkt. Es erinnerte Laura daran, dass ich eine der bösen Kreaturen war, die sie vom Angesicht der Erde hatte tilgen wollen.

Ich schlug die Hand vor den Mund. „Laura, lasss unsss darüber reden …“

Etwas Helles kam in einem Bogen auf mich zugeschossen. Es leuchtete wie eine kleine Sonne, und allein der Anblick tat mir in den Augen weh. Ich wich aus … und Lauras Höllenfeuer raste über meinen Kopf hinweg.

Oh, das wurde ja immer besser. Erst die Psychokrise. Dann das rote Haar. Jetzt ihre Waffen. Laura konnte ein Schwert, eine Armbrust, was auch immer, aus dem Nichts hervorzaubern, und ganz egal, welche Art Waffe es war, für Vampire war sie immer tödlich.

Auch für ihre Königin.

51

Liebes Ich,

die Tür spaltete sich in der Mitte, und nach einigem Ziehen und Zerren hatte ich mich befreit … und stolperte prompt über zwei bewusstlose Teufelsanbeter.

Sinclair war schwer beschäftigt; nur hin und wieder konnte ich einen kurzen Blick auf ihn erhaschen, wenn er einen der Typen von sich wegstieß. Und jetzt verstand ich auch, warum die Tür zerbrochen war – er hatte jemanden so heftig dagegengestoßen, dass die dünne Wandschranktür geborsten war.

Ich sah mich um, um zu sehen, wem ich helfen konnte. Die Polizei zu rufen kam nicht infrage. Und bei Betsy und Laura dazwischenzugehen wäre ein schneller und schmerzhafter Suizid gewesen.

Deshalb packte ich einen der Kapuzenidioten am Mantel, als er an mir vorbeirannte, und schlug ihm meinen Ellbogen gegen den Kiefer.

„Das wird dich lehren, dich mit einem diplomierten Arzt anzulegen!“, sagte ich zu dem bewusstlosen Satanisten.

Dann rannte ich weiter, um zu sehen, ob ich Sinclair zur Hand gehen konnte.

52

Ich duckte mich wieder, und das Schwert aus Höllenfeuer sauste über meinen Kopf hinweg. Dann machte ich flink einen Schritt zur Seite, stolperte über einen Stuhl und rappelte mich so eilig wieder auf, dass ich für ein paar Sekunden auf der Stelle rannte wie der Road Runner.

Dann stand ich wieder aufrecht und wich erneut zurück.

„Du bist zu früh zurückgekommen", sagte Laura, die mich umkreiste. Die Knöchel ihrer Hand, die den Schwertknauf hielt, waren weiß. Wenn meine Augen hätten tränen können, hätten sie es getan. Es war, als hielte sie die Sonne in der Hand.

„Was du nicht sagst", gab ich zurück. Und da hatte ich gedacht, meine Probleme mit den Werwölfen wären ernst gewesen? Guter Gott, ich wusste ja gar nicht, was echte Probleme waren. „Ich hätte wohl besser Baby Jon hierlassen sollen, um aufzupassen."

„Er ist dir doch völlig egal."

„Deine Mutter hat auch ihn infiziert", sagte ich fröhlich, weil mir eine wunderbare Idee gekommen war.

„Halt den Mund."

„Er hat böse, dämonische Kräfte, genau wie du!"

„Ich sagte: *Halt. Den. Mund.*"

„Wie heißt es noch gleich? Wie die Mutter, so die Toch…"

Sie vergaß das Schwert, und in dieser einen Minute, die sie sich nicht darauf konzentrierte, verschwand es … zurück in die Hölle, oder aus welcher Waffenkammer des Bösen es gekommen war.

Sie krümmte die schlanken Finger zu Krallen und rannte direkt auf mich zu. Sie sahen wirklich sehr lang und sehr scharf aus. Und pink! Brrr!

Es gelang mir, ihre Handgelenke zu packen und ihre Hände von meinem Gesicht fernzuhalten. Zugegeben, es hört sich abgedroschen an, aber sie versuchte tatsächlich, mir die Augen auszukratzen.

So tanzten wir eng umeinander, ich immer verzweifelt ihre Handgelenke umklammernd – schließlich wollte ich nur höchst ungern mein Augenlicht verlieren –, sie sich heftig gegen meinen Griff wehrend, weil sie mein hübsches Gesicht auf jede erdenkliche Weise verunstalten wollte.

„Können … wir … uns … nicht … einfach … vertragen?", keuchte ich.

„Fahr zur Hölle!", zischte sie.

„Aber ich will deine Mom so bald nicht wiedersehen."

„Du sollst sie nicht so nennen!"

„Na gut. Ich will den gefallenen Engel, der dich geboren hat, nicht sehen. Siehst du? Ich habe das M-Wort nicht benutzt."

Sie riss mich nach vorn, worauf ich nicht gefasst gewesen war, und verpasste mir einen bösen Kopfstoß. Ich sah Sternchen und sackte in mich zusammen.

Dann nahm sie mich hoch und warf mich aus dem Fenster.

Ich hörte das Glas splittern, spürte aber glücklicherweise nichts. Das lag vor allem daran, dass mein ganzes Gesicht taub war. Wann hatte Laura bloß gelernt, mit solch schmutzigen Tricks zu kämpfen?

Ich hatte wirklich gedacht, ich könnte sie besiegen, aus dem einfachen Grund, weil ich bislang mehr Kämpfe ausgetragen hatte als sie. Das war ungefähr das zehnte Mal, dass ich das Böse unterschätzte.

Mit einem dumpfen Schlag, der meine Zähne klappern ließ, kam ich auf dem Rasen auf, überlegte, ob ich nicht ein paar Sekunden das Bewusstsein verlieren sollte, stemmte mich dann aber doch mühsam auf die Knie.

Da sah ich die Füße.

In goldenen Riemchensandalen von Vera Wang in tadellosem Zustand.

Nur ein Wesen in dieser Galaxie hatte solche tollen Schuhe.

Ich ließ mich auf den Rücken fallen und starrte hoch in das lächelnde Gesicht des Teufels.

53

„Hallo, Betsy", sagte Satan gut gelaunt. „Hattest du eine schlimme Woche?"

„Du", stöhnte ich.

„Ja, ich. Ist das alles? Mehr fällt dir nicht ein? Du warst ja nie die hellste Kerze im Leuchter, Betsy, wenn es um eine passende Antwort ging."

„Passende Antwort? Du kannst mich mal. Das ist alles deine Schuld. Du hast Laura in den Wahnsinn getrieben."

„Das habe ich ganz sicher nicht getan." Der Teufel besaß tatsächlich die Frechheit, beleidigt zu gucken. Sie war eine kleine Frau, die das grau gesträhnte Haar in einem Knoten trug. Ihr marineblaues Kostüm legte sich in Falten und zeigte, wie entrüstet sie war.

„Doch."

„Nein, ich habe mich von Laura ferngehalten." Als der Teufel lächelte, zeigten sich ihre Grübchen. „Aber möglicherweise habe ich Dr. Marc Spangler das eine oder andere ins Ohr geflüstert."

„Oh Mann", sagte ich. Mir fiel ein, dass ich immer noch auf dem Rasen lag, Glasscherben um mich herum, blutend und den Satan über mir.

Jawohl. Schlimmer konnte es nicht mehr kommen.

Doch dann kam Marc durch dasselbe Fenster gesegelt und landete auf mir.

54

Marc drückte mich so platt, dass ich von Glück sagen konnte, dass ich nicht mehr viel Sauerstoff brauchte. Wie eine gestrandete Forelle lag ich im Gras, öffnete den Mund und schloss ihn wieder und mühte mich, ihn von mir herunterzuschieben.

„Betsy", sagte Marc, der erstaunlicherweise unverletzt war. Na klar, ich hatte ja auch seinen Sturz abgefangen. Spannt eine Gummimatte über mich und nennt mich ein Trampolin. „Alles ist meine Schuld."

„Nein, ist es nicht", keuchte ich.

„Nein, wirklich, es stimmt. Ich …"

„Marc, würdest du bitte verdammt noch mal irgendwann von mir runtergehen? Wäre das möglich?"

Er lehnte sich zurück. Jetzt drückte er nur noch auf einen Lungenflügel. „Ich war es, der …"

„Nein, du nicht, Marc, sondern Satan. Satan, dies ist …"

„Ich weiß, Dr. Spangler, vielen Dank."

Marc glotzte den Teufel an. „Satan? Lauras Mutter, *der* Satan?"

„Wie viele kennst du denn?" Ich schob ihn ganz von mir herunter und rappelte mich auf. „Wir sind, wie immer, die Fliegen in ihrem Netz."

Der Teufel schüttelte den Kopf. „Ich greife nie in den freien Willen ein."

„Nein, aber du bist sehr gut darin, ihn zu beeinflussen. Ich muss zurück ins Haus."

„Aber wir unterhalten uns doch gerade so nett. Wo willst du denn jetzt hin?"

„Ich sage Laura, was du getan hast."

Der Teufel hob eine dunkle Augenbraue. „Du willst den Teufel verpetzen?"

„Ganz richtig!"

Ich nahm den beschwerlichen Weg zurück durchs Fenster. Doch dann hielt ich noch einmal inne und sagte zu Marc: „Machst du jetzt endlich, dass du hier wegkommst? Wahrscheinlich wird hier heute jemand getötet, und mir wäre es lieber, wenn du es nicht wärst."

Mir wäre es auch lieber, wenn ich es nicht wäre, aber darauf hätte ich nicht gewettet.

55

Liebes Ich,

du wirst nicht glauben, was als Nächstes passierte. Ich selber kann es kaum glauben, und ich habe es mit eigenen Augen gesehen.

Ich zerrte noch einen der Kapuzentrottel von Sinclair herunter – irgendwo musste ein Nest sein, denn es tauchten immer wieder neue auf –, aber einer von ihnen fiel mit so viel Schwung nach hinten, dass er mich durchs Fenster stieß. Es war wie in einem Western. Die Glasscheibe war glücklicherweise schon vorher zerbrochen.

Durch Betsy, auf der ich dann auch landete. Näher war ich heterosexuellem Sex seit Jahren nicht gewesen. Obwohl ich sagen muss, dass sie eher knochig ist. Vor allem ihre langen Oberschenkelknochen.

Betsy, die von meinem Gewicht erdrückt wurde, brachte ein schwaches Stöhnen zustande. Als ich gerade versuchte, ihr zu erklären, was passiert war, stellte sie mich dem Teufel vor. Dem Teufel. *Dann ist sie durchs Fenster zurück ins Haus geklettert.*

Ich entschied, dass ich wohl eine Gehirnerschütterung haben musste, und nahm mir vor, auf weitere Symptome zu achten. Sicher war dies lediglich eine vorübergehende geistige Verwirrung aufgrund eines stumpfen Traumas.

„Also, Marc. Unterhalten wir uns ein bisschen. Wie geht es dir?“

Ich glotzte sie an. Das war Luzifer? Der gefallene Engel? Sa-

mael? Der Morgenstern? Sie sah aus wie eine schöne, mittelalte, grau gesträhnte Brünette mit hübschen Schuhen. Und diese Knöchel! Ich wurde mit jeder Minute heterosexueller.

„Was hast du mit uns vor?“

„Gar nichts.“ Der Teufel betrachtete nachdenklich das zerbrochene Fenster. „Ich bin vor allem an Laura interessiert. Der Rest von euch … ihr seid nur Schraubenschlüssel in der Werkzeugkiste des Lebens. Nützlich. Werkzeuge.“

„Das ist aber ein ziemlich missglückter Vergleich.“

Der Teufel bedachte mich mit einem sehr unfreundlichen Blick.

„Warum lässt du Laura nicht einfach in Frieden, damit sie ihr eigenes Leben leben kann?“

„Mein lieber Junge, selbst Mütter, die nicht der Teufel sind, tun das nicht für ihre Kinder.“

„Sie könnte ein glückliches Leben führen, wenn du sie nur in Frieden lassen würdest.“

Satan schnaubte durch die Nase. „Sie in Frieden lassen? Niemals! Sie ist von der Menschheit vergiftet. Sie glaubt tatsächlich, dass es von Bedeutung ist, was mit anderen Menschen passiert. Von dieser kranken Weltsicht kann ich sie heilen.“

Ich erhob mich und wischte mir das Gras von den Knien. „Ich mag dich nicht.“

„Ooooh.“ Der Teufel grinste. „Das hat gesessen. Übrigens, Marc, er weiß es.“

„Was?“

„Dein Vater. Er weiß alles über dich.“ Sie lehnte sich vor und flüsterte in mein Ohr: „Er hat es immer gewusst. Oh, Marc. Du hast ihn so enttäuscht. Du solltest sehen, wie er weint, wenn er allein ist und glaubt, niemand würde ihn sehen. So wie du manchmal.“

Ein Eissplitter drückte sich in meinen Magen, aber bevor mir eine Erwiderung einfiel oder ich weglaufen konnte, war der Teufel fort.

Und ließ uns andere zurück, um die Suppe auszulöffeln, die sie uns eingebrockt hatte.

56

Laura sah hocherfreut aus, als sie mich zurück ins Zimmer krabbeln sah. „Gut. Ich war nicht sicher, ob ich dir die Sünde schon restlos aus dem nutzlosen Leib geprügelt hatte."

„Deine Mutter ist im Garten."

Laura, die bereits die Hand nach meinem Hals ausgestreckt hatte, zögerte. „Lüg nicht, Betsy. Alles andere hast du ja schon probiert."

„Aber es stimmt. Ich habe eben mit ihr gesprochen. Sie sagte, sie hätte Marc auf die Idee gebracht, wie man deine Anhänger dazu nutzen könnte, Vampire zu töten."

„Das ist nicht wahr." Aber sie sah nicht sehr überzeugt aus. „Marc würde mir nie schaden."

Sie griff wieder nach mir, und ich schlug ihre Hand fort. „Er ist nicht derjenige, der dich manipulieren will, Dumpfbacke! *Sie* ist es. Das ist Phase fünf ihres Plans. Sie will, dass du die Hölle übernimmst, wenn sie in Rente geht."

Meine Ohren dröhnten, und ich begriff, dass sie mich hart und so schnell geohrfeigt hatte, dass ich ihre Hand nicht hatte kommen sehen. „Hör auf, von ihr zu sprechen!"

„Laura, du tust genau das, was *sie* will."

„Das ist nicht wahr! Ich habe Gutes getan! Wir haben Dämonen getötet!"

„Nein, du wurdest hereingelegt. Wenn du schon nicht um meinet- oder um deinetwillen aufhören willst, dann wenigstens, weil es die gemeinen Pläne deiner Mutter für dich durchkreuzt."

Da war es wieder, das helle Licht. Hier kam das Schwert und zielte direkt auf mein Herz. Hier kam der tödliche Schlag. Gott sei Dank, denn es bedeutete, dass der Kampf vorbei war, so oder so.

Ich tänzelte zur Seite und boxte Laura aufs Auge. Sie ging lautlos zu Boden.

Zu spät begriff ich, dass sie nicht ohne Grund so weit ausgeholt hatte.

57

Sinclair wankte durch die Tür und sah aus, als wäre er in einen Hurrikan geraten. Oder in einen Haufen Teufelsanbeter. Übernatürlich stark zu sein und ebensolche Reflexe zu haben bedeutete leider nicht, dass die Bösen nicht auch ein paar Treffer landen konnten.

Sein Anzug hing in Fetzen, sein Gesicht war blutüberströmt. Wahrscheinlich sah ich nicht viel besser aus. Wenigstens standen wir beide noch. Nun ja, ein bisschen abstützen mussten wir uns doch.

„Ein paar sind tot“, informierte er mich. „Und ein paar sind weggerannt.“

Aus dem anderen Zimmer rief Marc: „Und ein paar brauchen einen Arzt! Ich tue, was ich kann.“

Sinclair ließ den Blick durch das Zimmer, das einem Schlachtfeld glich, gleiten, über die Löcher in den Wänden, das zerbrochene Fenster, die bewusstlose Laura.

„Geht es dir gut?“

„Das kann man nicht gerade sagen. Aber ich werd's überleben. Was ist mit dir? Du siehst aus, als hätte dich jemand im Mixer püriert.“

„Was für ein Zufall. Genau so fühle ich mich auch.“

Ich ging zu ihm und nahm ihn in die Arme. Als er meinen Rücken streichelte, schloss ich die Augen. „Lauras Mom war hier.“

„Das erklärt so einiges.“

„Das erklärt einiges mehr, als du ahnst.“

„Wenigstens hast du gewonnen."

Ich sah zu ihm hoch. „Sie hätte mich jederzeit töten können. Sie gab auf, als sie begriff, dass die ganze Zeit ihre Mutter im Hintergrund die Fäden gezogen hatte."

„Ah."

„Ja."

Offenbar musste ich Sinclair nicht erst erklären, was dies für uns bedeutete. Als ich ihn mit den Zähnen knirschen sah, wusste ich, dass er nicht nur wütend war, sondern auch Angst um mich hatte.

Wenn Laura mich nämlich jederzeit hätte töten können – immerhin hatte sie mir die ganze Zeit verheimlicht, wie stark und schnell sie war –, dann stellte sich doch die Frage, wer hier eigentlich das Sagen hatte. Ein einfacher Vampir?

Oder die Tochter des Teufels?

Und was würde passieren, wenn Laura und ich das nächste Mal aneinandergerieten? Denn auch wenn ich es höchst ungern zugab, es würde ganz sicher ein nächstes Mal geben. Ehrlich gesagt, war ich mir ziemlich sicher, dass sie heute nur aufgegeben hatte, weil ich sie mit der Wahrheit geschockt hatte. Die Schwesternkarte würde ich nicht mehr oft ziehen können.

Und bei der nächsten Gelegenheit wäre sie gewarnt.

Dann würde sie mich direkt in die Hölle befördern, und dann gute Nacht für jeden Vampir, den sie danach in die Finger bekäme.

Und sie würde viele in die Finger bekommen. Hauptsächlich, weil sie offenbar Anhänger hatte, die alles taten, was sie ihnen befahl. Ganze Legionen von Anhängern.

Eigentlich hätte es jetzt vorbei sein sollen.

Aber das war es nicht. Wir hatten uns nur eine kurze Verschnaufpause verschafft. Mehr nicht.

58

Marc und Sinclair ließen gemeinsam ihre Beziehungen spielen, sodass die Verwundeten ins Krankenhaus gebracht wurden, ohne dass wir den notwendigen Papierkram mit seinen verfänglichen Fragen beantworten mussten. Nicht zum ersten Mal wusste ich es zu schätzen, mit einem reichen Mann mit Vitamin B verheiratet zu sein … und Dr. Spangler als Mitbewohner zu haben.

Sinclair trug Laura in ihr Zimmer und legte sie aufs Bett. Sie würde ein hässliches blaues Auge bekommen, aber Marc hatte sie untersucht und gesagt, dass sie lediglich bewusstlos war.

Wir wussten immer noch nicht, wo Tina war, deswegen blieb ich in Lauras Zimmer, lauschte ihrem leisen Atem und wartete darauf, dass sie aufwachte.

Nach ungefähr einer halben Stunde schlug sie die Augen auf und starrte erst hoch zur Zimmerdecke, bevor sie mich ansah.

„Willkommen zurück."

„Ist es wahr?", fragte sie heiser, und mit einem Anflug von Mitleid begriff ich, dass sie Angst hatte. „Steckte meine Mutter dahinter?"

„Ja, Laura. Es ist wahr."

„Ich war mir so sicher, dass es ein guter Plan war … der richtige Plan. Statt vor diesen … diesen Leuten wegzulaufen, dachte ich, ich würde … Oh, Betsy! Wie soll ich denn je zwischen meinen eigenen Ideen und ihren Plänen für mich unterscheiden können?"

Die Zeit für tröstliche Lügen war vorbei. „Ich weiß es nicht."

„Ich wäre lieber tot als ihre Marionette."

„Können wir nicht einen Mittelweg finden, mit dem wir alle glücklich sind?"

Erst jetzt schien sie mein ruiniertes Kostüm, das Blut, mein zerzaustes Haar und die Tatsache, dass ich mit Ruß, Tapetenfetzen und Putzstückchen bedeckt war, zu bemerken.

Ihr Gesicht verzog sich, und sie schlug die Hände vor die Augen. Ich nahm ihre Handgelenke und zog sanft die Hände von ihrem Gesicht.

„Na komm, Laura. So schlimm ist es doch nicht. Dafür hat Gott die chemischen Reinigungen erschaffen. Allerdings wird die Stimmung zwischen uns wohl für eine Weile recht angespannt sein. Möglicherweise wird es uns sogar das Weihnachtsfest verderben."

Mein blöder Scherz kam nicht an – verdientermaßen. Laura brach in Tränen aus. „Es tut mir leid", brachte sie heraus und entzog sich meinem Griff. „Es tut mir ja so leid."

Sie legte die Stirn an meine Schulter, und ich strich ihr über das (jetzt wieder blonde) Haar, während sie in meine ohnehin schon schmutzige Kostümjacke schluchzte. „Schon gut, Laura. Wir finden eine Lösung. Komm, jetzt ist Schluss mit den Tränen."

„Ich hätte dich umbringen können."

„Aber das hast du nicht." Nur ein paar von meinen Leuten. Aber darüber würden wir später noch einmal sprechen müssen. Gerne tat ich es nicht, das war sicher. „Du hast dich von mir ausknocken lassen – wie in einer Schlägerei in einem Western –, statt mich zu töten. Weißt du, was das bedeutet?"

„Nein."

„Du bist eine von den Guten. Dein Sheriffstern liegt schon bereit."

„Nein, liegt er nicht", sagte sie und weinte noch heftiger.

59

So spät in der Nacht war nicht viel los auf den Straßen. Sinclair trat aufs Gaspedal, als würde er das Rennen seines Lebens fahren. Was ja gar nicht so falsch war.

In null Komma nichts (objektiv gesehen … subjektiv schien es eine Woche zu dauern) waren wir in Lauras Wohnung in Dinkytown und öffneten die Tür zum Gästezimmer.

Marc, Sinclair und ich machten große Augen. Laura gab sich betont desinteressiert.

Endlich sagte ich: „Haben die Satanisten etwa einen Sarg hier hochgebracht, ohne dass es jemand bemerkt hat?“

Laura zuckte die Achseln. Ich trat vor und riss die Kreuze von dem Sargdeckel, von dem Griff und von den Fenstern – kein Wunder, dass Tina komplett von der Bildfläche verschwunden gewesen war. Kreuze waren wirksamer als Bärenfallen.

Schon zum zweiten Mal in dieser Woche hob ich den Deckel eines Sarges. „Hallo, Tina? Raus aus den Federn, es ist Zeit zu … ggggkkk!“

Tinas Hände schossen vor und würgten mich mit aller Kraft. Ich gurgelte und packte ihre Handgelenke. „Helft mir, ihr Idioten“, keuchte ich, was den Bann zu brechen schien … Marc und Sinclair sprangen vor und hinderten Tina daran, mich in zwei Hälften zu zerreißen.

Das perfekte Ende einer perfekten Woche.

Sie zogen sie von mir fort, und Sinclair half ihr, sich aufzusetzen. Sie sah furchtbar aus, furchtbar *alt*, aber ich wusste, dass Blut alles wieder richten würde. Immer wieder schlug sie mit ihren welken Händen auf Sinclairs Schulter und versuchte, etwas zu sagen.

„Beruhige dich, Tina."

„Ja, beruhige dich", sagte ich. „Wir kümmern uns um dich."

„Laura", flüsterte sie, so schwach, dass ich sie kaum verstehen konnte. „Ihr müsst euch vor Laura in Acht nehmen."

„Das wissen sie", sagte Laura und starrte auf ihre Schuhe hinunter.

Und dann hatten sowohl Sinclair als auch Marc und ich alle Hände voll zu tun, Tina davon abzuhalten, meiner Schwester die Kehle herauszureißen und eine Dusche in ihrem Blut zu nehmen.

60

„Ach, kommt schon, Leute." Wir befanden uns alle, außer Laura, in unserer Küche. Es war der folgende Abend und noch immer glaubte ich, dass Tina jede Gelegenheit wahrnehmen würde, um meiner Schwester an die Gurgel zu gehen. Und wer könnte es ihr verübeln? Laura hatte sie ausgetrickst, eingesperrt und beinahe verhungern lassen. Da konnte man wohl kaum erwarten, dass sie ihr eine Dankeskarte schickte. „Wir haben gewonnen! Die Bösen sind besiegt. Warum so niedergeschlagen?"

Sinclair warf Marc einen Blick zu, der keinen Zweifel darüber ließ, dass er ihn für einen Idioten hielt, aber Marc war so glücklich, uns alle wieder zu Hause zu haben, dass er ein paar wesentliche Punkte übersah.

Sicher, wir hatten jetzt Freunde unter den Werwölfen … vor allem Michael und Jeannie, was ein echter Erfolg war. Ich konnte beinahe hören, wie Sinclair darüber nachdachte, wie er ihr Wohlwollen zu unserem Vorteil nutzen könnte.

Und ja, wir hatten herausgefunden, dass Baby Jon kein gewöhnliches Kind war – was bei dem gefährlichen Leben, das wir führten, eine große Erleichterung für mich war. Wenn er schon von Vampiren aufgezogen wurde, war es großartig, dass sie ihm nichts anhaben konnten.

Die Vampire, die Laura und ihre Handlanger getötet hatten, waren alle keine Unschuldslämmer gewesen … Sinclair und Tina hatten jeden Einzelnen von ihnen gekannt, und auch sie mussten zugeben, dass die Erde besser dran war ohne diese speziellen Untoten.

Aber trotzdem heiligte der Zweck nicht die Mittel und so weiter.

Zu allem Übel war ich nicht davon überzeugt, dass Laura ihre Lektion gelernt hatte. Sie hatte nicht wirklich bereut, die Vampire getötet zu haben, sondern nur, dass sie mich verletzt hatte. Da gab es noch einiges zu tun.

Es gab nur eins, das noch schlimmer war.

Sie hatte das Handtuch geworfen. Sie hatte mich gewinnen lassen. Freiwillig. Was bedeutete, dass sie mich möglicherweise umbringen konnte, wann sie wollte. Wenn es dem Teufel noch mal einfallen sollte, dem Falschen etwas einzuflüstern, dann könnte ich ganz schön in Schwierigkeiten kommen.

Aber selbst wenn das nie passieren sollte (ha!), hatte ich etwas Neues über meine Schwester herausgefunden. Etwas Schreckliches.

Obwohl ich ihr etwas anderes gesagt hatte, war meine Schwester nicht unbedingt eine von den Guten. Tatsächlich war ich davon überzeugt, dass sie eine Böse war, und zwar von der schlimmsten Sorte. Sie war eine Böse, die *dachte*, sie sei gut.

Eigentlich war ich gewöhnlich sehr zuversichtlich, was die Zukunft anging, aber dieses Mal würde ich mich wohl eine Weile nicht entspannt zurücklehnen können.

Wie wohl keiner von uns.

61

Liebes Ich,

dies wird für einige Zeit mein letzter Eintrag sein. Ein Grund, warum ich diese Woche so viel geschrieben habe, war wohl, dass Betsy und Sinclair nicht hier waren und ich mich irgendwie beschäftigen musste.

Jetzt sind sie zurück, und alles ist wieder beim Alten. Tina redet immer noch nicht mit Laura. Laura geht uns allen aus dem Weg. Baby Jon hat anscheinend Superkräfte. Und Betsy ist ein bisschen ernster als sonst.

Nur Sinclair ist wie immer: kühl, berechnend, gelassen. Gott sei Dank liebt er Betsy – ich will gar nicht wissen, was sonst mit uns passieren würde.

Das Treffen mit dem Teufel war auch für mich etwas Neues – obwohl man sich in unserer Wohngemeinschaft über Langeweile wahrlich nicht beklagen kann.

Ich muss immer wieder daran denken, was sie gesagt hat.

Deswegen werde ich heute Abend meinen Vater anrufen. Vielleicht besuche ich ihn sogar.

Dass er mein Geheimnis kennt, hat der Teufel mir gesagt, um mich zu verunsichern. Von mir aus. Das ist sein Job.

Ich aber habe vor, diese Information zu nutzen, um mein Leben – und vielleicht das meines Vaters – ein bisschen besser zu machen.

Das sollte der gemeinen Hexe das Maul stopfen. Und, Satan, da du mich ja die ganze Zeit beobachtest, möchte ich der Erste sein, der es dir sagt: Selbst in diesen Vera-Wang-Sandalen sind deine Knöchel hässlicher als Lenas.

Bis dann, liebes Ich.

Danksagung

Für meine Schwiegermutter Elinor Alongi, die dann einen Gang herunterschaltet, wann *sie* will. Und ihr anderen Idioten, merkt euch eines: Bekommt ihr erst mal vier Kinder, zieht sie praktisch allein auf und begrabt dann euren Ehemann – *dann* dürft auch ihr, in Gottes Namen, das Thanksgiving-Menü bestimmen!

Und für meine Schwägerin Julie Kathryn Gottlieb, die ihren Haushalt so führen darf, wie es ihr beliebt, die tapfer unter großen Mühen ihren Sohn Sam zur Welt gebracht hat, für ein multinationales Unternehmen arbeitet und gleichzeitig noch einkauft, kocht, putzt und sich Sorgen um ihre verwitwete Mutter macht. Sie darf, in Gottes Namen, das Thanksgiving-Menü in der letzten Minute noch ändern, wenn sie es denn unbedingt will!

Wenn ich versuche, mir ein Leben mit langweiligen Verwandten vorzustellen, dann gelingt mir das einfach nicht. Mein Kopf blockiert. Unmöglich. Langweilige Verwandte? Was tun die denn so? Vertragen die sich immer und sind die ganze Zeit nett zueinander? Sind die nie lustig? Niemals? Behandeln die sich einfach mit … keine Ahnung … Achtung und Respekt? *Respekt*? Herrje, allein bei dem Gedanken wird mir übel.

Langweilige Verwandte. Scheint mir eher ein Fluch zu sein, oder?

Ein Fluch, der mich nicht getroffen hat.

2008 war ein sehr arbeitsreiches Jahr. Und in vielerlei Hinsicht ein schwieriges Jahr. Todesfälle in der Familie waren dabei das Schlimmste, doch leider war das nicht alles. Aber die Show muss weitergehen, und das tat sie auch, mit der Hilfe von vielen Menschen.

Da ich das Langzeitgedächtnis eines Salamanders habe, versuche ich erst gar nicht, sie hier alle namentlich aufzuzählen. Sie sind zu zahlreich, und viele von ihnen habe ich bereits in meinen früheren Danksagungen erwähnt, was den meisten peinlich war. Ihnen und allen anderen möchte ich tausendfach danken.

Ihr habt mir geholfen, aus meinen Tagträumen Romanfiguren zu machen und ganze Welten zu erschaffen. Diese Figuren haben zu meiner Überraschung meinen Lesern durch schwierige Zeiten geholfen. Nie hätte ich mir träumen lassen, dass mein Geschreibsel so etwas bewirken könnte. Aber es gibt Leser, die die Betsy-Bücher zu ihrer Chemotherapie mitgenommen haben. Zu Therapiestunden. Und, was am allerschrecklichsten ist, zu Familientreffen.

Das allein würde ja schon genügen, aber ihr habt mir außerdem geholfen, mit meiner Arbeit Menschen zu unterstützen, die in die Klemme geraten sind … Was uns ja allen schon einmal passiert sein dürfte.

Letztendlich habe ich gar nichts für Sie getan. Für keinen von Ihnen. Ich schreibe Bücher, weil es mir Spaß macht. Dass andere Leute daran Freude haben könnten, ist mir nicht im Entferntesten in den Sinn gekommen. Aber Sie haben mir geholfen, das steht fest.

Und das werde ich Ihnen nie vergessen.

Mary Janice Davidson
Dezember 2008

Mary Janice Davidson

Schiffbrüchig

Story

Ins Deutsche übertragen von
Stefanie Zeller

Für meine Kinder. Sie sind daran schuld, dass ich jetzt süchtig nach *Animal Planet* bin. Jetzt müssen Sie es ausbaden.

Diese Geschichte spielt nach „Mehr Mann fürs Herz“, dem zweiten Buch mit Fred, der Meerjungfrau.

1

„Mein Name ist Con ‚Bad Baby' Conlinson. Ich bin ein Mensch wie jeder andere … nur dass ich im Fernsehen bin. Ich habe den Mount Everest bestiegen, beinahe bis zum Gipfel, habe eine Nacht in den Everglades (der Motelkette) verbracht, habe es mit so einigen wütenden Hunden und Katzen aufgenommen, bin aus nicht weniger als sieben – sieben! – Bars geworfen worden, war wahnsinnig genug, am Lake Ontario zu surfen, bin durch Seattle gelaufen, ohne nass zu werden, und habe zwei Steuerprüfungen überstanden.

Ich werde Ihnen nun zeigen, wie man das alles und noch Schlimmeres überlebt … in *Con Con the Survivin' Man* (das man Mähn ausspricht, wie ich meinem Produzenten immer wieder sagen muss). In der heutigen Folge ist Con Conlinson so dämlich, seinem Team zu sagen, sie sollten sich trennen, was dazu geführt hat, dass ich mich heute Abend in diesem verdammten Schlamassel befinde!"

Animal-World(TM)-Reporter Conwin Edmund Conlinson seufzte und blickte hoch zum Himmel. Das Boot (eigentlich nur ein besseres Ruderboot) schaukelte und schwankte auf dem pazifischen Ozean, und weit und breit war kein Land zu sehen.

Dabei hatte es erst gar nicht so ausgesehen, als würde der Sturm so schlimm werden.

Con seufzte wieder. Wenn er sich ausstreckte, war das Boot nur dreißig Zentimeter länger als er. Darin befanden sich lediglich zwei Schwimmwesten, eine Abdeckplane, ein Erste-

Hilfe-Kasten (den er nicht gebraucht hatte, denn den Sturm hatte er ohne einen einzigen Kratzer überstanden – und *ohne eine Crew*), ein Messer, ein Feuerstein, ein Notizbuch, das ihm als eine Art Logbuch diente, und eine Schachtel blaue Kugelschreiber.

Nichts Essbares – das wäre ja auch zu schön gewesen. Und auch keine Angel.

Und kein Land in Sicht.

Nur diese silberne Kokosnuss, der es die letzten Stunden gelungen war, immer den gleichen Abstand zu seinem Boot zu halten, ganz egal, wohin es trieb. Gelangweilt hatte er zugesehen, wie sie auf und ab hüpfte. Vielleicht sollte er anfangen, Tagebuch zu führen. Aber er war vom Fernsehen, und das bedeutete, dass das geschriebene Wort nicht gerade seine Stärke war. Aber mit einem Teleprompter lief er zu Höchstform auf.

Und worüber hätte er auch schreiben sollen? Dass er in seiner Arroganz einen echten Knaller zum Beginn der Staffel hatte haben wollen und deswegen darauf bestanden hatte, dass das größere Schiff mit seinem Kamerateam, dem Produzenten und *der Verpflegung* Abstand zu seinem kleineren Boot hielt. Wie er dann den aufziehenden Sturm ignoriert hatte und stattdessen, den Windböen trotzend, Überlebenstipps in die Kamera gebrüllt hatte. Wie er das Gleichgewicht verloren hatte und gestürzt war. Erst hatte er Sternchen gesehen, dann war alles dunkel geworden. Und als er sich wieder aufgesetzt hatte, war das Schiff mit seinem Team nicht mehr zu sehen gewesen. Der Sturm hatte geheult, er war ganz allein gewesen, und für einen Moment hatte er gedacht, er säße richtig in der Patsche. Und das schon bevor die neuen Quoten rauskamen!

Aber so plötzlich, wie er gekommen war, zog der Sturm auch wieder ab und überließ ihn seinem Schicksal.

Ja, das alles würde er niederschreiben. Vor seinem geistigen Auge konnte er es bereits lesen: die Erinnerungen von Kapitän Vollidiot. Kapitel eins: Ich vergesse jede einzelne nautische Sicherheitsregel.

Nein, an diesem Schlamassel war er selber schuld, und darüber zu schreiben würde ihm wohl kaum weiterhelfen. Er und die silberne Kokosnuss waren auf sich allein gestellt.

Wie kam er denn jetzt darauf?

Nun, weil sie das Einzige war, was er sah. Kein Wunder, dass sie beinahe seine ganze Aufmerksamkeit in Anspruch nahm. Wohin er auch blickte, überall war nur der endlose Ozean, die grausame, unbarmherzige See (na, wenn das nicht poetisch war! Das sollte er sich für seine triumphale Comeback-Show merken), keine Inseln, nichts Grünes, keine Vögel … nur die silberne Kokosnuss.

Der Überlebensexperte ließ sich zurück auf den Boden des Bootes sinken und dachte, dass er noch nie eine silberne Kokosnuss gesehen hatte. Und der nächste Baum war sicher Zigtausende Kilometer weit entfernt. Er betrachtete den Himmel, der schon beinahe aufreizend fröhlich blau war. Ein Blau, das sagte: „Solange ich Wache halte, wird hier keiner Schiffbruch erleiden.“ Als würde es sich über ihn lustig machen.

Er setzte sich auf und runzelte die Stirn. Lieber betrachtete er die Kokosnuss, die jetzt ein wenig näher herangetrieben war. Vielleicht hatten sich die Gezeiten geändert? Nein, das ergab keinen Sinn. Vielleicht …

Die Kokosnuss hatte ein Gesicht. Die Kokosnuss war ein abgeschlagener Kopf!

2

„Oh Gohoooott, hilf mir!“, rief er in einem Bariton, der selbst die Möwen aufgeschreckt hätte – wenn Möwen dort gewesen wären. Er ließ sich zurück auf den Bootsboden fallen.

Das hatte ihm gerade noch gefehlt. Tom Hanks' Figur in *Cast Away – Verschollen* hatte einen Volleyball gehabt; er, Con Conlinson, hatte einen abgeschlagenen Kopf. Er hätte auf seine Mutter hören sollen. Die hatte immer gewollt, dass er Beamter würde und nicht ins Showbusiness ging.

Er lugte über den Rand des Bootes. Der Kopf war wirklich *sehr* nah. Jetzt sah er auch, warum er ihn für eine silberne Kokosnuss gehalten hatte … Das Gesicht war sehr blass, die Pupillen in den weit aufgerissenen Augen waren silbern und das lange, im Wasser wallende Haar war ebenfalls silbern. Nicht wie das Silber alter Damen. Nein, richtiges, silbernes Silber, wie alte, aber oft und sorgfältig polierte Fünfcentstücke. Es war faszinierend und furchteinflößend zugleich.

Die kalten, toten Lippen öffneten sich. Die silbernen Augen blinzelten. „Brauchst du Hilfe, Zweibeiner?“

Er sank erneut zurück ins Boot. Tag zwei, und schon hatte er Halluzinationen. Kein frisches Wasser, nichts zu essen. Was hatte er sich nur dabei gedacht, als er das kleinere, schlechter ausgestattete Boot gewählt hatte? Nichts, so einfach war das. Schließlich war bisher immer sein Team zur Stelle gewesen, um ihm aus der Klemme zu helfen. Wer hätte damit rechnen können, dass das am letzten Wochenende anders werden würde?

„Entschuldigung?“, sagte der abgeschlagene Kopf, der noch näher herantrieb. „Fühlst du dich nicht wohl?“

Er legte eine Hand auf den Bootsrand und zog sich hoch, was das Boot gefährlich ins Schaukeln brachte. Der abgeschlagene Kopf dümpelte jetzt nur wenige Meter entfernt auf den Wellen. Und …

„Heilige Scheiße, eine Meerjungfrau!“

„So könnte man auch sagen. Ich gehöre zum Unterseevolk. Und du hast meine Frage nicht beantwortet.“

„Eine Meerjungfrau, direkt vor mir! Ist das zu glauben! Ich dachte, du wärst ein abgeschlagener Kopf.“

Die Meerjungfrau schwamm vorsichtig näher, wobei sie das Wasser mühelos mit ihren langen, hellen Armen teilte und das silberne Haar wie eine Schleppe hinter sich herzog. Sie war schlank und blass und hübsch mollig. Das runde Gesicht hatte sie in nachdenkliche Falten gelegt. „Ich glaube, du warst zu lange der Sonne ausgesetzt.“

Er streckte die Hand über den Bootsrand. Sie starrte sie an. „Ich heiße Con Conlinson. Sag einfach Con zu mir.“

Zögernd hob sie die Hand und streifte seine Hand mit ihren kühlen, nassen Fingern. „Ich heiße Reanesta.“

Er lachte. Vielleicht war er tatsächlich zu lange in der Sonne gewesen. „Echt? Das ist dein Name? Reanesta? Das hört sich an wie eine verschreibungspflichtige Schlaftablette.“

„Ich weiß nicht, was das ist. Und du hast meine Frage nicht beantwortet, was mir bereits Antwort genug ist.“

„Hä?“

Sie schlug einmal mit ihrem silbernen Schwanz und war verschwunden. Sekunden später erschien sie auf der anderen Seite des Bootes. Sie warf das lange Haar zurück und blinzelte sich das Meerwasser aus den Augen. „Dein Boot ist nicht beschädigt", verkündete sie so plötzlich, dass er beinahe vor Schreck über Bord gefallen wäre. „Und damit kannst du es antreiben und weiterfahren." Sie zeigte auf das Ruder. „Bist du verletzt? Oder krank?"

„Nein, mir geht es gut." Außerdem war er überwältigt, hingerissen – und scharf auf sie. Diese Augen. Dieses Haar. Diese …

„Warum bist du dann noch hier?"

„Wo soll ich denn hin?"

Das schien sie zu verblüffen. Sie machte eine vage Geste in Richtung Ozean. „Eher könnte man fragen: Wo sollst du *nicht* hin?"

„Äh … ich habe keinen Schwanz. Nicht dass ich etwas dagegen hätte. Vor allem nicht gegen deinen. Deiner ist übrigens wunderschön", versicherte er ihr eilig.

„Wunderschön?", wiederholte sie zweifelnd.

„Wunderschön." Er war an den Hüften breiter und verjüngte sich zu den Flossen hin und glänzte hellsilbern wie ein Kerzenfisch. „Du bist *wirklich* wunderschön." Und diese Brüste! Er hatte Mühe, Augenkontakt zu halten. Ihre Kurven waren bezaubernd und ihre Brüste wogten sanft im Wasser, die Brustwarzen so hellrosa, dass sie fast cremefarben waren. Sie war wie ein Geist … oder ein Traum.

„Nein, ich bin hässlich", erwiderte sie schlicht, als würde sie ihm erklären, dass zwei und zwei vier ergaben. „Und du musst krank sein. Vielleicht solltest du schlafen. Oder essen."

„Hässlich!" Erneut wäre er beinahe kopfüber aus dem Boot gepurzelt. „Willst du mich auf den Arm nehmen?"

„Ich … ich glaube nicht."

„Du hast wenigstens ein bisschen was auf den Hüften, nicht wie diese anorektischen, eingebildeten Hollywood-Tussen. Dein Haar … dein Schwanz … deine Augen … deine Ti…

äh, deine Brü… äh … Du bist die attraktivste Frau, die ich je gesehen habe. Hässlich! Unsinn!"

„Na ja", sagte sie und schwamm langsam um das Boot herum, „mein Speck hält mich warm."

„Wir sind im Südpazifik", sagte er und fühlte sich dumm dabei. „Warum musst du dich warm halten?"

„Ich reise viel herum. Und wenn man auf den Grund schwimmt, kann es recht kühl werden. Und meine Haarfarbe und meine Augenfarbe sind hässlich. Die meiner Freunde sind gelb und blau und grün – alle Farben, die du dir vorstellen kannst. Ich habe …", sie sah an sich herunter, „ich habe eine Unfarbe. Ich bin praktisch gar nicht da."

„Unfarbe, so ein Blödsinn. Wo ich herkomme, ist Silber fast das Wertvollste, was es gibt. Wir machen Geld daraus. Und außerdem ist es hübsch."

„Ich kenne mich mit der Lebensweise der Zweibeiner nicht aus", gab sie zu und rollte sich auf den Rücken. Träge planschte sie mit dem Schwanz und gähnte. „Deswegen bin ich dir auch die letzten zwei Tage gefolgt. Als du … äh … verwirrt wirktest, habe ich gedacht, es wäre an der Zeit, dir meine Hilfe anzubieten."

„Das war nett von dir." *Zwei Tage?* „Ich weiß das zu schätzen."

„Seit kurzem darf mein Volk sich euch nämlich zeigen."

„Das gibt's ja nicht!"

„Doch, das gibt's." Sie planschte heftiger, und sofort war er von den Augenbrauen bis zur Gürtelschnalle durchnässt.

Er hustete fünf Minuten lang, während sie ihm mit undurchdringlicher Miene zusah, und keuchte schließlich: „Tut mir leid. Das sagt man unter Zweibeinern so, wenn man sein Erstaunen ausdrücken will. Jetzt fällt's mir wieder ein! Ich habe es auf CNN gesehen. Ihr habt euch doch jahrhundertelang versteckt, oder?"

„Genau. Doch dann hat unser guter König in seiner Weisheit beschlossen, dass wir uns, wenn wir es wollen, den Landbewohnern zeigen dürfen. Aber du bist der Erste, den ich aus der Nähe sehe."

„Ich fühle mich geehrt."

Das schien sie merkwürdigerweise zu freuen. „Danke schön!"

„Lebst du hier in der Gegend?"

„Ich lebe überall."

„Bist du schon mal an Land gewesen?"

„Ja."

„Bist du schon mal bei einem alabamischen Barbecue gewesen?"

„Nein."

„Das war ein Witz."

Sie runzelte die Stirn. „Das war nicht lustig."

„Na ja, ich bin müde. Und ich habe Hunger. Ich hätte wohl besser nicht das Barbecue erwähnen sollen. Ich ... He, wo gehst du hin?" Mit einem einzigen Schlag ihres Schwanzes war sie verschwunden.

„So ein Mist", murmelte er. „Da treffe ich das hübscheste Mädchen der Welt und brauche nicht länger als fünf Minuten, um sie zu verscheuchen. Gut gemacht, Con."

Eines war sicher: Dies war nicht seine Woche.

3

Ein paar Minuten später war sie zurück.

„Hallöchen!“

„Hallo.“ Sie warf etwas Kleines, Glänzendes in sein Boot. Etwas Kleines … Kopfloses. Fische. Sie hatte drei kleine silberne Fische für ihn gefangen und getötet.

„Ich weiß, dass Zweibeiner oft ein wenig empfindlich sind“, sagte sie und pickte sich eine Schuppe aus ihren außergewöhnlich scharfen Zähnen. „Deshalb habe ich sie für dich getötet.“

Er kämpfte gegen die Übelkeit an. Das war keine Mahlzeit, das waren Köder! „Äh … danke, Ree.“

„Reanesta.“

„Ja, schon klar, aber ich bleibe lieber bei Ree. Ich … äh, ich will nicht undankbar erscheinen, aber ich kann sie so nicht essen.“

„Wie kannst du sie nicht essen? Soll ich die Flossen für dich abbeißen?“

„Nein!“, rief er. Dann fuhr er leiser fort: „Ich meine, nein, danke. Ich kann noch nicht mal Sushi essen, ohne dass mir schlecht wird.“

Sie sah ihn nachdenklich an. „Aber dein Körper braucht Feuchtigkeit und Eiweiß.“

„Ich *weiß*. Aber ich kann nicht. Bei so etwas blockiere ich mental.“

„Brauchst du sie gegart?“

„So ist es.“

„Aber wir haben kein Feuer. Deshalb musst du sie roh essen."

„Ja, aber ich kann nicht." Im Stillen dachte er: *Ein schöner Überlebensexperte bin ich!* Na ja, was der Zuschauer nicht weiß, macht ihn nicht heiß. „Normalerweise hat mein Team das Essen für mich, und ich muss nichts selber machen. Dafür habe ich meine Leute."

„Sieh mir zu, Con. Es ist ganz einfach." Sie griff ins Boot, nahm einen Fisch und biss geräuschvoll hinein. Mit großen Augen sah er zu, wie sie das Ding mit ihren kleinen, scharfen Zähnen zermalmte. Als sie fertig war, wischte sie sich einen kleinen Blutstropfen von der Wange. „Ah, köstlich. Siehst du?"

Er lehnte sich über Bord und würgte. *Na, das macht sicher einen tollen Eindruck, du Idiot!*, dachte er, während er sich übergab.

„Oje."

„Bitte tu das nicht wieder", bat er.

„Ich sehe Probleme auf uns zukommen."

„Glaubst du wirklich?"

„Ich komme wieder", sagte sie. Dann war sie erneut verschwunden.

Er legte sich im Boot zurück und dachte darüber nach, was für ein Idiot er war.

4

Er musste eingenickt sein, denn ein leises Klopfen auf das Ruder weckte ihn. Er setzte sich auf und sah, dass es Ree war, die in der Hand etwas hielt, das aussah wie dicke Algen.

„Wir nennen es *Traveler's Grass*“, erklärte sie. „Es wächst in Salzwasser, aber es entzieht dir kein Wasser und füllt den Magen.“

„Na ja, eigentlich bin ich kein Fan von Salat, aber du weißt ja, was man über den Teufel und die Fliegen sagt.“

„Nein.“

„Ist auch nicht wichtig“, sagte er und nahm den Klumpen Algen entgegen. Vorsichtig steckte er etwas davon in den Mund, kaute und nahm noch einen Bissen.

„Langsam“, ermahnte sie ihn, „oder du musst dich wieder übergeben.“

„Nee, das will ich nicht“, sagte er mit vollem Mund. Es schmeckte … gar nicht mal so schlecht. Ein bisschen salzig vielleicht, aber sein Magen wehrte sich nicht, und das war das Wichtigste. Und je mehr er davon aß, desto mehr wollte er. Den Klumpen hatte er in weniger als einer Minute verschlungen. „Wow, danke, Ree! Jetzt fühle ich mich besser.“

„Ich bringe dir mehr. Ich komme wieder.“

„Du bist wohl kein Freund von langen Verabschiedungen, was?“, rief er ihr hinterher.

Eine Minute später war sie zurück und warf einen Arm voll Grünzeug ins Boot. „Wenn du noch mehr davon gegessen hast, wirst du vielleicht anders über den Fisch denken. Du brauchst frisches Wasser."

„Für so ein hübsches Mädchen", sagte er kauend, „kannst du ganz schön hartnäckig sein."

„Und für so einen hilflosen Zweibeiner versuchst du bemerkenswert wenig, um dein Leben zu retten."

„Überall auf der Welt gibt es Menschen, die keinen rohen Fisch essen."

„Dumme Menschen. Und tote Menschen."

„Ach, geh und beiß noch einem Fisch den Kopf ab."

„Vielleicht werde ich das auch tun!"

„Wer hält dich davon ab?", schrie er, immer noch kauend.

„Niemand", fauchte sie zurück und verschwand erneut.

Was ihm ganz recht war.

Oder etwa doch nicht?

5

Ihr schlechtes Gewissen trieb Reanesta eine Stunde später wieder zum Boot zurück. Ja, er hatte sie mit seiner Hilflosigkeit und seinen dummen Vorurteilen geärgert, aber er war krank und in Lebensgefahr, auch wenn er es nicht zugeben wollte. Es war falsch von ihr gewesen, beleidigt fortzuschwimmen.

Deshalb glitt sie jetzt zu dem Boot, das zwar ein wenig abgetrieben war, aber nicht so weit, dass sie es nicht gefunden hätte, und klopfte höflich ans Ruder.

Sein stoppeliges Gesicht erschien, und er lächelte, als er sie sah, wobei er diese seltsamen stumpfen Zähne zeigte, mit denen fast alle Zweibeiner ausgestattet waren. Vielleicht war das der Grund, warum er keinen rohen Fisch essen konnte. Es war ohnehin ein Wunder, dass sie überhaupt etwas mit diesen blöden Dingern essen konnten.

„Ree! Du bist zurückgekommen!"

„Ja. Ich bitte um Entschuldigung, dass ich mit dir gestritten habe. Du bist krank und dir deiner Unvernunft nicht bewusst."

„Äh … jetzt sollte ich wohl Danke sagen." Er blickte zu ihr herunter, und sie betrachtete seine dunklen Augen, die markanten Wangenknochen und die rotbraunen Bartstoppeln. Sein Haar war so dunkel wie seine Augen. Er sah, wie sie selber auch, ganz gewöhnlich aus, aber sie fand ihn trotzdem interessant.

Er war der erste Zweibeiner, dem sie sich zu nähern gewagt hatte. Und sie musste zugeben, dass es ihr gefiel, dass er sie mochte. Vielleicht fand sie ihn auch deshalb so anziehend.

„Hier." Sie streckte ihm eine Handvoll Lallys entgegen, die in niedrigeren Gewässern wuchsen und von denen sie dachte, dass sie ihm schmecken könnten. „Versuch die mal."

„Danke", sagte er dankbar und biss, ohne zu zögern, in die gelben Blütenblätter. „Und vielen Dank, dass du zurückgekommen bist."

„Ich hätte dich nicht alleine lassen sollen."

„Schon gut, ich habe mich wie ein Arschloch benommen."

Sie sagte nichts, stimmte ihm aber im Stillen zu.

„Das schmeckt nicht schlecht. Aber wenn ich hier rauskomme, esse ich nie wieder Salat."

„Glaubst du", sagte sie vorsichtig, „dass du jetzt, da du etwas im Magen hast, einen Fisch versuchen könntest?"

Er guckte schuldbewusst und sagte, den Mund voller Blütenblätter: „Die habe ich, gleich nachdem du weg warst, weggeschmissen."

Sie war entsetzt über diese Verschwendung. Kein Wunder, dass der Planet vor die Hunde ging! Vielleicht sollte ihr Volk ihn den Zweibeinern besser wegnehmen. „Und wenn ich dir noch mal welche bringen würde?"

Er zögerte, bevor er sagte: „Ja, okay. Versuchen kann ich's ja mal. Ich kann aber nicht versprechen, dass ich sie auch drin behalte."

„Ausgezeichnet! Gut, dann hole ich welche. Du bleibst hier."

„Ich hatte ohnehin nichts anderes vor", sagte er trocken, und sie errötete verlegen – wie dumm von ihr!

„Ich komme wieder", versprach sie, was sie in ihrem bisher fünfundvierzigjährigen Leben noch nie zu jemandem gesagt hatte, aber zu diesem Mann nun schon viele Male. Sehr seltsam.

„Ich warte."

Sie tauchte ab und schnellte durchs Wasser auf den Meeresgrund, auf der Suche nach etwas, das er möglicherweise kosten wollen würde. Sie ließ die Mantarochen links liegen – zu groß – und auch die Barrakudas (aus demselben Grund), obwohl sie wusste, dass sie köstlich schmeckten, und entschied sich schließlich für einen Lippfisch und zwei kleine Papageienfische. Bevor sie entwischen konnten, packte sie sie und biss ihnen den Kopf ab. Pfeilschnell schoss sie wieder der Wasseroberfläche entgegen, den Blick fest auf die immer größer werdende Silhouette des Bootes gerichtet.

„Oh toll, da bist du ja", sagte er, als sie auftauchte, mit hörbarem Mangel an Enthusiasmus.

„Du hast gesagt, du würdest es versuchen", ermahnte sie ihn sanft. Sie streckte ihm den Papageienfisch hin.

Er schnüffelte daran, erschauderte und knabberte an einer der Flossen.

„Nein, nein, du musst *zubeißen*. So bekommst du kein Eiweiß. Ich habe eine Idee! Halt ihn über deinen Mund, drück zu und trink wenigstens sein Blut."

„Das", sagte er, „ist alles andere als hilfreich."

„Also wirklich, in des Königs …" Sie packte die Bootswand, wandelte ihren Schwanz in Beine und hievte sich ins Boot.

Er starrte sie an. „Du hast, äh … überall silbernes Haar."

„Ja, ja. So musst du es machen." Sie ergriff den Fisch, lehnte sich zu ihm herüber und hielt ihn über seinen Mund, während er sie weiter anstarrte. „Öffne den *Mund*", sagte sie und bemühte sich, nicht die Geduld zu verlieren. Gehorsam tat er, wie ihm geheißen. Sie drückte, und Blut tröpfelte in seinen Mund, über seine nutzlosen stumpfen Zähne und seine Kehle hinunter. „Sehr schön! Du hast es getan! Sehr gut!" Sie hüpfte auf und ab und klatschte in die Hände, setzte sich aber sofort wieder still hin, als das Boot gefährlich zu schwanken begann.

„Hä? Ich habe was gemacht? Igitt! Was, zum Teufel, hast du getan?“ Er spuckte ins Wasser.

„Du hast den ganzen Fisch getrunken!“

„*Was* habe ich? Das ist nicht fair!“, sagte er vorwurfsvoll. „Du hast mich mit deiner Nacktheit abgelenkt.“

„Und das war gut so“, sagte sie streng, verschränkte die Arme vor der Brust und schlug die Beine übereinander. „Sonst würdest du bald an Dehydrierung sterben. So. Willst du noch einen versuchen?“

„Noch einen?“, fragte er abwesend, öffnete dann aber wieder brav den Mund und trank beide Fische. Anschließend stritten sie sich, weil er ihr vorwarf, sie habe auf hinterhältige Weise weibliche List – was auch immer das sein sollte – eingesetzt, deshalb sprang sie über Bord und schwamm erneut davon.

6

Eine Stunde später spuckte er immer noch aus, konnte aber nicht abstreiten, dass er sich tatsächlich besser fühlte. Aber hinterhältig war es dennoch von ihr gewesen, ihn mit ihrem Körper abzulenken, damit er – igittbahpfui – Fischblut trank.

Dabei hatte er zuerst an gar nichts Böses gedacht und sich ganz darauf konzentriert, nicht ihre Brüste anzustarren, als sie auf einmal Beine hatte und in das Ruderboot geklettert war.

Da hatte sie dann gestanden, mit ihrer blassen Haut, ihrem langen Haar und ihren silbernen Augen. Ihre Lippen hatten sich bewegt, aber er hatte keine Ahnung gehabt, was sie gesagt hatte, denn er hatte nur daran denken können, dass sie seinen Ständer hoffentlich nicht bemerkte.

Und als Nächstes hatte er Blut geschmeckt, und sie hatte ihm Beifall geklatscht. Dabei waren ihre Brüste ganz reizend gehüpft, wodurch das Gefühl, ausgetrickst worden zu sein, nicht schwächer geworden war.

Also hatten sie sich erneut gestritten, und weg war sie. Ein Glück, dass er sie los war!

Trotzdem überraschte es ihn nicht sonderlich, als sie zurückkam. Anscheinend konnte sie nicht anders. Dieses Mal klopfte sie gar nicht erst, sondern tauchte einfach auf und fragte: „Was ist weibliche List?"

„Das ist, wenn du dir wunderschöne lange Beine wachsen lässt und ins Boot steigst wie ein wahr gewordener feuchter Traum, und ich so damit beschäftigt bin, nicht deine Muschi, deine Titten und deine Augen anzustarren, dass du beinahe alles mit mir machen kannst."

„Und was ist ein ‚feuchter Traum'?"

„Das erkläre ich dir lieber nicht."

„Aber jetzt fühlst du dich doch besser, oder?"

„Ja", grummelte er.

„Dann, finde ich, solltest du jetzt weiterrudern."

Er fuchtelte wild mit den Armen und wäre dabei beinahe über Bord gegangen. „Wir sind mitten im südpazifischen Ozean! Und ich habe nur ein Ruder."

„Dann spring einfach ins Wasser und schwimm", sagte sie mit kaum verhohlener Ungeduld.

„Ich … äh, ich kann nicht schwimmen."

Sie guckte überrascht und sagte nichts.

„Okay", sagte er, „ich sehe durchaus die Ironie in der Tatsache, dass ein Überlebensexperte sich allein auf hoher See wiederfindet, keinen rohen Fisch herunterbekommt, ein Ruder verliert und nicht schwimmen kann. Ich hab's kapiert, okay? Aber du musst verstehen, dass ich ein *Star* bin. Ich muss nichts selbst machen, dafür habe ich meine Leute."

„Ich hatte ja keine Ahnung", staunte sie, „wie unglaublich hilflos Zweibeiner sind."

„Ach, sei still."

„Und außerdem", stellte sie fest, „musst du jetzt selber mal etwas machen."

„Tja, ich kann es nicht", grummelte er. „Also lass mich in Ruhe."

„Das ist doch nicht schlimm", sagte sie beruhigend.

„Ja, für dich vielleicht nicht."

„Ich hatte noch nie ein Haustier."

Gerade erst hatte er sich wieder hingesetzt, doch jetzt schoss er wieder hoch. „Ich bin nicht dein Haustier, verdammt noch mal!“

„Du bist ein Lebewesen, das ohne meine Hilfe sterben würde, um das man sich ständig kümmern muss und das sich nicht aus eigener Kraft helfen kann. Ist das etwa kein Haustier?“

Er geriet ins Stottern und hätte am liebsten ihre langen Haare gepackt und daran gerissen. Ein Teil von ihm ahnte, dass er überreagierte, dass er alles nur noch schlimmer machte. Stattdessen sollte er lieber versuchen, an Land zu kommen und sich Eiweiß zu beschaffen. Aber vor lauter Wut war er zu keinem vernünftigen Gedanken mehr fähig.

„Ich bin nicht dein Scheißhaustier!“

„Doch, das bist du“, sagte sie so gut gelaunt, dass es ihn noch mehr in Rage versetzte. „Aber hab keine Angst, bisher habe ich mich doch gut um dich gekümmert, oder nicht?“

Er nahm das Ruder, riss es aus seiner Halterung und zog es ihr über den Schädel.

„Aua!“, rief sie. Er starrte das zerbrochene Ruder an. Sie hatte tatsächlich einen Kopf wie eine Kokosnuss. „Böser, böser Zweibeiner!“

„Oh nein, es tut mir leid, ich weiß nicht, was … was über mich … gekommen …“ Dann wurde ihm schwarz vor Augen, und er brach zusammen.

7

Reanesta schüttelte ihn sanft, bis er endlich die Augen öffnete und sie benommen angrinste. „He, du hast ja wieder Beine!"

„Das war die schnellste Art, ins Boot zu kommen. Ich glaube, du solltest jetzt besser ein paar Fische tatsächlich essen, statt nur ihr Bl… ihre Körperflüssigkeit zu trinken."

„Glaub mir, im Moment würde ich morden für ein Steak. Oh, und es tut mir wirklich sehr, sehr leid, dass ich dich geschlagen habe. Du solltest mir den Hintern versohlen."

„Du bist nicht du selber. Ich hätte dich nicht damit aufziehen sollen, dass du mein Haustier bist."

„Du hast mich nur aufgezogen?"

„Ich bin nicht lustig", sagte sie.

„Nein, nein, das war sogar sehr lustig." Er rang sich ein Lachen ab. „Ich war … nur ein bisschen schwer von Begriff."

„Schau, diesen Fisch habe ich entschuppt und in kleine Stücke geteilt. Willst du dich nicht aufsetzen und ihn mal probieren?"

„Ich glaube nicht, dass ich das kann."

„Bitte, Con?"

Er wusste nicht, ob es die Tatsache war, dass sie „Bitte" sagte oder seinen Namen nannte, oder nur die nackte Verzweiflung, aber was es auch war, er fasste einen Entschluss. „Okay." Er setzte sich zu schnell auf, sodass der Bug sich gefährlich neigte und schwankte (heftiger als vorher) und der grellblaue Himmel sich drehte. Doch dann beruhigten sich Boot und Himmel wieder. „Ooooh, Junge, Junge! Was ist heute für ein Tag?"

„Donnerstag."

„Wirklich? Ihr habt Wochentage wie wir auch?"

„Hör auf, Zeit zu schinden. Iss."

Als er den Mund öffnete, um zu protestieren, stopfte sie ein schleimiges Fischstück hinein. Er hielt sich die Nase zu und kaute, musste würgen, begann wieder zu kauen, schluckte, würgte wieder, hielt den Kopf aus dem Boot und übergab sich.

„Noch einen", sagte sie unbeeindruckt, aber er war so müde und erschöpft, dass selbst der Anblick ihrer Brüste vor seiner Nase ihn nicht aufmuntern oder ablenken konnte.

Jetzt gab es keinen Zweifel mehr: Er lag im Sterben. Wenn er schon so weit war, dass ihn ein so fantastisches Gestell nicht interessierte …

„Noch einen", sagte sie und stopfte ihm ein weiteres Stück in den Mund. Wieder hielt er sich die Nase zu, kaute, schluckte, würgte … und es kam ihm nicht wieder hoch.

Sie fütterte ihn eine halbe Stunde lang, verschwand gelegentlich, um mehr Fisch zu holen, den sie dann köpfte, entschuppte und zerteilte (er wollte lieber nicht darüber nachdenken, ob sie es mit den Zähnen tat), bevor sie zurück ins Boot kletterte. Und er schaffte es tatsächlich, ein Dutzend der Fischstücke herunter- und nicht wieder hochzuwürgen.

„Tut mir leid", stöhnte er, als er wieder einmal die Fische (mit Regenbogenfisch) fütterte. „Das muss ja so eklig für dich sein."

„Schon gut. Du machst das gut. Keine Angst, bald bist du wieder zu Hause."

„Nein, das glaube ich nicht. Aber es ist wirklich nett, dass du das sagst. Ich schlafe jetzt ein bisschen, okay?"

Ihre Lippen bewegten sich, aber er hörte nicht, was sie sagte. Dann fielen ihm die Augen zu, und er schlief ein.

8

Als er erwachte, ging die Sonne unter. Er fühlte sich viel besser. Ree zog ihre Kreise um das Boot, und als er sich aufsetzte, schwamm sie näher.

„Wie fühlst du dich?"

„Besser. Fast wieder wie ein Mensch! Abgesehen vom Geruch. Puhh! Wie hältst du das bloß aus, Süße?"

„Dafür kannst du ja nichts", sagte sie mit ihrer typischen Direktheit. „Hör mal, ich habe einen Plan. Ich könnte versuchen, jemanden meiner Art finden. Dann könnten wir Hilfe holen."

Er sah sie forschend an. „Höre ich da etwa Zweifel?"

„Du hattest recht, wir befinden uns tatsächlich mitten im Niemandsland. Und meine telepathischen Fähigkeiten sind sehr begrenzt. Es könnte Tage dauern, Hilfe zu holen, und bis dahin wärst du … äh …"

„Telepathische Fähigkeiten … oh, richtig! Darüber habe ich gelesen. In der *Newsweek*, glaube ich. Ihr Meermenschen beherrscht alle Telepathie. Das ist bestimmt sehr praktisch."

„Im Moment", sagte sie grimmig, „scheint es ein eher nutzloses Talent zu sein."

„Ach, sei nicht so streng mit dir. Ich … was ist los?"

Sie hatte den Kopf gedreht und sah in die Ferne, direkt (so schien es ihm zumindest) in die untergehende Sonne.

„Der Hammerhai ist zurück", sagte sie beiläufig.

Beinahe wäre ihm ein Schrei entfahren. „Hammerhai? Zurück?"

„Ja, sie hat schon ein paarmal hier herumgeschnüffelt. Meistens, wenn du bewusstl… geschlafen hast. Ich habe sie immer wieder wegschicken können."

„Oh … mit der Telepathie. Redest du auch mit Fischen?"

„Selbstverständlich. Aber sie ist trächtig und will nicht auf mich hören. Ich … oh, in des Königs Namen", sagte sie verärgert, und jetzt sah auch er die Rückenflosse, die direkt auf Ree zugeschossen kam.

„Ich komme zurück", sagte sie und tauchte unter, um dem Hammerhai entgegenzuschwimmen.

„Ree!", schrie er. „Komm zu mir ins Boot!" Aber sie konnte ihn nicht hören. Also sprang er über Bord … und sank wie ein Stein.

9

Kurz bevor er ins Wasser fiel, hatte er noch einmal tief Luft geholt. Das war sein Glück. Das Wasser war warm, doch das Salz stach ihm in die Augen, und für einen Moment konnte er nichts sehen.

Dann sah er Ree, die auf den Hai zuschoss, der furchterregend viele Zähne hatte. Er wünschte, *er* hätte telepathische Fähigkeiten, dann könnte er ihr sagen, dass sie sich in Sicherheit bringen sollte, aber auf der Stelle. Er wünschte, er hätte daran gedacht, bei seinem Tauchgang das Ruder mitzunehmen. Jetzt bereute er es, dass er damals in der Schule keinen Schwimmkurs gemacht hatte.

Unbeholfen ruderte er mit den Armen und kam tatsächlich ein paar Zentimeter voran. In der Zwischenzeit hatte Ree geschickt den Hai – der zweieinhalb Meter lang war! – bei den Kiefern gepackt und sie auseinandergestemmt. Dann richtete sie sich auf, ließ das Maul los und griff nach dem hammerförmigen Ding. Der Hai schnappte nach ihr, aber Ree war schneller als er, und die Kiefer verpassten ihren Schwanz um ein paar Zentimeter.

Dann – er fragte sich, ob das Salz vielleicht seine Sicht trübte, denn er konnte kaum glauben, was er sah – warf sich Ree, den Hammerkopf noch fest umklammert, nach vorn und biss ein Stück aus dem Rücken des Hais!

Der Hai versuchte sich loszureißen, und sie löste ihren Griff. Als er, eine Blutspur hinter sich herziehend, davonflitzte, gab sie ihm einen Klaps auf die Rückenflosse. Dann drehte sie sich um, und ihre Augen wurden groß, als sie ihn sah.

Schwach hob er die Hand, um zu winken, während er weiter zu Boden sank und sich bemühte, ohne allzu viel Aufhebens zu ertrinken. Sie eilte zu ihm, griff unter seine Arme und schoss hoch zur Wasseroberfläche. Erstaunt stellte er fest, dass sie selbst mit der Last seines Gewichts schneller schwamm, als er gesunken war.

Sie tauchten auf, und er nahm einen tiefen Atemzug und musste husten. „Gut, dass ich da war, um dich zu retten", keuchte er. Auf einmal spürte er sehr deutlich ihre Brüste, die sich gegen seinen Rücken drückten.

Sie stemmte ihn wie einen Sack Kartoffeln ins Boot – Jesses, sie war wirklich stark! – und schimpfte dabei die ganze Zeit. „Was hast du dir nur dabei gedacht? Du kannst nicht schwimmen! Gegen einen trächtigen Hai hättest du keine Chance gehabt, vor allem dieser Art. Sie hatte Hunger, und nur aus diesem Grund habe ich sie nicht getötet, aber wenn sie zurückkommt, werde ich es doch tun, und dich auch, wenn du noch mal so etwas Dummes tust."

„Ich konnte es nicht zulassen, dass du wegen mir gefressen wirst."

„Im Ozean stehen wir ganz oben in der Nahrungskette, so wie ihr an Land, Blödmann! Ich war nicht in Gefahr."

„Gut zu wissen", brummte er.

Sie paddelte aufgeregt um das Boot herum. Dann sagte sie: „Ich kann es nicht länger hinausschieben. Du brauchst Land."

„Gut zu wissen", sagte er noch einmal.

„Ich weiß nicht, wie lange es dauern wird. Vielleicht zu lange."

„Mir egal", sagte er gähnend.

Sie packte den Bug (oder war es das Heck?) mit einer Hand

und begann zu schwimmen. Langsam setzte sich das Boot in Bewegung. Er versuchte sich aufzusetzen, weil er ihr mit dem (zerbrochenen) Ruder helfen wollte, sah aber sofort, dass das keine gute Idee war – er hatte ganze Arbeit geleistet, als er es auf ihrem Kopf zerschlagen hatte.

Also legte er sich auf den Rücken und döste vor sich hin. Er hatte keinen blassen Schimmer, was sie vorhatte, aber er fühlte sich sicher. Jemandem, der einen Hammerhai in zehn Sekunden besiegte, durfte er wohl guten Gewissens sein Schicksal anvertrauen.

10

Als er die Augen aufschlug, sah er einen wunderbaren Sonnenaufgang. Ree stolperte durch die Brandung und zerrte das Boot hinter sich her. „Da sind wir“, krächzte sie und sah ihn mit riesigen, tief umschatteten Augen an. Sie wankte auf den kleinen Strand, brach zusammen und war auf der Stelle eingeschlafen.

Er kletterte aus dem Boot (das sie mit Rücksicht auf ihn an Land gewuchtet hatte), ging zu ihr und berührte sie sanft an der Schulter. Sie musste das Boot die ganze Nacht hindurch gezogen haben, dachte er, entsetzt und verblüfft zugleich. Und dann war sie aus reiner Erschöpfung zusammengebrochen.

Er zog sein Hemd aus und deckte sie damit zu. Dann sah er sich nach Holz für ein Feuer um. Die Insel war zwar winzig – in weniger als zehn Minuten war er von einem Ende zum anderen gelaufen –, aber dicht mit Sträuchern und Bäumen bewachsen, sodass er ohne Mühe ausreichend Brennholz sammeln konnte. Im Ruderboot fand er Streichhölzer.

Eine Sache konnte er wenigstens, und das war, ein Feuer mit so wenigen Streichhölzern wie möglich zu entfachen. Das Holz war schön trocken, und als Ree aufwachte, prasselten die Flammen munter.

„Oh gut, jetzt kannst du etwas kochen“, sagte sie noch schlaftrunken. Sie setzte sich auf und schüttelte sich den Sand aus dem Haar.

„Ich kann nicht glauben, dass du das Boot die ganze Nacht durch gezogen hast! Du bist ein Engel!“

„Na ja“, sagte sie bescheiden, sah aber erfreut aus. „Ich bin ein hungriger Engel. Ich komme wieder.“

„Warte!“ Er drückte sie zurück in den Sand. „Bist du nicht fix und fertig? Vielleicht solltest du dich eine Weile ausruhen?“

„Nein.“ Entschlossen schob sie seine Hände von ihren Schultern. „Ich habe die Verantwortung.“

„Ich bin nicht dein verdammtes Haustier!“

„Ja, aber du hast keine Angel und bist immer noch hungrig. Ach, und hast du den Süßwasserbach auf der Nordseite der Insel gefunden?“

„Ja“, gab er zu. „Und hier gibt es ganz viele Kokosnüsse, die wir essen können.“

„Gegarter Fisch ist besser für dich.“ Sie stand auf und warf das lange Haar zurück. Dann fiel ihr etwas ein. „Ich, äh … entschuldige mich für meine Erscheinung.“

Er glotzte sie an. „Hä?“

„Ich kenne eure kulturellen Tabus, was Nacktheit betrifft. Wenn ich Kleider hätte, würde ich sie tragen, um dich nicht zu beleidigen.“

„Äh, Ree, wo ich herkomme, wird es nicht als Beleidigung aufgefasst, wenn eine wunderschöne Frau nackt herumläuft.“

Das beruhigte sie offenbar. „Oh. Vielleicht hat man mir etwas Falsches erzählt. Nun gut. Ich komme wieder.“

„Ich werde hier auf dich warten“, versprach er, sah zu, wie sie in die Brandung lief und den saubersten Kopfsprung machte, den er je gesehen hatte. Ihre Beine glitten ins Wasser, er sah ihren Schwanz aufblitzen, und dann war sie verschwunden. Wieder einmal.

Er ließ sich auf den Rücken in den Sand fallen. Gott, es war so ein schönes Gefühl, wieder an Land zu sein und nicht mehr auf diesem furchtbaren kleinen Boot! Und dazu noch in so angenehmer Begleitung. Wenn er je wieder nach Hause kam, würde er die unglaublichste Comeback-Show in der Geschichte des Senders haben! Er würde alles über Ree erzählen und wie sie ihm das Leben gerettet und gegen einen Hai gekämpft und das Boot zu einer Insel gezogen und ihm Essen gebracht hatte. Und …

Moment mal.

Wenn er wieder nach Hause kam – wenn er gerettet würde –, würde Ree wohl kaum mit ihm kommen. Und was würde er ohne sie tun? Er würde *sterben* ohne sie.

Aber nein.

Wenn er erst wieder an Land war, würde ihm keine Gefahr mehr drohen. Er würde Ree nicht mehr brauchen.

Warum hatte er dann das Gefühl, dass das die größte Lüge aller Zeiten war?

11

Als sie erst einmal im Wasser war, fühlte Reanesta sich viel besser. Die Nacht war lang und anstrengend gewesen. Eine Zeit lang hatte sie gedacht, sie wäre vom Kurs abgekommen und würde die Insel nicht finden. Aber ihr Orientierungssinn hatte sie nicht im Stich gelassen, und gerade als die Sonne aufging, hatte sie sie vor sich gesehen. Da war sie bereits so müde gewesen, dass ihre Arme und Beine zittrig waren und sie gefürchtet hatte, sie müsste sich übergeben, so wie Con es oft tat.

Doch stattdessen hatte sie das Boot auf den Strand geschleppt und war sofort eingeschlafen. Als sie aufgewacht war, war es warm und hell gewesen, und sie hatte festgestellt, dass ihr hilfloser Zweibeiner zumindest zu einem in der Lage war – außer ihr ein komisches Gefühl im Bauch zu verschaffen.

Das komische Gefühl kam sicher daher, dass sie so ungeduldig mit ihm war, dachte sie, während sie sich zwei Lippfische und eine Seebrasse schnappte. Niemand, den sie kannte, brachte sie so zur Raserei wie er. Waren alle Zweibeiner so?, fragte sie sich. Was hatte Fredrika Bimm ihnen da nur eingebrockt?

Als sie zurück an den Strand watete, war sie immer noch tief in Gedanken versunken. Sie kniete neben dem Feuer nieder. Erst zuckte sie ein wenig zurück, aber dann steckte sie fachmännisch den Fisch an einen langen Stock und diesen dann in den Sand. Hin und wieder drehte sie ihn, damit der Fisch gleichmäßig garte.

Con kam mit großen Schritten aus der Dunkelheit. Er sah

bereits viel besser aus. Das musste am Frischwasser liegen, sagte sie sich. Er roch nach Kokosnüssen, was bedeutete, dass sein Magen voll war. Das war gut. Aber in seinem Zustand wäre wohl beinahe alles eine Verbesserung gewesen.

„Gibt's Probleme? Aber wen frage ich das?", rief er und beantwortete gleich seine eigene Frage. „Als wenn es etwas gäbe, mit dem du nicht klarkämst. *Du* solltest die Survival-Show moderieren."

„Hmmm", machte sie und drehte den Fisch.

„Gott, der Geruch macht mich verrückt", sagte er und ließ sich in den Sand fallen. „Ich … ist bei dir alles in Ordnung? Du kneifst die Augen so komisch zusammen. Es ist das Feuer, oder? Stört es dich?"

„Ein bisschen. Am Meeresgrund gibt es nicht sehr viel Feuer", versuchte sie noch einmal einen Witz.

„Na dann, rück zur Seite, ich koche."

„Äh …"

„*So* hilflos bin ich nun auch wieder nicht", sagte er verärgert. Er stupste sie in die Rippen, und sie rutschte gehorsam ein Stück. Sofort ging es ihren Augen besser. „Glaubst du, sie sind schon durch? Sie sind gar, oder?"

„Noch nicht."

„Ich muss dich mal was Dummes fragen."

„Das", sagte sie, „überrascht mich nicht."

Er gab ihr einen Klaps auf den Oberschenkel, und sie lachte. „Woher weißt du, wie man an Land kocht?"

„Wir haben Bankette – große Partys und Feiern – an Land. Und da gibt es viel gekochtes Essen. Besonders der Prinz mag gekochtes Essen, deswegen lernen wir es alle, wenn wir Junge sind."

„Junge? Babymeerjungfrauen?"

„Ja."
„Wie ist der Prinz denn so?"
„Verliebt", sagte sie kurz, nahm einen Stock und schrieb ihren Namen in ihrer Sprache in den Sand, eine komplizierte Abfolge von Schleifen und Kreisen, die nur ihre eigene Art lesen konnte.
„Echt? Bist du eifersüchtig?"
Sie schnaubte. „Wohl kaum. Ich habe ihn nur zweimal getroffen. Ich kenne ihn nicht gut genug, um auf seine Affären eifersüchtig zu sein."
„Affären? Plural?"
„Aber weil er sich in einen Mischling verliebt hat – ich meine, Fredrika …" Ihre Unhöflichkeit ließ sie erröten. Schließlich war sie auch beim Pelagial gewesen. Und Fredrika hatte sich den Umständen entsprechend nicht schlecht geschlagen. Es war nicht leicht, sie zu mögen. Ihren Ernst versteckte sie hinter Sarkasmus. Aber trotzdem … sie hatte ihre Sache beim Pelagial gut gemacht, so gut, dass …
„Ree? Hallo? Komm zurück, Ree." Con schnippte mit den Fingern vor ihrem Gesicht, was sie außerordentlich ärgerte. „Er hat sich in die Frau verliebt, die den König überzeugt hat, euch zu erlauben, euch zu outen", sagte er. „Hab es in *People* gelesen."
„Ja. Das stimmt. Sie hat einen großen Einfluss auf die königliche Familie, und ich … ich weiß nicht, ob das gut für mein Volk ist. Schließlich hat sie beinahe ihr ganzes Leben an Land verbracht, weil sie von deiner Art aufgezogen wurde. Sie weiß rein gar nichts über das Unterseevolk. Und …", fügte sie murmelnd hinzu, „sie hat schlechtes Blut."
„Ach ja? Was soll das heißen? Mein Daddy war ein Lkw-Fahrer."
„Ihr ‚Daddy' war ein Verräter. Aber der Prinz – und der Kö-

nig – verschließen die Augen davor und, wie ich bereits sagte, sie hat einen großen Einfluss auf die königliche Familie."

„Gott sei Dank hat sie den, weil ich nämlich sonst bereits an Dehydrierung gestorben wäre."

„Das ist ein gutes Argument", sagte sie, und ihre Miene hellte sich auf. „Vor sechs Monaten hätte ich nicht gewagt, mich dir zu nähern."

„Monate? Ihr habt einen Kalender?"

„Sei nicht albern! Der Fisch ist gar." Sie zog den Stock aus dem Sand, holte den Fisch runter und warf ihn ihm zu. Er biss hinein und schluckte Schuppen zusammen mit dem Fischfleisch, aber dieses Mal beschwerte er sich nicht. Auch den zweiten schlang er hinunter.

„Willst du nichts?"

„Ich habe bei der Jagd gegessen."

„Oh, gut." Nachdem er auch den letzten Fisch verspeist hatte, rülpste er leise und zufrieden. „Oh Mann, jetzt fühle ich mich besser."

„Du siehst auch besser aus", ließ sie ihn wissen. „Aber noch schlechter hättest du auch kaum aussehen können." Er roch auch besser. Wahrscheinlich hatte er im Meer gebadet. Er trug kein Hemd, aber immer noch diese – wie nannte man das? – Jeans.

„Danke für das Kompliment. Und für den Fisch. Er war köstlich."

„Roh schmecken sie viel besser", murmelte sie. „Blödmann."

„Ich finde es schön, dass du einen Kosenamen für mich hast." Er lehnte sich zurück in den Sand und stocherte mit einer Gräte zwischen seinen Zähnen. „Ist das nicht wunderbar? Ein echtes Inselparadies mit einer schönen Frau, die mir Essen bringt und kocht und die ein tolles … na ja."

„Redest du wieder von meinem ‚Gestell'?"

„Äh … ja. Tut mir leid."

„Mir macht das nichts aus. Ich bin doch diejenige, die gegen euer Nacktheitstabu verstößt. Außerdem ist dein Gestell auch nicht schlecht." Das stimmte. Jetzt, wo er sein Hemd ausgezogen hatte, sah sie seine gebräunte Haut, die festen Muskeln, den leichten Flaum, der sich, nach unten schmaler werdend, von seiner Brust bis hinunter zu seiner Leiste zog.

Er lachte. „Oh, Süße, du wirst Schwierigkeiten bekommen, wenn du weiter so redest."

„Du meinst, du willst dich mit mir paaren?"

Er verschluckte die Gräte und hustete.

12

„Schon gut“, sagte sie hastig, nachdem sie durch kräftiges Schlagen auf seinen Rücken die Gräte wieder nach draußen befördert hatte. „Ich erwarte nicht, dass du dich mit mir paarst. Warum solltest du das auch wollen?“

Jetzt reichte es aber, entschied er, legte die Hand in ihren Nacken, zog sie näher zu sich und küsste sie. Sie war so überrascht, dass ihr der Mund offen stehen blieb, was er sehr erfreulich fand. Er schob seine Zunge hinein. In Anbetracht der Tatsache, dass er sich seit mehreren Tagen nicht mehr die Zähne geputzt hatte (und wer wusste schon, ob Meerjungfrauen sich die Zähne putzten?), war der Kuss fantastisch.

Sanft drückte er sie hinunter in den Sand und tat, was er schon tun wollte, seit er sie das erste Mal gesehen hatte: Er küsste ihre Brüste. Als sie lachte, wich die Luft hörbar aus ihren Lungen (Kiemen?), und dann keuchte sie, als er eine blassrosa Brustwarze in den Mund sog.

Er widmete sich ausgiebig ihren samtweichen Brüsten, leckte, knabberte und biss sogar (aber nur ganz, ganz leicht). Sie wand sich im Sand unter ihm und hielt seine Schultern so fest umklammert, dass er wahrscheinlich blaue Flecken bekommen würde. Aber das war ihm herzlich egal.

Er schob die Hand zwischen ihre kühlen, runden Oberschenkel, und sie spreizte die Beine und zog ihn zu sich, als er in ihre feuchte Wärme stieß. Ihre Beine umklammerten ihn – wieder so erstaunlich fest –, und sie bog sich ihm entgegen. Jetzt lagen sie sich in den Armen und keuchten und stöhnten. Er schnitt sich die Zunge an einem ihrer Zähne, aber das kümmerte ihn nicht.

„Oh … du … blutest."

„Mir … egal", keuchte er.

„Sorry … sorry … sollen wir aufhören?"

„Halt … den Mund."

Dieses Mal war es kein Unfall, als ihr Zahn sich in seine Zunge bohrte, aber er hatte es nicht anders verdient, deswegen war es okay. Es war sogar so okay, dass er lachen musste, den Mund auf ihren gepresst. Doch das Lachen verging ihm schnell, als sich ihr ganzer Körper anspannte (ihr *ganzer* Körper) und ihr Orgasmus sie erzittern ließ.

Das brachte auch ihn so weit, und er wusste, jetzt würde es nichts helfen, an Baseball zu denken oder das Alphabet rückwärts aufzusagen. Er kam so heftig, dass er von Kopf bis Fuß erschauderte und sich dann höchst ungalant auf sie fallen ließ.

13

Nach zehn Minuten fragte sich Reanesta besorgt, ob er wohl das Bewusstsein verloren hatte oder vielleicht aus seiner gepiercten Zunge verblutete. Deshalb tippte sie ihn auf die Schulter.

„Müde“, gähnte er, den Mund an ihrem Hals.

„Ich bin eine geduldige Frau, wie du sicher festgestellt hast. Aber du erdrückst mich.“

Er schnaubte, rollte aber von ihr herunter – und jaulte auf, als er beinahe ins Feuer gerollt wäre, das bis auf die Glut heruntergebrannt war. Er warf noch ein paar Äste darauf und sagte dann: „Wo sind denn meine Jeans?“

„Oh. Ich hatte es so eilig, mich mit dir zu paaren, bevor du es dir anders überlegst.“ Sie hielt ein paar Jeansfetzen in die Höhe. „Ich bitte um Verzeihung.“

„Das hast du nur mit den *Händen* gemacht? Jesses!“

„Ich bitte um Verzeihung“, sagte sie wieder und errötete.

„Nein, ich beschwere mich ja gar nicht. Darüber zumindest nicht. Ich bin beeindruckt.“

Sie kicherte. „Eine angenehme Abwechslung.“

Er streckte ihr die Zunge heraus. „Bl'et es?“

„Nicht mehr.“

„Zungenküsse müssen wir wohl noch üben.“

„Ach ja?“, fragte sie erfreut.

„Na klar. Sonst könnte es wirklich gefährlich werden. Ich sehe auf dieser Insel keine Blutbank, du etwa?“

„Na gut. Dann üben wir.“

„Fangen wir gleich damit an“, sagte er und stürzte sich auf sie wie eine Raubkatze.

„Noch einmal?“, fragte sie entzückt. „Möchtest du dich noch einmal paaren?“

Er seufzte. „Ree, ich habe noch nie eine Frau kennengelernt, die so stark, clever, tüchtig, direkt und dumm zugleich war.“

„Äh … danke?“

„Selbst wenn du nicht wunderschön wärst – was du bist! –, wärst du für jeden Mann ein guter Fang. Und das würde ich auch finden, wenn du mich nicht gerettet hättest. Mehrfach“, gab er zu.

„Du bist so nett, Con.“

„Ich bin gerne nett“, sagte er trocken. „Jetzt gerade habe ich unheimlich viel Lust, nett zu sein.“

Und das war er dann auch wirklich. Außerordentlich nett.

14

Die nächsten Tage waren wie ein Traum. Ein heißer Sextraum, in dem er der Star war und die schönste Frau der Welt seine Partnerin. (Er musste wirklich aufhören, ständig in Film- und Fernsehbegriffen zu denken.)

Sie badeten gemeinsam, gingen zu dem Süßwasserbach, und sie brachte ihm das Schwimmen bei. Hin und wieder verschwand sie und kam mit Fisch zurück, den sie dann brieten und aßen.

Er versuchte, sich keine Sorgen um sie zu machen – da er sie ja in Aktion gesehen hatte, wusste er, dass es unnötig war –, aber vergeblich. Der Ozean war groß. Was wenn … wenn eine ganze Horde von Haien sie angriff? Oder sie auf ein paar streitlustige Wassermänner traf?

Deshalb war er immer wieder von neuem erleichtert, wenn sie zurückkehrte, und sie war jedes Mal erstaunt, dass er erleichtert war. Bevor sie verschwand, sagte sie immer den gleichen Satz: „Ich komme zurück."

Er vermisste das Fernsehen, musste aber zugeben, dass das Leben auf einer verlassenen Insel zusammen mit Ree ein verdammt guter Trostpreis war.

Sie liebten sich, sooft es menschenmöglich (unterseevolkmöglich?) war, und er konnte sich nicht vorstellen, dass er irgendwann einmal genug von ihrem Körper haben würde. Auch sie war unermüdlich, und außerdem erfindungsreich und hemmungslos. Wahrscheinlich, dachte er, hatte eine Gesellschaft, die nackt herumschwamm, wenig Komplexe, was Sex betraf.

Sie aßen massenweise Fisch und Kokosnüsse, und manchmal brachte sie ihm dieses merkwürdige fleischige Seegras. Er sehnte sich nach einem Steak oder einem Hamburger und nach Bier, aber – wie schon gesagt – das Leben mit Ree hier auf dieser Insel hatte viele Vorzüge.

Und einen großen Nachteil.

Nach ungefähr einer Woche beschloss er, das Thema, das ihn bedrückte, anzusprechen. „Ree, ich will nicht undankbar sein …"

„Oje, jetzt fangen die Beschwerden wieder an."

„… und es ist auch nicht so, als wäre ich nicht gerne mit dir zusammen, denn das bin ich."

„Das sehe ich", sagte sie lächelnd und zeigte auf seine Leistengegend. Er hatte beschlossen, dass Nacktheit viel für sich hatte, aber seine Boxershorts und sein T-Shirt hatte er sicherheitshalber immer griffbereit – warum, wusste er selber nicht.

„Hör auf damit, ich meine es ernst. Ree, wie lange willst du noch bei mir bleiben? Hast du keine Familie … Leute, die sich Sorgen um dich machen?"

„Nein."

„Also willst du einfach … ich meine, vielleicht werde ich nie gerettet."

„Willst du etwa, dass ich einfach fortschwimme und dich alleine lasse?", fragte sie entgeistert.

„Na ja, äh … natürlich will ich nicht, dass du gehst …"

„Ich dachte, du magst mich." Ach herrje! War das …? Ja, es war eine Träne, die ihre Wange herunterkullerte.

„Ree! Ich mag dich, ich liebe dich, ich bete dich an!" Er zog sie in seine Arme, und glücklicherweise ließ sie es geschehen.

(Er hatte längst herausgefunden, dass sie mindestens doppelt so stark war wie er.) „Aber das ist doch kein Leben für dich. Ich sage ja nur, dass ich nicht von dir erwarte, dass du dein Leben für dieses Fleckchen Sand aufgibst – für Gott weiß wie lange."

„Ich lasse dich nicht allein." Ihre Stimme klang dumpf, weil sie den Kopf gegen seine Brust presste.

„Schon gut, schon gut. Hör auf zu weinen, bitte." Er war der Panik nahe. Wer konnte denn ahnen, dass sie Tränenkanäle hatte?! „Ich bin froh, dass du bei mir bleiben willst, okay? Das war nur etwas … das mir seit längerem auf der Seele lag, das ist alles."

Damit war das ja geklärt. Alles ging weiter wie gewohnt: idyllisch und vergnüglich und mit ganz viel Sex.

Für eine Weile.

15

Ungefähr eine Woche später watete Ree aus der Brandung, fünf Fische im Arm. Sie sah besorgt aus.

„Gab es Ärger?"

„Nicht … ganz."

„Was soll das heißen?", fragte er und spießte den Fisch zum Grillen auf.

„Ich glaube … ich habe jemanden gehört. Jemanden aus meinem Volk. Also … also habe ich ihn gerufen."

„Oh."

„Vielleicht kann er uns helfen, Hilfe zu holen."

„*Oh.*" Er dachte eine Sekunde darüber nach. „Super, danke! Es ist zwar nicht sehr wahrscheinlich, nehme ich an, aber trotzdem danke, dass du es versucht hast."

„Hmmm."

Den Rest des Morgens war sie mit ihren Gedanken woanders. Während er den Schreck seines Lebens erlebte, als ein Mann mit grellgrünen Haaren und lilafarbenen Augen (lila?) mit langen Schritten aus den Wellen kam, sah Ree nur resigniert aus.

„Ich grüße dich, Reanesta", sagte er in tiefem Bariton, nackt, wie Gott ihn geschaffen hatte. „Du hast mich gerufen? Ich bin Jertan."

„Ja." Statt sich die Hände zu schütteln, packten sie sich gegenseitig bei den Ellbogen. „Danke, dass du gekommen bist. Das ist mein … mein Freund Con."

„Hallo, Con." Jertan betrachtete ihn neugierig und, obwohl

er gute acht Zentimeter größer war und mindestens fünfzehn Kilo mehr Muskeln hatte, sogar ein wenig argwöhnisch. Con rief sich in Erinnerung, dass sich das Unterseevolk (so hatte Ree sie genannt) erst seit kurzem normalen Menschen zeigte. „Bist du der Zweibeiner Conwin Edmund Conlinson?"

Con zog überrascht die Augenbrauen hoch. „Ja, der bin ich." Er streckte die Hand aus, und Jertan schüttelte sie vorsichtig. Erleichtert, dass keiner seiner Finger gebrochen war, zog Con die Hand zurück. „Woher weißt du das?"

„Na, weil viele andere Zweibeiner nach dir suchen! Sie machen sich Sorgen um dich. Aber ich sehe", fügte er mit einem verschmitzten Blick auf Ree hinzu, „dass es dir anscheinend bestens geht."

„Pass auf, was du sagst", sagte er sanft.

Jertan grinste und ließ dabei die gleichen beunruhigend scharfen Zähne wie Ree aufblitzen. „Das werde ich. Ich werde aufs Festland zurückkehren und ihnen die Koordinaten dieser Insel geben."

„Das ist … danke."

„Unsere Völker müssen lernen, miteinander zu leben", sagte Jertan ruhig. „Reanesta, kann ich dir noch weiter behilflich sein?"

„Nein, Jertan", sagte sie mit unbewegter Miene. „Es war sehr freundlich von dir zu kommen."

„Jemandem aus meinem Volk zu helfen ist keine Freundlichkeit. Ich gehe jetzt", sagte er, drehte sich ohne ein weiteres Wort um und ging zurück in die Brandung.

„Ihr haltet wohl wirklich nicht viel von langen Verabschiedungen, was?", fragte er und beobachtete, wie der Wassermann in den Wellen verschwand.

Ree zuckte die Achseln.

„Na also", sagte er mit gespielter Begeisterung, „in ein paar Tagen bist du mich los. Dann fällt dir doch bestimmt ein Stein vom Herzen."

„Ja."

„Bald bist du wieder frei und ich zurück im Fernsehen."

„Ja."

Aber warum verspürte er dann Übelkeit bei dem Gedanken, und warum zog sie so ein Gesicht?

16

Das Boot zu seiner Rettung kam drei Tage später. Als Reanesta es betrachtete, fragte sie sich, ob sie sich wohl übergeben müsste. Konnte es sein, dass sie mit Cons Jungem trächtig war? Die letzten Tage war ihr morgens immer übel gewesen, aber es war noch zu früh, um sicher zu sein – und ehrlich gesagt, war allein der Gedanke, dass Con sie für immer verlassen würde, genug, um die Übelkeit in ihr hochsteigen zu lassen. Doch lieber würde sie mit tausend weißen Haien kämpfen, bevor sie versuchen würde, ihn zurückzuhalten, wenn er doch ganz offensichtlich zu seinem alten Leben zurückkehren wollte. Zu seiner Fernsehsendung.

Seiner dummen Überlebensshow. *Survivor! Ha!*

Con winkte wie verrückt, nachdem er sich eilig Boxershorts und T Shirt übergestreift hatte. Zur Antwort hupte das große Boot zweimal und warf den Anker aus. Dann sah sie, wie einige Männer ein kleineres Boot zu Wasser ließen.

„Ich will nicht, dass sie mich sehen", sagte sie leise zu ihm. „Ich gehe jetzt."

„Was ... jetzt? Jetzt sofort? Aber ich wollte dich meiner Crew vorstellen!"

„Ich möchte sie nicht kennenlernen", erwiderte sie.

„Oh." Er rieb sich den rotbraunen Bart, der ihm in der Zeit mit ihr gewachsen war. „Einfach so? Hast du genug von deinem Haustier?"

Sie wusste nicht, wovon er sprach. Er war doch derjenige,

der es gar nicht erwarten konnte, von hier wegzukommen. „Ich komme nicht zurück“, sagte sie und drehte sich um.

„Warte!“, knurrte er und hielt sie am Ellbogen fest. Kühl überlegte sie, ob sie ihm das Handgelenk brechen sollte, und entschied, dass das zu – wie war noch mal das Wort? – *gemein* wäre. „Meine Güte, du kannst es ja wirklich kaum erwarten, mich loszuwerden! Noch vor kurzem habe ich dir selber diese Chance gegeben. Du hast gesagt, du wolltest bei mir bleiben.“

„Und du“, sagte sie kalt, „liebst deine Fernsehsendung mehr als jedes Lebewesen.“ Sah er denn nicht, dass sie nur aus Stolz so handelte? Verstand er nicht, dass sie ihn nicht bitten konnte, sein Leben aufzugeben, um bei ihr zu bleiben? „Und jetzt nimm deine Hand weg, bevor ich dir die Lunge herausreiße.“

Seine Hand zuckte zurück, als hätte er sich an ihr verbrannt. „Schon gut“, fuhr er sie an. „Danke, dass du mir das Leben gerettet hast, und für den Sex.“

„Sehr gern geschehen“, erwiderte sie und ging zum äußersten Ende der Insel, wo man sie von dem kleinen Boot aus nicht sehen konnte. Als sie ins Wasser tauchte, überkam sie ein Gefühl großer Erleichterung, weil sie im Salzwasser ihre Tränen nicht mehr spürte.

17

„Con! Junge! Alles ist bereit. Wir können mit den Dreharbeiten anfangen. Dein Comeback wird das heißeste Thema dieser Woche sein. Wir haben bereits die gesamte Werbezeit verkauft", plapperte Alan, sein Produzent.

„Super."

„Con! Junge! Seitdem du von dieser gottverlassenen Insel wieder runter bist, ziehst du ständig ein Gesicht."

„Sag das nicht", schnauzte Con ihn an, „es war eine sehr schöne Insel."

„Con! Junge! Was ist denn bloß *los* mit dir? Obwohl du dich ja endlich mal rasiert hast; dieser Aussteigerlook war aber auch echt schrecklich."

„Nichts", murmelte er.

Sie saßen faul in seinem Trailer herum, sechs Tage nachdem er die Insel verlassen hatte. Er hatte viel zu spät begriffen, dass er den größten Fehler seines Lebens gemacht hatte, als er Ree zurückgelassen hatte – das schloss die Tatsache ein, dass er so dumm gewesen war, überhaupt erst Schiffbruch zu erleiden.

„Ich kann es dir nachfühlen. Nach dieser *fürchterlichen* Erfahrung, die wir natürlich nachstellen werden, damit du den Zuschauern zeigen kannst, wie du überlebt hast."

Con setzte sich kerzengerade hin, und Alan riss die wässrigblauen Augen auf, die durch die Brillengläser, die er trug, um älter als sechsundzwanzig zu wirken, ohnehin schon größer aussahen. „Genau das ist es doch, Alan. Ich habe nicht überlebt. Ich meine, ich habe schon überlebt, aber nur weil eine Meerjungfrau mir geholfen hat."

„Eine ...", Alan sah ihn staunend an. „Eine echte Meerjungfrau? Eine aus diesem Unterseevolk, über das sie auf CNN berichtet haben?"

„Genau. Ihr Name war Ree, und sie hat mir mindestens neunmal das Leben gerettet. Sie hat mich zu dieser Insel gezogen, wo ihr mich gefunden habt. Mit Telepathie hat sie Hilfe geholt, und dieser Typ namens Jertan ist gekommen. So habt ihr erst erfahren, wo ich war. Sie hat *alles* für mich getan. Und ich ... ich habe sie einfach dort zurückgelassen." Er legte das Gesicht in die Hände. „Ich habe sie verlassen."

Alan legte die Hand auf seine Schulter. „Hört sich an, als wäret ihr euch sehr nahegekommen."

„Ich habe mich in sie verliebt", sagte er tonlos, „als sie den Hammerhai gebissen hat."

„Als sie was getan hat? Schon gut. Wir suchen sie!"

„Sie suchen?" Alans Enthusiasmus konnte manchmal sehr anstrengend sein. „Sie ist lange fort. Sie lebt überall auf der Welt, ganz allein. Und der Ozean ist verdammt groß."

„Wir nutzen die Show", sagte Alan, der aufgeregt von einem Fuß auf den anderen hüpfte. Das blonde Haar fiel ihm in die Augen, und er strich es zurück. „Zu Beginn jeder Sendung redest du über ... Ree – so heißt sie doch, oder? – und bittest die Leute, dir bei der Suche nach ihr zu helfen. Vielleicht guckt sogar der Typ, den sie um Hilfe gerufen hat, die Sendung!"

„Er wusste, wer ich war", sagte Con nachdenklich. „Ich musste mich gar nicht vorstellen."

„Siehst du!"

Vorsichtiger Optimismus keimte in Con auf. „Einen Versuch ist es wert."

„Super! Ich sage den Autoren, dass sie den Anfang umschreiben müssen."

„Sie werden begeistert sein."

„Sie wissen, wenn sie nicht gehorchen, geht es ihnen an den Kragen", sagte Alan fröhlich und schob die Brille auf seiner Nase hoch. „Du wirst schon sehen. Es wird klappen."

18

„Mein Name ist Con ‚Bad Baby' Conlinson. Ich bin ein Mensch wie jeder andere … nur dass ich im Fernsehen bin. Ich habe den Mount Everest bestiegen, beinahe bis zum Gipfel, habe eine Nacht in den Everglades (der Motelkette) verbracht, habe es mit so einigen wütenden Hunden und Katzen aufgenommen, bin aus nicht weniger als sieben – sieben! – Bars geworfen worden, war wahnsinnig genug, am Lake Ontario zu surfen, bin durch Seattle gelaufen, ohne nass zu werden, und habe zwei Steuerprüfungen hinter mich gebracht.

Und jetzt bin ich zurück. Nach einem Schiffbruch war ich zwei Wochen lang verschollen, und ich werde Ihnen zeigen, wie ich überlebt habe. Aber zuerst bitte ich Sie noch um einen Moment Geduld, weil ich zuerst noch etwas Persönliches zu sagen habe.

Ich möchte Ree sagen, dass ich sie liebe und dass es mir leidtut, dass ich gegangen bin. Ich möchte sie heiraten, vorausgesetzt, sie kann sich ein Leben mit mir vorstellen. Wir werden die ganze Welt bereisen, und du kannst zu mir in die Show kommen oder auch nicht, und wo immer wir sein werden, wird immer Salzwasser in der Nähe sein, dafür werden wir schon sorgen.

Denn, wissen Sie, ich habe nicht ganz allein aus eigener Kraft überlebt. Eine wunderschöne Meerjungfrau namens Ree hat mir geholfen. Sie hat mein Leben gerettet. Um mich zu schützen, hat sie mit einem Hammerhai gekämpft. Sie hat mich gezwungen, rohen Fisch zu essen, damit ich nicht elend in diesem fürchterlichen Ruderboot verreckte. Ich habe ihr mein Leben zu verdanken und war trotzdem so dumm, sie zu verlassen, als meine Rettung kam. Sie ist die *eigentliche* Überlebensexpertin, und ich hoffe sehr, dass sie mir verzeiht und in meine Show kommt, um Ihnen allen zu zeigen, wie man mitten im Ozean überlebt.

Wenn also irgendjemand, der mir jetzt zuschaut, Ree kennt – eigentlich heißt sie Reanesta, und sie hat silbernes Haar, silberne Augen und einen silbernen Schwanz –, würden Sie ihr dann bitte sagen, dass ich sie suche? Unten auf dem Bildschirm laufen meine Kontaktdaten durch. Und falls Jertan zuschaut: Ich werde auf ewig in deiner Schuld stehen, wenn du Ree ausrichtest, dass ich sie vermisse und sie brauche.

Ich danke Ihnen, dass Sie mir zugehört haben. Aber jetzt starten wir mit der ersten Folge der neuen Staffel von *Con Con the Survivin' Man*."

19

Nachdem die Show zwei Wochen auf Sendung war, wurde Con klar, dass Ree nicht mehr kommen würde. Nun, das war ihr gutes Recht. Er hatte nichts anderes verdient, nachdem er sie wegen seiner blöden Karriere verlassen hatte. Ständig musste er daran zurückdenken, wie dumm er gewesen war, wie er seine Chance auf Glück leichtfertig weggeworfen hatte, ohne zu zögern. Er war ein Blödmann! Ree hatte von Anfang an recht gehabt.

„Con?"

Aber er würde seinen Aufruf zu Beginn der Sendung weiter verlesen. Und wenn das Aufnahmeteam Wetten auf seinen Erfolg abschloss, dann würde er so tun, als bemerkte er es nicht. Und wenn sein Produzent der Meinung war, es wäre Zeit für einen neuen Ansatz, dann würde er das ignorieren.

„Con?"

„Keine Autogramme. Jetzt nicht", sagte er und ging weiter. Auch die Fans waren ihm egal geworden. Sein Herz war gebrochen, und er war …

„Blödmann!"

Er fuhr auf dem Absatz herum und sah … Ree!

„Du hast ja Kleider an", keuchte er. „Kein Wunder, dass ich dich nicht erkannt habe."

„Nun, ich konnte wohl kaum nackt an deinem Set erscheinen", sagte sie. „Könnte ich wohl etwas Wasser bekommen? Ich bin furchtbar durstig."

„Du … Wasser? Wasser! Richtig!“ Er ergriff ihre Hand. Nackt sah er sie zwar lieber, doch sie sah auch in den Jeans, mit dem dunkelblauen T-Shirt und den Sandalen sehr hübsch aus. Ihr silbernes Haar war hochgesteckt. Er zog es vor, wenn sie es offen trug. Herrje, da hatte er sich wochenlang vor Sehnsucht nach ihr verzehrt, und jetzt *war er einfach an ihr vorbeigelaufen*. Er fragte sich kurz, wo sie die Kleidung herhatte, und zog sie dann in seinen Wohnwagen.

Dort packte er sie endlich und küsste sie, bis sie beide nach Luft schnappten. Dann fischte er im Kühlschrank nach zwei Flaschen Wasser, die sie in zwanzig Sekunden herunterstürzte.

„Oh, danke. Jetzt geht es mir viel besser. Außerdem bin ich trächtig mit deinem Jungen.“

„Meinem … du bist schwanger?“

„Ja. Und ich fand, dass du sehr nette Sachen über mich in deiner Show gesagt hast. Und du stehst auf ewig in Jertans Schuld, weil er mir nämlich gesagt hat, dass du nach mir suchst. Ich werde wohl nie erfahren, wie er mich bei den Fidschi-Inseln gefunden hat“, fügte sie leise hinzu. „Aber hier bin ich nun.“

„Du bist *schwanger*?“

„Ja.“ Sie beobachtete ihn misstrauisch, die silbernen Augen zusammengekniffen. „Beunruhigt dich das? Möchtest du kein Mischlingskind?“

„Ob es mich beunruhigt?“ Er jauchzte und drehte sich im Kreis. „Jetzt habe ich dich, Ree! Du musst auf ewig bei mir bleiben! Ha!“

„Das ist süß von dir“, sagte sie. Aber sie sah aus, als hätte sie Zweifel.

„Na, du scheinst dich ja nicht sehr darüber zu freuen!“

„Ich möchte nicht, dass du dich gedrängt fühlst oder dass du wegen mir deinen Lebensstil änderst. Und ich möchte mit dir leben und deine Gefährtin sein – sehr gerne sogar. Aber ich brauche das Meer, Con. Ich muss es sehen, riechen, fühlen – jeden Tag. Sonst sterbe ich, so wie du gestorben wärst."

„Kein Problem", versprach er sofort. „Dann ziehen wir mit dem Studio an die kalifornische Küste um. Wir müssen nicht in Alabama bleiben. Und du kannst kommen, wann immer du willst."

„Das werde ich wohl müssen", sagte sie trocken. „Und sei es nur, um sicherzustellen, dass der Vater meines Kindes nicht verdurstet, verhungert oder von einem Hai gefressen wird."

„Du könntest meine Co-Moderatorin sein", sagte er eifrig. „Du bist die richtige Überlebensexpertin. Das habe ich allen gesagt."

„Ja, das habe ich gesehen." Sie lächelte ihn an. „Deswegen bin ich zurückgekommen. Weil du deine … äh … Schwächen zugegeben hast. Vor deinem Publikum. Und deinem Team. Ich will keine Anerkennung. Du kannst ruhig der Überlebensexperte und der Fernsehstar in der Familie sein. Aber wenn du mich noch einmal verlässt, finde ich dich und breche dir die Beine."

„Einverstanden", versprach er begeistert. „Wunderbar. Kein Problem. Mensch, ich kann es kaum erwarten, es meiner Mutter zu sagen! Wird das Baby auch eine Meerjungfrau sein?"

„Das weiß ich nicht", erwiderte sie. „Ich weiß nur, dass sie … ja, es ist ein Mädchen … zur Hälfte wie du und zur Hälfte wie ich sein wird. Und ich wusste nicht, dass ich mir genau das gewünscht habe, bis ich es jetzt bekommen habe."

Er zog sie an sich und küsste sie wieder. Doch dann ließ er sie los, als wäre sie radioaktiv. „Oh Mist! Habe ich dem Baby wehgetan?"

„Ich sage es ja nur ungern, aber deine Tochter wird wahrscheinlich schon stärker sein als du, kurz nachdem sie abgestillt ist." Dann folgte eine kleine Pause. „Du hast eine Mutter?"

„Ja."

„Oh."

„Keine Sorge, sie wird dich lieben. Genauso wie meine anderen Brüder und Schwestern."

„Die anderen … Wie viele hast du denn?"

„Sieben."

Sie setzte sich, als wäre plötzlich alle Kraft aus ihren Beinen gewichen. „Aber ich weiß gar nicht, wie man in einer Familie lebt!", jammerte sie. „Meine Eltern sind gestorben, als ich noch ganz klein war!"

„Nun, Liebes, dann wird es Zeit, dass du es lernst. Du hast doch nicht etwa gedacht, dass ich dich jetzt noch ganz allein im Ozean herumschwimmen lasse, oder?"

„Na ja. Für eine Weile schon." Sie lächelte wieder. „Aber dann habe ich deine Show gesehen. Beinahe hätte ich dich ohne den Bart nicht erkannt."

„Und ich habe dich mit den hochgesteckten Haaren und den Klamotten gar nicht erkannt. Und da wir gerade beim Thema sind …" Er zeigte mit dem Finger auf sie. „Runter damit!"

Sie gehorchte, ganz offensichtlich sehr froh, aus den Kleidern zu kommen und die Haare zu lösen, und er stürzte sich auf sie. Doch dann zögerte er: „Das schadet dem Baby doch nicht, oder?"

„Blödmann", sagte sie und gab ihm einen so heftigen Kuss, dass sein Mund noch drei Tage später wehtat.

Mary Janice Davidson

Mehr Mann fürs Herz

Roman

Ohne Netz und doppelten Boden!

Dass eine Meerjungfrau lieber in einem Aquarium schwimmt als im offenen Meer, ist alles andere als normal. Aber Fred hat auch nie behauptet, normal zu sein. Sie wird jedoch ihre Vorbehalte überwinden müssen, wenn sie Prinz Arturs Einladung, sein Unterwasserreich zu besuchen, annehmen will. Glücklicherweise ist auch der gut aussehende Meeresbiologe Thomas mit von der Partie – in seinem nagelneuen Unterwasserwohnmobil! Schon bald muss Fred feststellen, dass sowohl Artur als auch Thomas sie mit ihrem Charme fest an der Angel haben. Sie muss sich entscheiden, wem von beiden sie den Vorzug geben will. Und die Wahl fällt ihr nicht leicht …

»Niemand schreibt bessere Fantasykomödien.« *The Best Reviews*

Band 2 der Serie
ca. 300 Seiten, Kartoniert, Klappenbroschur
€ 8,95 [D]
ISBN 978-3-8025-8252-3